# 俳句でつかう
# 季語の植物図鑑

『俳句でつかう季語の植物図鑑』編集委員会【編】
遠藤若狭男【監修】

俳句でつかう

# 季語の植物図鑑

# はじめに

俳句を作りはじめて此の方、五〇年以上にもなるのに、いまだ手許から放せないのが歳時記です。比喩を用いて言えば、文庫のものから大歳時記に至るまで、いつもわが座席の右にいてくれます。これらは、まさにかけがえのないわが俳句の師でもあり、友でもあるのです。中にはボロボロになりかけているにもかかわらず、それでもなお現役で頑張ってくれているものも何冊か存在。これらの歳時記に取り上げられている、

偽りのなき香りを放ち山の百合　飯田龍太
妻の手に木の実のいのちあたたまる　秋元《あきもと》不死男《ふじお》
冬草の青き力をせちに欲る　富安《とみやす》風生《ふうせい》

などの例句は、常に俳句力を与えてくれています。それゆえ、わが座席の右にいてくれる歳時記は、これからも師であり、友であり続けて貰わなければなりません。そのことを願いつつ言うのですが、この『俳句でつかう季語の植物図鑑』も、新たな師として、新たな友として加わって下さったことに心から感謝です。

見てのとおり、この一巻は、歳時記の「時候」「天文」「地理」「生活」「行事」「動物」「植物」の中から「植物」の季語だけに限定したものです。「季語の植物」といっても優に一、〇〇〇を超える数が存在していますが、ここでは、初心者から長年俳句に親しんでいる人までが、句作などで必要な、基本となる「季語の植物」を中心に約四〇〇項目選びました。

初心者にとってもベテランにとっても、たとえば「桜」「向日葵」「菊」「水仙」など、基本となる季語を詠んで秀句たらしめることは、むしろむずかしいかも知れません。類句類想という森から逃れるのが容易ではないからです。五〇年以上も句作していても、いや、しているからこそ身にしみてそう思います。もちろん逃れるためのその解決方法は、この一巻のどこにも書かれていません。ですからそれは自分で自分の俳句力を磨くことしかないでしょう。

しかし本書は季語への質問などにはいくつも答えてくれています。その一つが、この六月、近所を散歩していて、とある昭和時代の住宅の立ち並ぶその外れで見つけた小さな白い花についてです。葉のかたちから

すぐに「十薬《じゅうやく》」（どくだみ）と分かりましたが、カメラを向けはじめた妻の横にしゃがむや、妻が「八重咲きの十薬の花」と呟いたのです。あまりに可憐で、それからしばし二人で見とれていました。もちろんここで一句……とはいきませんでしたが。

　家に帰って、写真入りの大判の歳時記などを調べましたが、どれにも載っておらず、希少すぎる存在ゆえに編集段階で見過ごしてしまったのか、まさか……などと思ったりしました。ところが何と本書に掲載する予定の候補写真の中に、りりしい八重咲きの十薬の白い花の写真が入っていたのです。そのことに気づくや、この写真が収録されていることによって、本書の存在価値がさらに高まるにちがいないと確信しました。

　そこをもう少し強調するために、基本となる季語の中から「椿」について語ります。その解説は「ツバキ科　常緑高木」からはじまり、自生種や咲き方などについて述べ、そして「人気の高い花だが、散る時には、肉厚の大形の艶やかな花がポトリと落ちるので、中には、首が落ちることになぞらえて嫌う人もいる」で結ばれるのですが、「椿」の写真とともに、

笠へぽっとり椿だつた　種田《たねだ》山頭火《さんとうか》
落椿われならば急流へ落つ　鷹羽《たかは》狩行《しゅぎょう》

といった例句まで味わうと、詠み手の創造力はますます輝き出す筈です。そのほか——

いのちなりけり水弾く茄子の色　二ノ宮一雄
上ばかり見るな下には菫草　小滝《こだき》眞珠雄《ますお》
風に頭をこづかれどほし芥子坊主　木内《きうち》彰志《しょうし》
むらがりていよいよ寂しひがんばな　日野《ひの》草城《そうじょう》

などについても触れたいのですが、字数の制限があり、ここまでにしておきます。何にせよ、この一巻こそ、信頼すべき俳句の師として、そして友として、いつまでも大切にしたいと思います。

平成三〇年九月

遠藤　若狭男

# 【本書の使い方】

本書は俳句入門者・中級者に向けた、季語としてもよく使われる花と植物の図鑑です。

吟行などで出会った見慣れない花や植物……。これらが何という名前で、どういった季語に対応するのか。本書は現代日本の街や山野で見かけることの多い花と植物約四〇〇種を選び、それらの姿を精細なカラー写真で紹介しました。見かけた花と植物を写真で特定した上で、その特徴や知識、また季語について知ることができるようになっています。

## ❖――季語の配列

春・夏・秋・冬・新年の順で構成しました。また、一つの季節を次のように分けて構成しました――春を例にすると、「三春」（春全体）、「初春」（春の初めの頃）、「仲春《ちゅうしゅん》」（春の半ばの頃）、「晩春」（春の終わりの頃）。

## ❖――各項目の構成

各項目は、①見出し季語、②傍題（関連季語）、③植物の種類、④花期、⑤解説、⑥例句の順序で構成しています。また巻末には本書に登場する季語に関するさくいんがあります。

⑤ ⑥

夏
初夏

**捩花**　ねじばな（ねぢばな）　①

綬草《じゅそう》　ねじればな　もじばな
もじずり　文字摺草《もじずりそう》　②

❖ねじばな❖

ランン科
多年草　③

7～9月　④

ねぢれ花ねぢれ咲けるも天意かな　山口いさを

❖――日本全国の緑一面の芝地、畦道や堤の草地などに生える。モジズリ（捩摺）の別名があるのは、昔、陸奥《むつ》国（東北地方）信夫《しのぶ》郡で行われていた型染めの「捩摺《もじずり》」の模様に、本種の花穂《かすい》がねじれた様子が似ているところから。高さは10～40センチ。細長い葉が2、3枚、茎の根元から出ている。五～八月ごろに、たくさんの紅色の小花が螺旋《らせん》状に横向きに咲く。左ねじれと右ねじれがあり、どちらも同じくらい見つかる。

❖――学名のSpiranthesは、ギリシア語のspira（螺旋）とanthos（花）が組み合わされたもの。ネジバナの姿を素直に表している。花の形がユニークなので多くの人に愛され、鉢に植えて観賞にも供されている。螺旋状の小花をよく見るとラン科特有の形をしていて、実に美しい。

仏彫る里にもじずり咲きにけり　林　徹
捩花をねじり戻してみたりけり　中原道夫
捩花のもののはづみのねぢれかな　宮津昭彦
亡きつまへ文字摺草の咲きのぼる　加藤三七子
⑥

**名前の由来**　花茎（葉はつけず花だけをつける茎）に、多数の小さな花が螺旋状《らせんじょう》につき、その花穂（花がたくさん付いた状態の花茎）が〃ねじれ〃て見えるためこの名に。

118

**①見出し季語**

特に使用頻度の高いものを監修者が選出した。原則として現代仮名遣いの読みを表記し、歴史的仮名遣いがあるものは（　）内に表記した。

**②傍題（関連季語）**

見出し季語の変化形として用いられるようになった傍題（関連季語）についても、監修者が使用頻度を考慮して選んだ。難読語については原則として歴史的仮名遣いで表記した。

**③植物の種類**

被子植物の分類についてはＡＰＧ体系によった。

**④花期**

花の咲く時期を目安として示した（果実が見出し季語の場合は注意されたい）。

**⑤解説**

見出し季語の植物に関する解説。一ページのものには植物名・花名に関する「名前の由来」も付した。

**⑥例句**

見出し季語、もしくはその関連季語が使われている句を一例として引用した。なかには一部、本書の見出し季語と傍題（関連季語）に登場しない句も含まれる。

夏　初夏

**浦島草**（うらしまそう）（うらしまさう）

サトイモ科
多年草

3～5月

❖伽話《おとぎばなし》「浦島太郎」を連想させる夢のある名前なのに、実物はホラー映画に出てきそうな奇怪な花である。花序の付属体が長く伸びて、糸状に垂れているのを、浦島太郎が釣糸を垂れる姿に見立ててこの名がついた。学名にもurashimaの名が使われている。北海道南部、本州、四国、九州に分布。低山地の湿った木陰などに自生する。五月ごろに紫褐色の仏炎苞《ぶつえんほう》をもつ花を咲かせる。

浦島草夜目にも竿を延ばしたる　草間時彦
おのが葉に糸ひつかゝり浦島草　勝本治恵
翁みち浦島草のひげに触れ　小野百合子

**蛇苺**（へびいちご）

くちなはいちご

バラ科
多年草

4～6月

❖毒はないが食べても汁気も味もなくおいしくないために、これは人間が食べる苺ではなく、蛇が食べる苺である、ということからこの名前が付けられた。『本草和名』（日本現存最古の薬物事典）では「まみいちご」、『草枕』では「くちはないちご」の名で登場している。日本全土に分布し、各地の野原や道端などで普通に見かける。走出枝《そうしゅつし》を伸ばし、地を這い、節から根を出して増える。

草刈れば飛ぶ紅や蛇苺　松尾静子
蛇苺踏んで溝跳ぶ小鮒釣　石塚友二
蛇苺崖に張りつく大師道　大野紫陽
すいすいと草そよぎをり蛇苺　阿部みどり女

❖うらしまそう／へびいちご❖

119

**さくいん**

本書に登場する、すべての見出し季語と傍題（関連季語）を現代仮名遣いによる五〇音順に並べた。太字が見出し語（季語）。読みは、現代仮名遣いと歴史的仮名遣い両方ある場合は（　）内に併記した。

❖もくじ❖



※本書の季語やその読み方については下記を参考にした。

**【参考文献】**


『新日本大歳時記』（講談社）／『日本大歳時記』（講談社）／『四季花ごよみ』（講談社）／『平井照敏 NHK出版 季寄せ』（NHK出版）／『角川 季寄せ』（角川学芸出版）／『必携 季寄せ』（角川書店・編 角川学芸出版）／『草木花 歳時記』（朝日新聞社）／『日本の野草』（菅原久夫・小学館）／『野草の名前』（高橋勝雄・山と渓谷社）／『樹木の名前』（高橋勝雄・長野伸江・山と渓谷社）／『季語の花』（佐川広治・TBSブリタニカ）／『日本の樹木』（中川重年・小学館）

# 春

立春から立夏の前日まで
（二月四日頃から五月四日頃まで）

# 椿
つばき

はなびらの肉やはらかに落椿　飯田蛇笏

**山椿　藪椿《やぶつばき》　乙女椿　白椿**
**紅椿《べにつばき》　一重椿《ひとへつばき》　八重椿**

ツバキ科
常緑高木

10～4月

❖──庭園や公園に植えられている。鉢植えも見かける。江戸時代には各地で品種改良が熱心に行われ、特有の品種を産出した。冬から春に紅白の美しい花を咲かせるので、現在は、二〇〇種以上の園芸品種があり、日本の観賞花木《かぼく》として世界的に有名である。自生種は、全国に自生し樹高が高いヤブツバキと日本海海岸に自生しているユキツバキの二大系統がある。

❖──花色は、赤、白、ピンクが主流だが、暗紫や絞りなどがある。また、咲き方も一重咲き、八重咲き、千重咲き、かかえ咲き、しし咲きなどもある。葉に斑の入るものもある。人気の高い花だが、散るときには、肉厚の大形の艶やかな花がポトリと落ちるので、なかには、首が落ちることになぞらえて嫌う人もいる。

落椿われならば急流へ落つ　鷹羽狩行
ひとつ咲く酒中花はわが恋椿　石田波郷
落椿夜めにもしろきあはれかな　久保田万太郎
いつときは雪にも染みし椿かな　永井龍男

**名前の由来**　**ツバキは葉が厚くて光沢《つや》があるのが特徴。そのため、ツバキという名前は「厚葉木《あつはのき》」か「光沢葉木《つやばき》」か「艶葉木《つやばき》」という意味である、とされてきた。**

❖つばき❖

# 雛菊
ひなぎく

**デージー　延命菊　長命菊**

キク科
一年草、多年草



3〜5月

雛菊や亡き子に母乳滴りて　柴崎左田男

❖──西ヨーロッパ原産。もともとは雑草だったが、可憐な雰囲気をもっていたので園芸用に改良され、現在では数多くの種類がある。日本へは明治初期に渡来した。春の庭や花壇によく植えられ、鉢植えとしても家庭で栽培され親しまれている。

❖──へら形の葉の間から伸びる茎の高さは10センチほど。茎の先に、菊に似た可愛い花を一つずつ咲かせる。花期が長いことから、長命菊、延命菊という別名もあるが、現在では、デージーと呼ばれることが多い。デージーは英名のdaisyで、日差しのある日中だけ花を開き、曇りの日や夕刻には閉じているので、デイズアイ（太陽の眼）から転じて名付けられた。花色は、白、紅、淡紅色、赤紫などがあり、形も一重、八重とさまざまである。

小さき鉢に取りて雛菊鮮かに　篠原温亭

踏みて直ぐデージーの花起き上る　高浜虚子

デージーは星の雫《しずく》に息づける　阿部みどり女

雛菊のはやむなしさの首傾ぐ　河野多希女

**名前の由来**　**ギリシャ神話に出てくる森の妖精のベリジスが、果樹園の守護神に追われたときに姿を雛菊の花に変えたという伝説に由来。学名のBellisはベリジスのこと。**

# 菫
すみれ

菫草　相撲花

スミレ科
多年草

3〜5月

菫程《ほど》な小さき人に生まれたし　夏目漱石

❖—スミレの仲間は、世界の温帯に約四〇〇種が分布しているといわれている。そのうち日本には約五〇種分布していて、日当たりのよい山野などに自生している。花色は濃い紫色が多いが、白色、黄色などもある。また、葉や花茎が根元から出ていて、茎がないように見える無茎種タイプと、細い茎を立ち上げる有茎種タイプがあるが、どんな種類であれ、花の後ろに「距」と呼ばれる花弁が筒状に突き出た部分があるのでスミレとわかる。

❖—市街地から山地までと広く分布していて、最もよく見られるのが淡紫色の花のタチツボスミレ。ほかに、道端などで見られるヒメスミレ、花が白色で全体に毛が多いケマルバスミレ、花に香りがあるニオイタチツボスミレなどがよく知られている。

かたまって薄き光の菫かな　渡辺水巴

うすぐもり都のすみれ咲きにけり　室生犀星

すみれ踏みしなやかに行く牛の足　秋元不死男

山路来て何やらゆかしすみれ草　芭蕉

**名前の由来**　花の形が大工の使う墨入《すみい》れに似ていることに由来するという説と、戦のときの旗印の隅取紙《すみとりがみ》に花の形が似ているから、という説がある。

# 蒲公英

たんぽぽ

たんぽ、や生まれたま、の町に住み　五所平之助

たんぽ　鼓草《つつみぐさ》　桃色たんぽぽ
蒲公英の絮《わた》

キク科
多年草

3～5月

❖――道端や荒れ地や野原などに咲く、代表的な春の野の花である。一口にタンポポと呼ぶが、さまざまな種類があって、大きく外来種と在来種の二つに分けられる。

❖――外来種は明治の初めに渡来したヨーロッパ原産のセイヨウタンポポで、全国各地で勢力を拡げている。在来種には、関東地方・山梨・静岡でよく見かけるカントウタンポポ、北海道から本州中部に分布し、花の大きいエゾタンポポ、四国・九州・沖縄でよく見かけるカンサイタンポポ、本州（関東地方西部以西）・四国・九州で見かけるシロバナタンポポなどがある。

❖――外来種と在来種の見分け方は、外来種だと総苞片《そうほうへん》（花の基部を包む苞を総苞といい、個々の総苞を総苞片という）がまくれているが、在来種はまくれていない。

蒲公英が咲き睡たさが風にのり　菖蒲あや

たんぽぽの海の風来る瞽女《ごぜ》の道　川崎陽子

蒲公英の花の褥《しとね》に瞑りたし　加藤しずか

母在わすたんぽぽ百を従えて　山田みづえ

たんぽ、と小声で言ひてみて一人　星野立子

**名前の由来**　民俗学者の柳田国男によると、蒲公英の葉と花を上から見ると形が太鼓の鼓面《こめん》に似ているので、鼓を打つ「タン・ポンポン」に由来しているという。

# 蘩蔞《はこべ》

**はこべら　あさしらげ**
ナデシコ科
越年草

3～9月

❖——道端や野原や畑などで見かける。昔から食用の野草として重宝されてきた。春の七草の一つである。花は小さな白花で、葉も愛らしい。葉や茎がやわらかいので、小鳥やニワトリやウサギなどの餌にする。薬草としても知られ、青汁は火傷《やけど》につける。よく乾燥させ、煎《せん》じて飲むと下痢や便秘によい。食用としては、七草がゆのほか、さっと茹《ゆ》でてアクを取り、煮浸しや和え物にする。

はこべらや雪嶺は午後うつとりす　森 澄雄
はこべらや焦土の色の雀ども　石田波郷
はこべらの賑はう日向ありて行く　村越化石

# 芹《せり》

**根白草　根芹《ねぜり》　田芹《たぜり》**
**畑芹　水芹　沢芹　沼芹**
セリ科　多年草

5～8月

❖——田んぼの畦や小川など、根が水に浸るようなところに生える。新芽がまるで「競《せ》り」合っているようにたくさん出ることからこの名前が付いた。水田に生えるので農家に嫌われたため「つまみぐさ」といった別名がある。春の七草の一つで、古くから食用にされ、『万葉集』にも芹を摘む歌が詠まれている。七草がゆに用いられるほか、根以外の部分は浸し物や和え物などにされる。

薄曇る水動かずよ芹の中　芥川龍之介
子に跳べて母には跳べぬ芹の水　森田 峠
真清水の珠のみどりご芹の中　今井 勲

# 蓬

よもぎ

【蓬】

餅草　もぐさ　さしも草
蓬生《よもぎう》　蓬萌ゆ

キク科
多年草

9〜10月

誰も背に暗きもの負ふ蓬摘み　河原枇杷男

❖—山野に自生しているが、道端や草地や田の畦、公園などでも見かける、なじみの野草である。早春にほかの野草に先立って、特有の香りのする若葉を出す。その香りが邪気を払うとして古くから珍重され、『万葉集』や『古事記』にもヨモギの名が登場している。キク科には虫媒花が多いが、本種は風媒花で、風によって花粉が運ばれる。花が目立たないのは、虫媒花のように昆虫をおびき寄せる必要がないから。

❖—夏の葉を天日に干して、臼でついて綿毛を集めたものが艾《もぐさ》で灸に使う。草餅の材料としてもよく知られている。若芽を摘んで茹でて、餅といっしょについて草餅にする。また、葉が切り傷に効き目があることでも知られている。

蓬摘一人は遠く水に沿ひ　田中王城
かへるさの日照雨《そばへ》に濡れし蓬籠　西島麦南
帆に遠く赤子をおろす蓬かな　飴山實
蓬の香強し童女の泣くを抱き　青木泰夫
春雨や蓬をのばす艸《くさ》の道　芭蕉

**名前の由来**　**葉裏には綿毛が密生していて、この綿毛で、お灸に使う艾《もぐさ》がつくられる。近年、お灸の力が再評価されていて、「お灸エステ」の人気が急上昇している。**

# 梅

うめ

梅も一枝死者の仰臥《ぎょうが》の正しさよ　石田波郷

春告草《はるつげぐさ》　匂草《にほひぐさ》　風待草《かぜまちぐさ》　野梅《やばい》　白梅《はくばい》
臥竜梅《ぐわりゅうばい》　青竜梅《せいりゅうばい》　残雪梅

❖「花木《かぼく》の王者」といわれる梅。蕪村の辞世の句でも「しら梅の明くる夜ばかりとなりにけり」と、梅が詠まれている。早春、葉が開く前に芳香のある五弁の花を咲かせる。『万葉集』をはじめ、多くの詩歌に詠まれ、日本人の心をとらえてきた。

❖中国中部原産。耐寒性に富み、北海道を除く全国で栽培されているが、山野に野生化したものも各地に見られる。寺に多く見られるのは、もともと薬用植物として使われていたから。果実は六月に熟し、梅干し、梅酒をつくる。観賞用の花梅（＝園芸品種）の数は約三〇〇種で、園芸的に野梅系（原種に近く、丈夫で実が小さい）、紅梅系（枝の切断面が赤い）、豊後系（枝が太く、大輪で実が大きい）の三つに分けられ、それぞれ多くの品種をもつ。

バラ科
落葉小高木～高木

2～3月

老梅の穢き迄に花多し　高浜虚子
しら梅の明る夜ばかりとなりにけり　蕪村
白梅のりりしき里に帰りけり　横光利一
道端の犬起き上る梅の花　川崎展宏
村々に梅咲いて山機嫌よし　大串章

**名前の由来**　薬用として渡来した燻製の梅「烏梅《うばい》」を中国語では「ムエイ」というように発音し、それを日本人が「うめ」と聞き間違えたため。

# 黄梅
おうばい
（わうばい）

迎春花

モクセイ科
落葉低木

2〜3月

黄梅の日射日増しに眩しかり　安居修一

❖——中国原産。江戸時代の寛永年間（一六二四〜四四年）に渡来したといわれている。当時から斑入り葉などの園芸品種がつくられていた。花色が金色なのでとても鮮やかだが、全体の雰囲気はやや大人しい感じがするので日本人に好まれ、和風の庭でもよく見かける。

❖——迎春花という別名のとおり、この美しい花は、早春に黄金色の六裂した花を開く。梅の花と同じ時期に咲き、花の形も梅によく似ているのでこの名前がつけられた。半蔓性の枝は長さ六〇〜一八〇センチに達する。よく枝分かれし、先が下に垂れ、地面につけば根を下ろし群がり生える。キク類モクセイ科ソケイ属で（ソケイ属の英名はジャスミン）、同じ黄色系のものにはオウバイモドキ、キソケイなどがある。おおむね耐寒性が強い。

黄梅に佇ちては恃む明日の日を　三橋鷹女

川筋に黄色が飛びて迎春花　中西舗土

地にちかく咲く黄梅を見さだめし　細田寿郎

黄梅や夜空あかるき雨の音　石飛如翠

**名前の由来**　梅の咲く時期に咲き、花の形が梅によく似ているために「黄色い梅」と名づけられた。別名は「迎春花」。ジャスミンの仲間だが花の香りはほとんどない。

# 山茱萸の花

さんしゅゆのはな
（さんしゆゆのはな）

秋珊瑚《あきさんご》

ミズキ科
落葉高木

3～4月

山茱萸の黄や町古く人親し　大野林火

❖――本種には素敵な別名があるので先にそれを紹介しよう。春黄金花《はるこがねばな》、やまぐみ。秋珊瑚とやまぐみは、秋に赤く熟する美しい実に由来。

❖――原産地は中国、朝鮮半島で、江戸時代（享保年間）に、薬用植物として渡来した。早春、葉が出る前に、たくさんの小さな黄色い花が小枝の先に球状に集まって開く。遠くから見ると木全体が黄金色に見える。前述の春黄金花という名前がよく似合う姿である。ボタン、ウメとともに薬用植物として寺に植えられている。木の高さは五～六メートルになる。

❖――晩秋になると小粒の果実が赤く熟すので、前述した通り秋珊瑚ともいう。在来種ではないが、雅趣に富んだ、実に日本的な花木であり、秋の赤い実も美しいので、茶庭に好んで植えられている。

山茱萸に明るき言葉こぼし合ふ　鍵和田秞子

さんしゆゆの花に寺田の水あかり　木下青嶂

さんしゆゆの黄の俄かなり涅槃西　石田波郷

さんしゆゆの花のこまかさ相ふれず　長谷川素逝

**名前の由来**　**サンシュユは、漢名の「山茱萸」の音読みとされているが、漢名は正しくは「野春桂」なので、「山茱萸」は別の植物ではないか、という説もある。**

# まんさく

金縷梅《まんさく》　銀縷梅《ぎんろばい》

マンサク科
落葉小高木

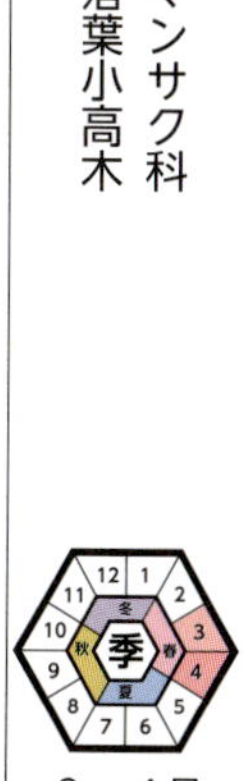


3〜4月

谷間谷間に満作が咲く荒凡夫《あらぼんぷ》　金子兜太

❖――本州の太平洋側、四国、九州の山地に自生している日本固有の木である。観賞用として庭に植えられることも多い。特に農家では、花弁がちぢれてどことなく神秘的な感じがすることから、豊年満作を祈る木として庭先などに植えていることが多い。材質が粘り強く折れにくいので「輪かんじき」(雪上で深雪に足が埋没してしまわないように用いられた民具・かんじきの一種)に、枝や皮は結索《けっさく》(=ロープをほかの物に結び付けたりすること)用に使った。なお、中国地方から北海道の日本海側には、葉先が丸いマルバマンサクが分布している。

❖――マルバマンサクの枝は折れにくく、積雪で曲がっても春になると立ち上がる。最近は、外国産のシナマンサクやアメリカマンサクなども見られるようになってきた。

まんさくや春の寒さの別れ際　籾山梓月

まんさくに滝のねむりのさめにけり　加藤楸邨

まんさくや町よりつゞく雪の嶺　相馬遷子

まんさくに水激しくて村静か　飯田龍太

**名前の由来**　早春のまだ寒い時期に、ほかの花に先駆けて咲くので、「まず咲く」というのが由来とされている。東北地方の方言の「まんず咲く」が語源とも。

# 猫柳

ねこやなぎ

ヤナギ科
落葉低木

10～4月

猫柳つめたきは風のみならず　木下夕爾

❖——日本各地の川べりや田んぼの畦際など、水辺に自生する柳の一種。花穂《かすい》（花が稲穂のように、長い花軸に群がってつく花序のこと）の形から、狗尾柳《えのころやなぎ》とも呼ばれる。また、川岸で見かけることが多いので川柳《かわやなぎ》とも。日本に自生する柳の仲間では最も早く開花する。雄株と雌株の区別があり、生け花などに用いられているのは雄花のほうである。雌花は実を生じさせた後に、柳絮《りゅうじょ》（白い綿毛のついた柳の種子）となって飛散する。

❖——種類は、葉に斑のあるフイリネコヤナギ、雄花が黒色のクロヤナギ、切り花用として好まれるフリソデヤナギなどがある。最近は、観賞用として栽培され、庭木として植えて楽しむ人が増えている。また、切り花用に園芸化してきてもいる。

猫やなぎ急ぎて通る僧二人　福田甲子雄

猫柳女の一生火のごとし　三橋鷹女

猫柳光りて漁翁現れし　高浜虚子

猫柳高嶺は雪をあらたにす　山口誓子

誰通りても猫柳光けり　佐々木有風

**名前の由来**　**やわらかいビロードのような銀色の毛に包まれた花穂《かすい》が、猫の尻尾に似ていることからこの名前が付けられた。**

# クロッカス

花サフラン
アヤメ科
クロッカス属

3～4月

❖──ヨーロッパのアルプス地方、地中海沿岸地方の原産。明治の初期に渡来。早春の花壇、鉢植えの花として親しまれている。松葉に似ている葉の間から花茎を伸ばして、葉や茎に比較すると不釣り合いなくらいに大きなカップ型の花を咲かせる。

花色は紫、藍、黄、白、斑入りなどと豊富。朝日が当たると花を開き、夕方になるとしぼむ性質がある。

クロッカス光を貯めて咲きにけり　草間時彦

子が植ゑて水やり過ぎのクロッカス　稲畑汀子

クロッカス咲き終わりたる日向《ひなた》かな　成瀬正俊

# 雪割草

ゆきわりそう（ゆきわりさう）

洲浜草《すはまさう》
キンポウゲ科
多年草

3～5月

❖──いろいろな植物が雪割草という名前で呼ばれているので整理しておこう。雪割草という標準和名をもつ植物はサクラソウ科の高山植物で、新潟県の「県の草花」に指定されている。次に、この名をもつ植物は、サクラソウ科、キンポウゲ科、ユリ科など七科にわたり、計一〇種ある。そしてキンポウゲ科の中ではスハマソウ（本種）、ミスミソウ、イチリンソウなどが雪割草と呼ばれている。

息止め見る雪割草に雪降るを　加藤知世子

雪割草に踞《かが》むや兄も妹も　山田みづえ

控へ目に雪割草の地を割りぬ　吾孫のどか

# いぬふぐり

いぬのふぐり
ゴマノハグサ科
多年草

3〜5月

❖――まず、俳句で詠まれている「いぬふぐり」は、帰化植物のオオイヌノフグリのこと。在来のイヌノフグリはめっきり少なくなっている。早春の、ほかの草花の咲かない時期に、道端や野原などに小さな瑠《る》璃《り》色《いろ》の花を群れ咲かせる。果実の形が雄犬の陰嚢《いんのう》(＝ふぐり)に似ているのでこの名前がついた。属名のVeronicaは、ゴルゴタへ向かうキリストの汗をハンカチでふきとった聖女の名である。

軍港へ貨車の影ゆく犬ふぐり　秋元不死男

いぬふぐり星のまたたく如くなり　高浜虚子

いぬふぐりどこにでも咲く
さびしいから　高田風人子

# 蕗の薹

ふきのとう
（ふきのたう）

蕗《ふき》の芽　蕗の花
蕗のしうとめ　蕗味噌
キク科　多年草

3〜5月

❖――花茎(＝薹)の先にたくさんの蕾をつけた姿を「塔」に見立て、フキノトウといわれるようになったとされる。花びらもない地味な花だが、雪どけと同時に頭をもたげて春が来たことを告げてくれるので人気がある。全国の川べりや土手などに自生している。摘んで食べるとほろ苦い風味がある。蕾を天ぷらにしたり、葉柄(茎)をきゃらぶきにしたり、葉を佃煮にして春の食卓を飾る。和え物などにされる。

山峡《さんきょう》をバスゆき去りぬ蕗の薹　三好達治

蕗の薹傾く南部富士もまた　山口青邨

# 片栗の花

かたくりのはな

かたかごの花
うばゆり

ユリ科
多年草

10～4月

かたかごの花や越後にひとり客　森澄雄

❖——まずは、片栗粉《かたくりこ》のことから。片栗粉は、かつては、その名のとおり、本種の片栗からつくられていた。片栗は地下茎(鱗茎《りんけい》)にデンプンを蓄えるので、そのデンプンを精製してできた粉が片栗粉だった。しかし、近年では、片栗粉はジャガイモから製造されることが多くなっている。

❖——本種は九州を除く全国の山地や丘陵に自生。ニリンソウやフクジュソウやムラサキケマンなどと同じ、スプリング・エフェメラル(「春の妖精」「春のはかない命」)と呼ばれている植物の一つ。これらの植物は、早春に咲かせる花の命がとても短いのでこの呼び名がつけられているのだ。おまけにカタクリの花は、種から花が咲くまでに七年もかかるので、やっと咲いた花を見ると愛おしさがこみあげてくる。

片栗の一つの花の花盛り　高野素十

時流れきてかたくりの一つ花　加藤楸邨

堅香子《かたかご》の花の十日をとのぐもり　中西舗土

巡りくる忌《き》や片栗の花伏せて　角川照子

**名前の由来**　カタクリの葉の形が、栗の木の子葉《しよう》(種子が発芽して最初に出る葉のこと)の一片に似ていることから「片栗」となった、という説がある。

❖かたくりのはな❖

# 紅梅《こうばい》

**未開紅《みかいこう》　薄紅梅《うすこうばい》**

バラ科
落葉高木

2〜3月

紅梅や亡き娘の部屋の小窓より　阿部みどり女

❖——梅は花の色によって白梅と紅梅に分けられている。紅梅はむろん、紅色系統の品種で、蕊《しべ》が長く、そのあでやかな美しさで知られる。平安時代に中国より渡来した。清少納言が『枕草子』で「木の花は濃きも薄きも紅梅」と讃えている花である。初春に白梅よりやや遅れて咲く。

❖——紅梅の品種には一重咲《ひとえざ》き(花びらが一重の状態のこと)、八重咲き(花びらが数多く重なって咲くこと)、枝垂れもある。花色には本紅色《ほんこうしょく》、紫紅色《しこうしょく》、淡紅色《たんこうしょく》、濃紅色《のうこうしょく》などがある。なお、最近よく植えられる「思いのまま」は、一つの木に白花と紅花がともに咲く。各地の梅林や梅園、庭や公園にも植えられている。鉢植え、盆栽にして楽しんでいる人も多い。なお、本種は花の色は紅いとは限らないが、枝の髄《ずい》は紅色である。

白梅のあと紅梅の深空《みそら》あり　飯田龍太
紅梅や枝枝は空奪ひあふ　鷹羽狩行
紅梅の数を尽くせし暗さかな　遠藤若狭男※
伊豆の海や紅梅の上に波ながれ　水原秋櫻子
紅梅の莟は固し言《ものい》はず　高浜虚子

**名前の由来**　材がかたくて緻密なので拍子木《ひょうしぎ》や櫛《くし》などのほか、材のユニークさから、欄間《らんま》や床柱などに利用される。白梅と比べると材も赤みが強い。

# 彼岸桜《ひがんざくら》

落葉高木
バラ科
**枝垂《しだれ》彼岸《ひがん》**

3～4月

❖──サクラは古くから日本人に愛され、品種改良が重ねられたので、変種も多く、名称にも混乱が見られる。ヒガンザクラというと、一般にはコヒガンを指すが、エドヒガン（ウバヒガン）もカンヒザクラもヒガンザクラと呼ばれているので、注意が必要。コヒガンはサクラの中で開花が最も早く、春の彼岸のころ（三月一八～三月二四日）に開花するので、彼岸桜と呼ばれている。

尼寺や彼岸桜は散りやすき　夏目漱石
影は滝空は花なり糸桜　千代女
明るさの彼岸桜やひと恃《たの》まず　山口草堂

# 枝垂桜《しだれざくら》

落葉高木
バラ科
**糸桜　しだり桜　紅枝垂**

4月

❖──文字どおり、枝が垂れている桜だから枝垂桜という名前に。細い枝を垂らした姿から糸桜とも。エドヒガン（ウバヒガン）から生まれた園芸品種。花は淡紅色。紅色のベニシダレ、八重咲き品種のヤエベニシダレなどが知られている。福島県の三春滝桜は、樹齢推定一〇〇〇年超、周囲九・四メートル、樹高一三メートルのベニシダレの巨木で、国の天然記念物。京都市の祇園枝垂桜も有名。

まさをなる空より枝垂桜かな　富安風生
一山の寝落ちてしだれ桜かな　蘭草慶子
衣被《きぬかづ》くごとくにしだれざくらかな　鷹羽狩行

# 三椏の花

みつまたのはな



ジンチョウゲ科
落葉低木

3〜4月

三椏や皆首垂れて花盛り　前田普羅

左は園芸種のベニバナミツマタ。

❖—中国雲南地方およびヒマラヤが原産地。高さは1〜2メートル。室町時代(江戸時代との説もある)に渡来。幹の皮の繊維が上質和紙の原料になることから、各地でさかんに栽培されていたが、洋紙が普及してからは栽培地が減っていった。ただ、証券紙や紙幣などの高級紙の原料として必要とされているので、四国の山中などでは、山の斜面を利用して栽培が続けられている。そのようなことから、今日では、珍しい花木《かぼく》として庭木や鉢植えにされている。

❖—三つに分かれた枝先に、葉に先立って、よい香りのする黄色い花を咲かせる。花は下向きの筒状で、三〇〜五〇輪が集まって咲き、満開になると球状になる。早春に咲き、比較的長い期間にわたって楽しめるので、庭園や公園に植えられる。

みつまたの花に日あたる行者道　黒田杏子
くり盆を買ふ三椏の花曇　野沢節子
三椏の花雪片《せっぺん》の飛べる中　山口青邨
三椏や百姓の顔ねむく過ぎ　岸田稚魚
雨やさし三椏三つに咲くことも　安住 敦

**名前の由来**　新しい枝が三《み》つ叉《また》に分かれる（三本に分枝する）ところから名づけられた名前。名前の「椏」の字は「また／木のまた」といった意味をもつ。

# 辛夷《こぶし》

**木筆《こぶし》**　**山木蘭《やまもくれん》**　**幣辛夷《しでこぶし》**

モクレン科
落葉高木

3～5月

暮る、までこころ高貴や花辛夷　藤田湘子

❖――辛夷はモクレンの近縁でヤマモクレンとも呼ばれている。日本原産の樹木である。高さは10～20メートルくらいになる。冬がやっと終わって、春めいてきたときに、街路や公園や庭などで白くて大きくて香りのよい六弁の花を咲かせる。小枝の先にぽっかりとした大きな花をつけた姿は壮観で、私たちを魅了する。

❖――東北地方では、この花が咲くと田植えの準備にとりかかることから、この花を田植え桜とか田打ち桜などと呼んでいる。辛夷の蕾《つぼみ》は、日の当たる側からほころびはじめるために、蕾の先が開花前に北を向く。そのために、早春の山では、北の方角を知るための目印になっている。寒さに強いので、寒冷地の緑化樹として、公園や街路に植えられている。

大空に蕾《つぼみ》を張りし辛夷かな　松本たかし

降りしきる雪をとゞめず辛夷咲く　渡辺水巴

城址まづ辛夷の花を天上に　河野友人

花過ぎて辛夷雑木に戻りけり　後藤兼志

**名前の由来**　蕾の形が赤子の拳《こぶし》に似ているから、という説と、秋になる赤い実のごつごつとしている感じが拳の形に似ているため、という二つの説がある。

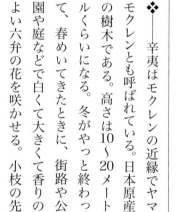

# 連翹《れんぎょう》

モクセイ科
落葉低木

3～4月



❖——中国原産で、平安時代初期に渡来した(江戸時代という説もある)。渡来当初は、果実を煎《せん》じて腫《は》れ物、解毒、消炎の薬として服用していたようだ。現在は、全国で広く庭木として栽培されている。高さは二～三メートル。枝が蔓《つる》のように垂れて長く伸び、地につけば根を下ろす。耐寒性があって、庭木以外に生け垣用に用いられ、また切り花として観賞されている。三～四月ごろに、葉に先だって開花する。春を告げる花の色には黄色が多いが、このレンギョウの花の鮮やかな黄色は格別に美しい。

連翹の空のはきはきしてきたる　後藤比奈夫

左はシナレンギョウ

❖——日本では岡山県でまれに見かける大和連翹《やまとれんぎょう》と、小豆島特産の小豆島連翹が自生している。また、変種として、樹皮が暗褐色の支那連翹と黄色の色が濃い朝鮮連翹がある。後者は最近よく見かけるようになった。

連翹のまぶしき春のうれひかな　久保田万太郎

連翹の一枝づゝの花ざかり　星野立子

連翹の一枝走る松の中　阿部みどり女

行き過ぎて尚連翹の花明り　中村汀女

**名前の由来**　漢名の「連翹」に基づく命名であるが、中国で「連翹」と呼ばれているのは本種ではなく、トモエソウ(大連翹)とオトギリソウ(小連翹)である。

# 沈丁花

じんちょうげ（ぢんちやうげ）

ちやうじぐさ　瑞香《ずいこう》

ジンチョウゲ科　常緑低木

2〜3月

ぬかあめにぬる、丁字の香なりけり　久保田万太郎

❖—中国原産。室町時代に渡来した。縁起のよい花とされ、根を薬用にすることもあって、古くから栽培されてきた。高さは1〜2メートル。庭園や公園に植えられるほか、生け垣にもつくられ、鉢植えや生け花にも使われている。枝が多く、卵形の厚い葉が密生して茂る。冬から枝先に蕾がかたまって頭状につき、早春に開花して、周辺に香気を放つ。

❖—花は外側が赤紫色で内側が白色になっているものが一般的。園芸品種には、花が白色のものや淡紅色のものもあり、特に白花が咲くシロバナジンチョウゲはその清楚さから人気がある。雌雄異株で、日本に植えられているものはほとんどが雄株であるために、果実は見られない。黄花をつけるのは近縁種のオニシバリやナニワズで、これらの花には芳香はない。

シロバナジンチョウゲの花

下駄の緒が切れて路傍の沈丁花　木山捷平

沈丁やをんなにはある憂鬱日　三橋鷹女

舟住みの家族に夜の沈丁花　丸山哲郎

**名前の由来**　花の香りが沈香《じんこう》（ジンチョウゲ科）と丁子《ちょうじ》（フトモモ科）に似ているのでこの名前がつけられた。香りが遠く千里に及ぶとして「千里香」の名もある。

# 土佐水木

とさみずき
（とさみづき）

**蠟弁花　みづき**
**日向《ひゅうが》水木**

マンサク科
落葉低木

土佐みづき山茱萸《さんしゅゆ》も咲きて黄をきそふ　水原秋櫻子

❖──歳時記のなかには、本種の名前の「土佐」は、原産地である土佐（高知県）から取られたが、水木は、ミズキ科のミズキとはまったく無関係、としているものもある。下欄の「名前の由来」でも述べているように、本種のハート形の葉が、ミズキの葉に似ているからであり、ミズキと同じように、枝を切ると樹液が水のように吹き出てくるので「土佐の水木」という意味でこの名前がつけられた。

❖──四国の蛇紋岩《じゃもんがん》の山地に自生しているが、通常は観賞用の庭木として各地で栽培されている。日照を好み、適度な湿気さえあれば、たいていの場所でよく育つ。切り花としても使われている。仲春に、葉が出る前に淡黄色の花をつける。本種とよく似ているコウヤミズキは高野山以外でも自生している。

峡空の一角濡るる土佐みづき　上田五千石

天上に筬音《をさおと》のあり土佐みづき　沢田明子

伊予水木伊予はやさしき国ならむ　後藤比奈夫

土佐水木にも一盛りありにけり　清崎敏郎

3〜4月

**名前の由来**　「土佐」は本種の原産地が土佐（高知県）であることから。「水木」は枝を切ると樹液が水のように滴《したた》り落ち、ハート形の葉がミズキに似ていることから。

# 雪柳

ゆきやなぎ

**小米花《こごめばな》　小米桜《こごめざくら》**
**こめやなぎ**
バラ科　落葉低木

3～5月

❖——葉の形も、枝が長く伸びて垂れる樹形も柳に似ていて、その枝に白い小花が雪が降りつもったように群がり咲いているところからこの名前がつけられた。関東以南の本州、四国、九州に分布。河岸の岩上などに自生しているが、観賞用として栽培され庭などに植えられている。枝がもろく、自生地で増水時に枝が簡単に折れてしまうのは株を守るためかもしれない。根は強くできている。

鉄橋のとどろきてやむ雪柳　山口誓子
雪柳ふぶくごとくに今や咲く　石田波郷
こぼれねば花とはなれず雪やなぎ　加藤楸邨

# 枸杞

くこ

**枸杞の芽　枸杞摘む**
**枸杞茶**
ナス科　落葉低木

6～7月・9～10月

❖——名前は、漢名の「枸杞」を音読みしたもの。日本、台湾、東南アジアに分布。道端などで自生している。茎が細く、群がり生えているので大きな雑草のようにも見える低木で、本種の乾燥させた実や根は強壮・解熱などに効く生薬として古くから知られている。本種は赤い実が美しいので盆栽にも適している。実は乾燥後もきれいな赤を保つので料理の彩りとして重宝されている。

枸杞を摘む人来て堰《せき》のかがやける　宮下翠舟
枸杞の芽やけふ薄着せし妻の胸　細川加賀
くこの芽や海鳴りよりも松の音　田中午次郎

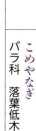

# 木蓮
もくれん

もくれんげ
更沙木蓮《さらさもくれん》
木蘭《もくれん》
白木蓮《はくもくれん》
紫木蓮《しもくれん》
はくれん

モクレン科
落葉低木〜高木

3〜5月



戒名は真砂女《まさじょ》でよろし紫木蓮　鈴木真砂女

シモクレン（上）とハクモクレン（左）

❖—中国中部原産。ハクモクレンと区別するために花の色が紫なのでシモクレンともいう。ハクモクレンは高木になるが、本種は地面に近い幹から枝分かれして灌木《かんぼく》（低木のこと）のような樹形《じゅけい》になる。庭木や公園樹として栽培されている。三月から四月にかけて、葉に先駆けて、大形の花を上向きに咲かせる。蕾のときにはどの蕾も南側からふくらみはじめて、花は同一方向に向いて咲く習慣がある。花の色は紅紫色で、上半分だけを開き、全開しないのがこの花の特徴である。

❖—モクレンの仲間はマグノリアとも呼ばれ、欧米人に好まれていて、欧米では交配種が多く栽培されている。ちなみに、マグノリアは、一億年以上も前から生息していたことが化石から判明している。中国では花弁は食用にしている。

木蓮の風のなげきはただ高く　中村草田男

白木蓮の散るべく風にさからへる　中村汀女

木蓮に日強くて風さだまらず　飯田蛇笏

木蓮に白磁の如き日あるのみ　竹下しづの女

**名前の由来**　花の形が蓮に似ているので木蓮、蘭にも似ている木蘭とも。木蓮を紫木蓮とも呼ぶのは、白木蓮に対して花が紫色だから。白木蓮はよく似ているが別種。

# 五加木

うこぎ

むこぎ　五加《うこぎ》　五加垣《うこぎがき》
五加摘む
ウコギ科　落葉低木

5〜6月

❖——中国原産。古い時代に薬用として渡来した。そのときの名前はヒメウコギで、漢字では「五加」と書き、五加は唐音で「ウコ」と言った。このウコに日本語の「木」がつけられたというのがこの変わった名前の由来。高さは一メートルほどで、茎や枝のところどころに棘がある。初夏に、葉の間から柄を伸ばして、先端に花をつける。若芽はほろ苦く、香りがよく、五加木飯として食べる。

花ちらす五加木の蜂や垣づたひ　西島麦南
少しのびすぎしが五加木摘みに出づ　高野素十
垣根より摘んでもてなす五加飯　滝沢伊代次

# 杉の花

すぎのはな

ヒノキ科
常緑針葉高木

3〜4月

❖——杉の名前の由来は、まっすぐにすくすくと育つ意の〝直木〟から。杉は日本の特産で、本州以南の各地に自生している。建築材として植林も盛んである。雌雄同株。高さ三〇〜四〇メートル。花は三、四月ごろに開花するが、風媒花(花粉を風に乗せて運ぶ)なので、昆虫を誘う必要がないために花は目立たない。その花粉が花粉症を引き起こすといわれている。秋田杉、吉野杉は有名である。

塗膳を曇らす峡の杉花粉　桂信子
峡空へ吹きぬけ杉の花けぶる　山口草堂
海へとぶ勿来《なこそ》の関の杉の花　堀古蝶

# 黄水仙

きずいせん

ヒガンバナ科
多年草

2～4月

❖——最初に水仙の季語についての注意を。というのは、野生の水仙は一一月から咲きだすので冬の季語。その他の水仙は春の季語。南ヨーロッパ原産で、江戸時代に渡来。観賞用、切り花用として栽培されている。四月中旬ころに一茎に二、三個の鮮黄色の花を横向きに開く。水仙のなかでは最も芳香が強い。花弁は先端がとがっていて、中心に芯がある。植物学上は水仙とは同属別種。

黄水仙人の声にも揺れゐたる　村沢夏風
海女の墓ひとかたまりに黄水仙　石田あき子
黄水仙積み出す島の港かな　古川芋蔓

# 虎杖

いたどり

さいたづま　深山《みやま》いたどり
タデ科
多年草

7～10月

❖——地下茎に痛み止めの薬効があるとされていて、「疼取(いたみをとる)」ということからイタドリの名前に。日本全国に分布していて、山野のいたるところに自生する。高さは一メートルほど。夏、花穂《かすい》に多数の白い花をつける。花が紅色のベニイタドリは「名月草」といわれ、観賞用に。春に出る筍状の新芽は酸味があり皮をむいて生食できる。根茎は漢方の「虎杖根」で利尿剤等に用いられる。和え物などにされる。

山陰に虎杖森の如くなり　正岡子規
いたどりや麓の雨は太く来る　山本洋子
毛野国《けのくに》の虎杖太し水迅し　大嶽青児

# 薺の花

なずなのはな
（なづなのはな）

花薺《はななづな》　三味線草《しゃみせんぐさ》
ぺんぺん草　庭薺《にははづな》

アブラナ科
二年草

3〜6月

よくみれば薺花さく垣ねかな　芭蕉

ナズナの実（左）

❖――芭蕉が「よくみれば薺花さく垣ねかな」と詠んだように、小さな白い花が地味なのであまり目立たない雑草だが、雑草の女王と呼ばれるくらいによく知られた、春の雑草を代表する植物で、春の七草の一つでもある。

❖――三月から六月にかけて、茎の先に花柄を何本も出して、四弁の花をつける。花は下から上へと咲いていく。「三味線草」という別名があるのは、実の形が三味線を弾くときに使う撥《ばち》に似ているから。また、「ぺんぺん草」のほうは、三味線は撥を使ってぺんぺん弾くから。

❖――冬はロゼット（葉を放射状に広げて地面に張りつく）の姿で過ごす。季語として気をつけたいのは、「薺」は新年の季語で「薺の花」は春の季語という点。

床下はなづな花咲く能舞台　林 徹
庵を出でて道の細さよ花薺　河東碧梧桐
妹が垣根さみせん草の花咲ぬ　蕪村
まつしろに薺咲く田へ柩出る　飴山實
暮れぎはの白増すごとく花なづな　木内怜子

**名前の由来**　**いろいろな説があるが、撫でたいほど可愛らしい草なので「撫《なで》菜《な》」と呼んでいたものが、やがて「なずな」と変化した、という説が最有力。**

# 土筆
つくし

つくづくし　つくしんぼ　筆《ふで》の花
土筆《つくし》摘む　土筆和《あへ》　土筆飯《つくしめし》

土筆摘む野は照りながら山の雨　島田青峰

❖——名前の由来は下欄のとおりであるが、「つくし」という名を「土筆」という二字漢字で表していることについて補足しておきたい。これは、本種の形が筆に似ていて、まるで筆が土から生えているように見えるからである。土筆とスギナは形がまったく違うので別の植物のように思えるが、地下茎でつながっている同じ植物。土筆はスギナの胞子茎のことである。

❖——春になると草地、土手、畑地などでニョキニョキと伸び出して春を告げる。筆の頭には小さな六角形の傘が並び、傘の下に五〜十個の胞子嚢を隠していて、成熟すれば飛散させる。胞子を飛散させた後は、すぐに枯れてしまう。鞘（葉の退化したもの）を取りさって、酢の物、胡麻和えなどにして食することができる。

土筆野やよろこぶ母につみあます　長谷川かな女
せせらぎや駆け出しさうに土筆生ふ　秋元不死男※
まゝ事の飯もおさいも土筆かな　星野立子
つくしんぼまたひとつから子が数ふ　木附沢麦青

**名前の由来**　柳田国男説では、本種は地上に突き出て、勢いよく伸びることから、「突く」という言葉の後に、語をより強調する「し」を加えたので「つくし」となった。

トクサ科
多年草

3〜4月

# 酸葉 すいば

酸模《すいば》　すかんぽ　あかぎしぎし
タデ科
多年草

5～8月

❖――道端、畦道《あぜみち》、河川敷などで見かける。茎や葉にシュウ酸を含み酸味があるために「酸《す》い葉」の名に。唱歌の「すかんぽの咲くころ」（北原白秋作詞、山田耕筰作曲）のすかんぽは本種のこと。昔の子供たちは本種の若い茎をポキンと折り取ってかじり、すっぱい味を楽しんだ。ギシギシ類と似ているが、本種の葉の基部は矢じり形にとがり、ギシギシはとがっていない。茹《ゆ》でて和え物にする。

酸葉噛んで故山悉《ことごと》くはるかなる　石塚友二
すかんぽをかんでまぶしき雲とあり　吉岡禅寺洞
牛通りすぎてすかんぽ真赤なり　内藤吐天

# 蕨 わらび

岩根草《いはがねさう》　山根草《やまねぐさ》　蕨手《わらびて》
コバノイシカグマ科
花は咲かない

花は咲かない

❖――日当たりのよい山地などで大群落をつくる繁殖力の旺盛なシダ植物。葉が開きはじめる前の、小児が手を振り上げたときの握り拳の形に似た若芽を食用にする。葉の先端を内にして巻いている姿をワラビ巻きといい、これはシダ類に多く見られる性質である。ワラビ巻きの新葉と柄はあくを抜いて、煮物や和え物などに。ただし葉にはビタミン破壊酵素があるので一度に多くは食べないこと。

金色の仏ぞおはす蕨かな　水原秋櫻子
蕨干す山国の日のうつくしや　大場白水郎
母の杖地を指せばすぐ蕨出て　辻田克巳

# 薇《ぜんまい》

狗背《ぜんまい》　紫蕨《むらさきわらび》　おに蕨《わらび》
いぬ薇《わらび》　ぜんまい蕨《わらび》　干蕨《ほしわらび》
ゼンマイ科　多年草

花は咲かない

❖――山菜として親しまれているシダ植物。若葉が銭のような円形に巻いているので銭巻《ぜにまき》と呼ばれていたが、転《てん》訛《か》（語の本来の発音がなまって変わること）で、「ぜんまい」と呼ばれるようになったといわれている。各地の湿地や山麓などに自生していて、群落もつくる。葉には胞子葉と栄養葉があり、食用にするのは栄養葉の若芽。早春に、綿毛にくるまれた渦巻き形の若葉が出てくる。

ぜんまいののの字ばかりの寂光土　川端茅舎

鬼ぜんまい髭などはやし風に吹かれ　徳才子青良

ぜんまいは仲よく拗ねて相反き　富安風生

# 野蒜《のびる》

山蒜《やまびる》　根蒜《ねびる》　沢蒜《ねびる》　小蒜《こびる》
野蒜《のびる》摘《つ》む
ユリ科　多年草

5〜6月

❖――繁殖力が強く、山野、土手、田んぼなど、全国いたるところで自生している。別名の「蒜《ひる》」はニンニクの古名。本種は地中に球茎があり、全体からニンニク臭がするので野蒜という名前が付けられた。高さ20〜40センチで、五〜六月ころに白紫色の小さな花を球状につける。やわらかい葉と鱗茎《りんけい》（地下茎の一種）を食用にする。採取時期は四〜五月が最適。

一と鍬に野蒜の白き珠無数　川島彷徨子

野蒜摘む擬宝珠摘むただ生きむため　加藤楸邨

籠いっぱい野蒜を摘みて才女ならず　鈴木真砂女

# 春蘭

しゅんらん
（しゅんらん）

ほくり　ほくろ　えくり
はくり
ラン科　多年草

3〜4月

❖――中国のラン科の「春蘭」に似ているので、この名前がつけられたが、中国の春蘭とは近縁の別種。ともあれ、「春に花の咲く蘭」の意味である（蘭は秋に咲く）。各地の山地に分布して、木漏れ日がほどよく差し、水はけのよい斜面などに群生している。ススキに似た細長い強い葉を出す。三〜四月ごろに青みを帯びた淡黄色の花を咲かせる。花弁に赤紫色の斑点があるので「ほくろ」という別名がある。

春蘭や雨をふくみてうすみどり　杉田久女

春蘭の風をいとひてひらきけり　安住 敦

春蘭に尾根つたひくる日のひかり　斎藤梅子

# 一人静

ひとりしずか
（ひとりしづか）

吉野静　眉掃草《まゆはきさう》
センリョウ科
多年草

4〜5月

❖――三センチほどの白い美しい花を源義経の愛妾・静御前にたとえて名づけられた。花といっても花弁も萼片《がくへん》もない、雌しべと花糸《かし》だけの花で、「一人」は、花穂《かすい》が一つだから。山林や丘陵などの日陰に群落をなしている。四枚の葉は対生し暗緑色でやや光沢がある。四月下旬ごろ、この四枚の葉に守られるかのように、一本の花軸がそっと伸びて小さな花を穂状に開く姿は一人静の名前によく似合う。

花了へてひとしほ一人静かな　後藤比奈夫

一人静殖《ふ》えてしづかに咲き揃ふ　山田みづえ

この庭も一人静も名残惜し　村上多津

# 嫁菜

よめな

菟芽木《うはぎ》　薺蒿《おはぎ》　よめがはぎ
萩菜《はぎな》　嫁菜飯

キク科
多年草

7〜10月

みちのくの摘んでつめたき嫁菜かな　細川加賀

左はカントウヨメナ

❖──秋の野菊というとリュウノウギクが最も知られているが、本種も野菊を代表する一つである。本州、四国、九州の山野の、特に湿地や田んぼの畦《あぜ》などに多く自生している。草丈は30センチほど。花は淡い紫色。ヨメナ属の特徴は、果実の上端に毛が冠状に生えていること。春の炊きこみご飯として有名な「嫁菜飯」にされるのは、東海地方以西に分布するヨメナで、関東地方以北に分布しているカントウヨメナ（本種と比べて少し葉が薄い）は利用されない。

❖──本種は、『万葉集』にはウハギの名前で登場しているが、当時から新芽や若芽が食用にされていたので、花の観賞の対象として詠まれているのではなく、春の若菜摘みの歌の中で詠まれている。今日では若芽を茹でて、浸し物、和え物などにされる。

紫を俤《おもかげ》にして嫁菜かな　松根東洋城

石仏の眼のとどく辺の嫁菜摘み　後藤梅子

市振やはらはら雨の嫁菜菊　福島小蕾

炊き上げてうすきみどりや嫁菜飯　杉田久女

**名前の由来**　秋の山地に咲く野菊のシラヤマギク（若芽が食べられる）が婿菜《むこな》と呼ばれるのに対して、若芽が美味でやさしく美しいところから「嫁菜」と名づけられた。

# 茅花
つばな

茅花野《つばなの》　白茅《ちがや》の花　ちばな

イネ科
多年草

5〜6月

三日月のほのかに白し茅花の穂　正岡子規

❖——茅萱《ちがや》の若い花穂《かすい》のことを茅花と呼んでいる。茅萱の「茅《ち》」は茅葺屋根の「茅《かや》」と同じ。この茅は、イネ科およびカヤツリグサ科の草本の総称で、代表種に芒《すすき》、寒萱《かんすげ》、そしてこの茅萱がある。茅萱は日当たりのよい土手や草地、河川敷などの乾燥した場所を好み、かたい地下茎を縦横に走らせてほかの植物を容易に入らせない。茅花は高さ30〜60センチ。春の中ごろにかたい葉鞘《はざや》を破って銀色の花穂を生じる。

❖——花穂には赤紫色の葯《やく》がたくさんつく。実は白い毛を密生し、熟すと風に舞う。麦の刈り入れの時期に茅花の穂が散っていくのだが、その様子を風流に「茅花流し」と呼んでいる。茅花は噛んだりしゃぶるとかすかに甘い。干した根は利尿剤となる。

乞へば茅花すべて与へて去にし子よ　中村汀女

茅花散り徒然草に恋の段　西村和子

茅花笛吹いて近づく山河かな　湯沢千代子

狂ひても女茅花を髪に挿し　三橋鷹女

**名前の由来**　古くから日本の古典文学に登場し、『万葉集』巻八では、「〜春の野に抜ける茅花そ召して肥えませ（私の抜いた茅花を食べてお太りなさい）」と詠まれている。

# 蘆の角
あしのつの

蘆の芽　角組《つのく》む蘆　蘆の錐《きり》

イネ科
多年草

8～10月

角のように先をとがらせた芽を出す。その芽が、水中や水辺にピンと立つ姿には春の胎動を感じることができる。若芽は食べられる。晩秋になると花穂《かすい》が枯れ、絮《わた》をつけて穂が飛ぶのだが、その飛び姿が美しい。

柔らかに岸踏みしなふ芦の角　中村汀女
ややありて汽艇の波や蘆の角　水原秋櫻子
蘆芽ぐむしづけさに水めぐるかな　鷲谷七菜子
見え初めて夕汐みちぬ蘆の角　太祇

日の当る水底にして蘆の角　高浜虚子

❖――蘆は水辺や湿地などに野生している。アシと言ったりヨシと言ったりしているが、もともとはアシで、「青し」に由来しているという説がある。ただ、アシは「悪し」に通じるので、対語のヨシの名が一般的である。昔の日本は河川や湖沼が多かった。そこには必ずといっていいくらい、蘆(葦)が茂っていた。そのために、「豊葦原瑞穂《とよあしはらみずほ》の国」と呼ばれていた。

❖――どこでも見かける植物なので、多数の文献に登場していて、『万葉集』には「葦が散る」という枕詞がある。春になると地下茎からまるで

**名前の由来**　蘆の角とは蘆の芽のこと。春、地下茎から伸びた蘆の芽は、まるで突き出された剣のごとき鋭い姿をしている。水辺にピンと立ち春の息吹を伝える。

❖あしのつの❖

# 桜

さくら

桜花《あうくわ》　桜花《さくらばな》　夢見草　若桜　老桜
桜陰《さくらかげ》　桜の浪　朝桜　夕桜　夜桜
千本桜　田桜　磯桜　嶺桜《みねざくら》　庭桜

バラ科
落葉低木～高木

3～5月

人体冷えて東北白い花ざかり　金子兜太

❖――ひと口に桜と言っても、その種類は多い。全部で約五〇種もあり、主に北半球に分布している。日本には三〇種が自生していて、園芸種は三〇〇種くらいある。品種は大きく六群に分けられる。山桜群、豆桜群、丁子桜《ちょうじざくら》群、寒緋桜《かんひざくら》群、江戸彼岸《えどひがん》群、深山桜《みやまざくら》群の六群である。

❖――元来、桜といえば山桜をいい、奈良の吉野山の桜も山桜である。よく名前が知られている染井吉野《そめいよしの》は山桜群の中の一種である。染井吉野は明治元（一八六八）年、東京の染井村（現在の東京都豊島区駒込）の植木職人が大島桜と江戸彼岸桜を交配してつくりだしたものである。日本人がことに桜を称揚するようになったのは平安時代より。宮中では花の宴と称して、花見が行われるようになった。

としよりの顔になりゆく桜の夜　大牧広
村遠くはなれて丘のさくら咲く　飯田龍太
命二つの中に生きたる桜かな　芭蕉
夜桜や梢は闇の東山　田中王城
満開をみづからいとひ散るさくら　遠藤若狭男※

**名前の由来**　古代日本人は「サ」という音に神聖感を覚え、「サ」はやがて農耕神のサガミ（田神）を指した。「クラ」は「座」の意で、「サクラ」は「田の神の憑《よ》る座」の意。

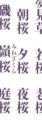

# 山桜

やまざくら

【学名】
バラ科
落葉高木

4月

❖本州関東地方以西、四国、九州に分布。雑木林に生える。高さは15〜20メートル。名前の由来は「山に生える桜」。ただし、山桜は山に咲く桜一般を言う名ではなくて、独立した一品種である。花期はソメイヨシノよりも遅く、ヤエザクラよりも早い。材はサクラ材の代表で緻密。版画板や干菓子《ひがし》（八ツ橋などの乾燥した和菓子）の型などに使われる。また、チップは良質で燻製《くんせい》づくりに使われる。

見返れば寒し日暮れの山桜　来山

海手より日は照りつけて山ざくら　蕪村

山桜青き夜空をちりゐたる　石橋辰之助

# 八重桜

やえざくら（やへざくら）

里桜　牡丹桜
総称

4月下旬〜
5月上旬

❖八重桜という名前をもつ特定の品種はない。八重咲き（重弁）のサクラの総称である。全国各地の庭園や公園などに観賞用として植えられている。開花時期は、サクラの中では最も遅く、四月下旬〜五月上旬である。淡紅色の花々が絢爛《けんらん》たる美しさを競うがごとくに咲く。ヤエザクラと呼ばれるものの多くは、オオシマザクラから園芸的につくられたサトザクラの八重咲きである。

奈良七重七堂《しちだう》伽藍《がらん》八重桜　芭蕉

満ち足らふことは美し八重桜　富安風生

八重桜咲かせて日本領事館　舘野翔鶴

# 紫荊

はなずおう
（はなずはう）

花蘇枋《はなずはう》　蘇枋《すはう》の花
マメ科
落葉低木

4月

❖──花の色が、同じ科の熱帯樹木のスオウの木からとる染料の赤色に似ていることからこの名前がついた。中国原産。江戸時代に渡来し、今では各地の公園や庭園で見かける。高さは三〜七メートルで、枝があまり横に張らず、ほうき状に直立。葉に先駆けて小形の蝶形花が群がって咲き、花が終わらないうちにハート形の葉が出はじめる。花の後に豆果を結び、冬も枝上に残る。

いまはむかしのいろの蘇枋《すおう》の花ざかり　飯田龍太
花蘇枋枝をはなるる明るさあり　太田鴻村

# 海棠

かいどう
（かいだう）

睡花《ねむりばな》　海紅《かいこう》
バラ科
落葉低木〜小高木

4月

❖──江戸時代に中国から渡来。高さ二〜八メートル。四月ごろに赤みを帯びた若芽と同時に、淡紅色の八重または一重の花が総状に垂れる。花の美しいハナカイドウ、黄熟した実が食用になるミカイドウ、白色の花をつけ、野に自生するノカイドウがある。また、近縁種との交雑による観賞品種が多数ある。中国では唐代の玄宗《げんそう》皇帝がなまめかしい楊貴妃《ようきひ》の姿を海棠に例えた故事が残っている。

海棠の日陰育ちも赤きかな　一茶
海棠のよき窓あけて人住めり　及川貞
海棠の雨に愁眉をひらきたる　行方克巳

# 山桜桃の花

ゆすらのはな

英桃《ゆすら》　ゆすら　莫桃《ゆすら》
バラ科
落葉低木

4月

❖——「ゆすら」は「ゆすらうめ」の略。単に「ゆすらうめ」という場合は、六月頃に熟して赤くなる実のことをいう。中国原産。江戸期に渡来した。高さは二〜三メートル。五月ころに、葉が伸びだす前に細い枝に小さな花をびっしりとつける。花や実がサクランボに似ているが、花も実もずっと小さい。ゆすらの語源は、揺すって落とせるくらい果実がたくさんなるからといわれている。

吾子眠るゆすら花咲く窓しめん　長谷川毬藻

蔵王《ざおう》嶺《ね》の町のあかるさ花山桜桃　皆川盤水

背負《しょい》籠《かご》の婆山に消え花ゆすら　田口一穂

# ライラック

リラの花　紫丁香花《むらさきはしどい》
モクセイ科
落葉低木

4〜6月

❖——札幌市の北星学園の創設者であるサラ・クララ・スミス女史によって日本に初めてライラックがもたらされたとされている。そのため、英語名のライラックが一般的になったが、フランス名のリラもよく知られている。ヨーロッパ原産。高さは三〜七メートル。四月から六月にかけてたくさんの小花が穂状《すいじょう》に集まって咲き芳香を放つ。寒地を好むので、東北・北海道の公園や庭園に植えられている。

舞姫はリラの花よりも濃くにほふ　山口青邨

真昼間の夢の花かもライラック　石塚友二

さりげなくリラの花とり髪に挿し　星野立子

# 馬酔木の花

あしびのはな

あしび　あせび
あせぼ　あせみ
あしぶ　花馬酔木

ツツジ科
常緑低木

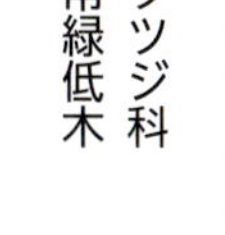

3〜5月

馬酔木野の夕日幼な名もて呼ばれ　丸山哲郎

❖——本州、四国、九州に分布する日本固有種。葉に白い斑が入るルクリンアシビや、花が淡紅色のアケボノアシビなどがある。庭木、盆栽としても親しまれている。本種の標準和名(日本語での正式な名称)は「馬酔木」と書いて「アセビ」。本種の葉には人や動物の呼吸中枢に作用する有毒物質のグラヤノトキシンが含まれていて、牛や馬が食べると酔っぱらったような状態になってしまうので、「馬酔木」と書く。奈良公園の鹿が本種の葉を食べないことは広く知られている。高さは一〜二メートル。三〜五月頃、壺状の小さい花が房になって垂れる。

❖——古典植物の一つで、『万葉集』に一〇首詠まれている。水原秋櫻子をはじめとして、俳人たちがこの白色の賑やかな花を好んで詠んだ。

中尊寺道白珠の馬酔木咲く　秋元不死男

月よりもくらきともしび花馬酔木　山口青邨

来し方や馬酔木咲く野の日のひかり　水原秋櫻子

仏にはほとけの微笑あしび咲く　飯野定子

**名前の由来**　**馬酔木の枝葉には有毒な成分があり、牛や馬が食べると足がしびれるので、〝足シビレ〟からアシビに。酔っぱらった感じにもなるので漢字では「馬酔木」に。**

# 桜桃の花

おうとうのはな（あうたうのはな）

チェリー　スヰート・チェリー
西洋実桜《せいようみざくら》　支那実桜《しなみざくら》
バラ科　落葉高木

4～5月

❖──別名はサクランボ、西洋実桜《せいようみざくら》。サクランボの仲間には、中国の桜桃に代表される東アジア系のものとヨーロッパ系のものがあるが、現在栽培されているもののほとんどはヨーロッパ系のものである。四～五月、葉に先駆けて白い花をつける。花の直径は三センチ。果実は二か月ほどで熟す。実はサクランボ。品種はナポレオン、佐藤錦など。山形県寒河江《さがえ》市は全国一のサクランボの産地である。

桜桃の花に奥嶺の雪ひかる　大竹孤悠

繭ごもるらし桜桃の咲く盆地　市村究一郎

さくらごは二つつながり居りにけり　室生犀星

# 山査子の花

さんざしのはな

バラ科　落葉低木

4月～6月

❖──古くから中国では本種の実を天日で干して生薬にしていて、生薬名は〝山査子〟。この薬名を音読みしてサンザシの名になった。中国原産で、江戸時代中期に薬用植物として渡来した。高さは一～三メートル。四月ごろにウメやナシに似た二センチほどの白い五弁花をつける。庭に植えたり、盆栽に仕立てて観賞する。葉の脇に棘をもつ。秋に直径二センチほどの赤または黄色の実を結ぶ。

花山査子古妻ながら夢はあり　石田あき子

さんざしの花の三等郵便局　松本雨生

壺に挿す山査子の花は盗み来し　安住敦

# 満天星の花
どうだんのはな

満天星躑躅《どうだんつつじ》
紅《べに》どうだん
更紗《さらさ》どうだん

ツツジ科
落葉低木

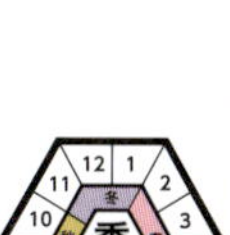

4〜5月

触れてみしどうだんの花かたきかな　星野立子

花の色は白色だけでなく、赤色のものも。

山地に自生するが、花の可愛らしさや紅葉の美しさから各地の庭や公園などに植栽されている。高さは数メートル。四〜五月ごろに壺形の白い花を枝垂れるように咲かせる。刈り込みに強いので生け垣、玉作りなどにする。

満天星や歩み初む子に守り鈴　三沢今代

満天星の一花一音づつの鈴　加藤燕雨

受難曲満天星の雨しろがねに　古賀まり子

満天星の花がみな鳴る夢の中　平井照敏

**名前の由来**　**幹から枝分かれして三本になった形が、篝火《かがりび》を焚くときの台（結び灯台）を支える三本脚の形に似ていて、その灯台がドウダンに転じた。**

❖――ドウダンを「満点星」と書くのは、「道教の神が、仙宮で薬を練っていたときに、傍に置いていた玉盤に入れた霊水を誤ってこぼしてしまい、この霊水が、飛び散った先に生えていたドウダンツツジに降りかかった。そうしたところ霊水が枝に集まって壺状の珠になり、満天の星のように輝いて見えた」という中国の伝説から。要は、本種が無数につける小さな白い花を夜空にきらめく星に見立てて「満天星の花」という漢字が当てられたということ。

❖――本州の静岡以西、四国、九州の

# 躑躅

つつじ

山躑躅　羊躑躅《もちつつじ》　米躑躅《こめつつじ》　霧島
雲仙躑躅　蓮華躑躅《れんげつつじ》

ツツジ科
常緑・落葉低木〜高木

3〜6月

吾子の瞳《め》に緋躑躅宿るむらさきに　中村草田男

❖――わが国は野生ツツジの宝庫で、北海道から九州まで、約五〇種が分布する。また、園芸種でもその種類は多く、セイヨウツツジを含め、なんと二〇〇〇種を超える。そのようなことから専門家であっても、種類を見分けるのが難しい。そのためなのか、日本ではツツジ科ツツジ属のうち、シャクナゲ以外をまとめてツツジと呼ぶようになっている。

❖――庭園や公園などいたるところに植栽されていて、春から夏にかけて漏斗状（漏斗は水撒《ま》きに使うジョウゴのこと）の花を咲かせる。なお、ツツジとサツキは植物分類学上はまったく同じ仲間だが、サツキのほうが開花期が遅く、葉に光沢が少なく毛深い。漢字の「躑躅」は足踏みする、の意で、元は「羊躑躅」。羊が本種を食べて毒によって足踏みをして死んだことから。

松伐りし山のひろさや躑躅咲く　飯田蛇笏

山つつじ照る只中に田を墾く　飯田龍太

つゝじいけて其陰《そのかげ》に干鱈《ひだら》さく女　芭蕉

盛りなる花曼荼羅の躑躅かな　高浜虚子

**名前の由来**　**花が途切れなく次々と咲くので〝つづき咲き木〟であるとか、〝綴《つづ》り茂る〟の意味であるとか、花が筒状なので〝筒花〟の意であるとか、諸説がある。**

## 小手鞠《こでまり》

団子花《だんごばな》
バラ科
落葉低木

5～6月

❖——名前は、言うまでもなく花の形が手鞠に似ているから。中国原産。江戸時代に渡来したといわれる。当時から切り花や園芸植物として広く親しまれていたようだ。四～五月に小枝の先に白い小花を数十個、球状（花の球は直径二～三cm）につけ、弓なりに垂れる。とても丈夫な木で、土質を選ばないので、庭木として手軽に楽しめる。生け花ではこの花はいろいろな花に合うので喜ばれている。

こでまりや上手に咲いて垣の上　嵐弓

こでまりに向けて小さき机置く　保坂伸秋

男親こでまりほどの飯握る　鈴木八駛郎

## 柳《やなぎ》

風見草　枝垂柳　糸柳
白楊　箱楊　やまならし
ヤナギ科　落葉低木～高木

3～5月

❖——名前の由来は、矢に用いられたので〝矢の木〟からという説と中国語の「楊《やん》の木」が語源とする説の二つが代表的。柳は、ヤナギ科の総称だが、一般にはシダレヤナギを指すことが多い。シダレヤナギは中国産。奈良時代に渡来。現在では全国の公園や庭園に植栽され、街路樹や水辺の風致樹として栽培されている。柳は春に、柳絮《りゅうじょ》と呼ばれる綿毛のある種子を飛ばす。

卒然と風湧き出でし柳かな　松本たかし

舟かりて春見送らん柳陰　北枝

まだ誰も住まぬ団地や青柳　久安五劫

# 藤

ふじ（ふぢ）

山藤　野藤　草藤　白藤
藤浪　藤棚　藤房

マメ科
蔓性落葉木

季
4～5月

❖——四～五月ごろ、枝先に青紫色の花をたくさんつける。長い花房を地に垂れる藤の風姿は実に優雅である。日本人は古くから藤が大好きで、『古事記』には「藤の花衣の伝説」があり、『万葉集』にも二七首ある。

藤棚の中にも雨の降りはじむ　三村純也

藤さびし渓に夕日のとどくころ　岡田日郎

藤棚を透かす微光の奥も藤　長谷川かな女

藤の昼膝やはらかくひとに逢ふ　桂　信子

**名前の由来**　**世界中で愛されている花木で、たくさんの園芸品種があるが、元になっているのは日本原産のノダフジ、その近縁種のヤマフジ、中国原産のシナフジである。**

白藤や揺りやみしかばうすみどり　芝不器男

左はヤマフジの花

❖——ふだんは、藤棚で見かけることがほとんどだが、もともとは、山野の林縁や荒地などで勢いよく繁茂する蔓性の植物である。野田藤系と山藤系と支那藤系が観賞用として著名である。野田藤系は本州、四国、九州に分布し、葉裏に毛がなく、蔓は右巻き。山藤系は本州西部から四国、九州に自生し、葉裏に軟毛が生えて、蔓は左巻き。そして支那藤系は中国産で、蔓は左巻き。ちなみに、藤と山藤を区別するために藤に野田藤という名前をつけたのは植物学者の牧野富太郎である。

# 山吹

やまぶき

しばらくは山吹にさす入日かな　渋沢渋帝

面影草《おもかげぐさ》　かがみ草　八重山吹
濃山吹　葉山吹　白山吹

バラ科
落葉低木

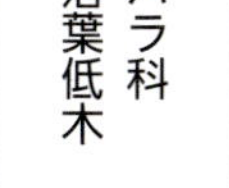

3～5月

❖——北海道、本州、四国、九州に分布。高さは一～二メートル。日当たりのよい山野の林縁や山間の谷川沿い、とくに乾燥する崖の縁に自生しているのをよく見かける。庭木としても知られている。四～五月ごろ、薄緑色の若葉に交じって、濃い黄色というよりまさしく山吹色の散りやすい花が咲く。一重咲きと八重咲きがあり、一重咲きのものはほとんど結実するが八重咲きのものはごくまれにしか結実しない。『万葉集』には本種を詠んだ歌が一七首あるが、多くの歌が「花咲きて実はならねど も…」としているのは、八重咲きのものを題材にしているからである。

ヤエヤマブキの花

❖——本種に似るものにシロヤマブキがあるが、本種の葉が互生なのに対して、シロヤマブキの葉は対生なので見分けられる。

山吹や葉に花に葉に花に葉に　太祇

山吹の一重の花の重なりぬ　高野素十

あるじよりかな女が見たし濃山吹《こやまぶき》　石鼎

山吹に山の日ざしの惜しみなく　清崎敏郎

山吹や根雪の上の飛騨の径　普羅

**名前の由来**　**山吹の枝は微風でもよく振れ動くことから「山振り」と呼ばれていて、これが転訛《てんか》（本来の発音がなまって変わること）して山吹になったといわれている。**

# 石楠花
しゃくなげ

石南花

ツツジ科
常緑低木

5～6月

石楠花や朝の大気は高嶺より　渡辺水巴

ホンシャクナゲ（上）、アズマシャクナゲ（左）の花。

❖――シャクナゲの仲間は、原産地が世界各地にあり、日本でもアズマシャクナゲやホンシャクナゲなどの原種があり、本州中部以西、四国、九州の亜高山帯と周辺の渓谷に自生している。ほかに類を見ないほどたくさんの種があり、分布も広い。日本には大きく三系統があって、平地でも栽培しやすいのはツクシシャクナゲ系。高山植物としての性格が色濃いのがハクサンシャクナゲ系とキバナシャクナゲ系である。高さは二～四メートルくらいで、五～六月に、枝の先端に数個から十数個の花がかたまって咲く。ツツジに似た大形で美しい花で、特にセイヨウシャクナゲの濃紅色の花はとても華やかで、見るものを強く惹きつける。また、葉も厚く皮質で光沢があり、花とマッチして美しい。

石楠花の頃は過ぎたり咲き残り　清崎敏郎
石楠花を隠さう雲の急にして　阿波野青畝
石楠花にかくれ二の滝三の滝　宮下翠舟
石楠花によき墨とゞき機嫌よし　杉田久女

**名前の由来**　中国で石楠花という漢名で表記されていたのは、本種とは別のオオカナメモチ。本種を誤認して奈良時代ではトベラ、江戸時代ではシャクナゲと呼んできた。

# 梨の花

なしのはな

**梨花　花梨　梨咲く**
バラ科
落葉高木

4〜5月

❖——梨は世界中で栽培されていて、大きく和梨、中国梨、西洋梨の3つに分けられる。人気の幸水、二十世紀などは和梨である。現在、日本で栽培されている品種の多くはヤマナシを原種として使っている。もともと高木で高さが五〜七メートルになるが、果樹として栽培されているものは低木に仕立てられる。四月ごろに、前年と前々年に出た枝に白色か淡紅色を帯びた五弁花をいっせいに咲かせる。

梨棚の跳ねたる枝も花盛り　松本たかし
甲斐がねに雲こそかかれ梨の花　蕪村
水筒に熱き珈琲梨の花　本宮哲郎

# 李の花

すもものはな

**李散る　李花**
バラ科
落葉小高木

4月

❖——名前の由来は、本種の果実はモモに似ているのだが、酸味が強くて食べると酸っぱいので、〝酸っぱいモモ〟からスモモ（酸桃）になったとされている。中国原産。揚子江の奥地がこの木の故郷だといわれている。古くから世界各地で栽培されていて、日本でも『古事記』や『万葉集』の時代から利用されていたことがわかっている。現在ではセイヨウスモモ（プラム）も栽培されている。

茶柱を飲み干す母です李咲く　川崎久美子
子鴉の母呼ぶ李月夜かな　内藤鳴雪
多摩の瀬の見ゆれば光り李咲く　山口青邨
青白き李の花は霞まずに　佐野良太

# 杏の花

あんずのはな

**からももの花　杏散る**
**花杏　杏花村**
バラ科　落葉小高木

3～4月

❖——中国原産とされているが、ネパールやブータンに多く自生しているので、これらの地域が原産地ではないか、という説が有力になりつつある。中国が唐だった時代(日本は奈良時代)に渡来したと考えられている。そのため、当時は唐桃《からもも》と呼ばれていて、『万葉集』にもこの名で出ている。その後、中国では唐桃のことを「杏・杏子」と書き、アンズと発音していることがわかったので、今の名前に。

花杏受胎告知の翅音《はねおと》びび　川端茅舎
つながれし牛に杏の花ざかり　青柳志解樹
まがりても花のあんずの月夜道　上田五千石



# 木瓜の花

ぼけのはな

**緋木瓜　白木瓜　更紗木瓜《さらさぼけ》**
バラ科
落葉低木

3～4月

❖——この変わった名前の由来は、漢名の「木瓜(ボッカ)」から転じたものといわれる。秋に実る果実の切り口が瓜に似ているので名に「瓜」の字が。しかし、本来の木瓜は、果実が大きくて、本種とは別種である。中国原産で日本には平安時代に渡来し、庭木として植栽されるようになった。三月から四月にかけて、葉に先立って、棘のある枝に梅に似た花が咲く。

木瓜の花こぼれし如く低う咲く　大谷句仏
木瓜白し老い母老いし父を守り　有働亨
古書ひらく朝より雨の更紗木瓜　きくちつねこ

# 林檎の花

りんごのはな

**花林檎**
バラ科
落葉高木

4～5月

❖——中国で、鳥が来る樹として「来禽」と記していて、やがて〝林檎〟になったとも。名前は「林檎」の音読みが転訛《てんか》したもの。中央アジア原産。鎌倉時代に中国から渡来したといわれている(リンゴの仲間はすべて渡来したものとされる)。セイヨウリンゴはコーカサス原産で幕末に渡来した。寒い地方が適地で、長野県や東北や北海道で栽培される。四～五月ごろ、白い美しい花(蕾はピンク)が開く。

火の山の裾を汽車行く花りんご　鮫島交魚子
対岸にゆれて着く舟林檎咲く　加藤憲曠
高空は疾き風らしも花林檎　相場遷子

# 桃の花

もものはな

**三千世草《みちよぐさ》　白桃　緋桃**
**源平桃　枝垂桃**
バラ科　落葉小高木

4～5月

❖——実がたくさんつくので〝百《もも》〟とも、実が赤いことから〝燃実《もえみ》〟から転じたとも。多くの園芸品種があるが、花を観賞するハナモモと実を食用にするミモモに大別できる。高さは三～五メートルで、三～五月に五弁の花を咲かせる。花はウメやサクラと比べるとやや大きく、あでやかである。中国ではモモは邪気を払うものとしてその花と実が愛された。陶淵明の「桃源郷」でも有名。

野に出れば人みなやさし桃の花　高野素十
ふだん着でふだんの心桃の花　細見綾子
雪の降る山を見てゐる桃の花　福田甲子雄

# 松の花

まつのはな

## 松の花粉

❖まつのはな❖

マツ科
常緑高木

4～5月

母が来て日向にかがむ松の花　廣瀬直人

左はクロマツの雌花

❖――日本を代表する樹木である。ユネスコ世界文化遺産・富士山の構成資産に登録された三保の松原は、『万葉集』でも詠われている。松の仲間は世界中に約二〇〇種、そのうちの二二種が日本に自生している。松の花は、四月ごろに、枝先に紫色の少数の雌花がつき、枝の基部に薄茶色の多数の雄花がつく。風が吹くと雄花が花粉を煙のように飛ばし、雌花はのちに球果となる。その球果を「松かさ・松ぼっくり」と呼んでいる。クロマツは男松《おまつ》と呼ばれ、高さが40メートルにもなり、美しく剪定されると庭園の主役にふさわしい風格を漂わせる。海岸の防風林などにも使われている。また、アカマツは女松《めまつ》と呼ばれ、山野に多く自生し、関東では庭木に用いられている。人気の松茸はこのアカマツの大木に生じる。

白浪のやうやく目立つ松の花　上田五千石

鳥の名を知らねば仰ぎ松の花　加藤楸邨

雨はたと止みてしづかや松の花　森軍十郎

風呂沸くやしんと日あたる松の花　清原拐童

**名前の由来**　葉が二股になることから二股→マタ→マツとなったという説や、常緑なので緑を保っていることからタモツ→マツとなったという説など諸説がある。

# 楓の花

かえでのはな
（かへでのはな）

花楓
カエデ科
落葉高木

4〜5月

❖――別名は紅葉《もみじ》。葉の形が蛙の手に似ているから「蛙手《かえるで》」と呼ばれ、カエルデ→カエデと略されてこの名に。若葉が萌えだすのとほぼ同時に梢に暗紅色の小さな花をつける。切り込みの深い若葉の陰にひっそりと隠れるように咲くので目立たない。八本の雄しべがある。花が終わった後、翼《よく》をもった果実をつけ、風に乗って飛ぶ。世界に約一五〇種、日本には二六種ある。

花楓しづかにこころ燃ゆるなり　柴田白葉女
枝ぶりの良き若楓《わかかえで》活けにけり　松本幸四郎
抱き上げし赤子もの言ふ花楓　下村ひろし

# 通草の花

あけびのはな

木通《あけび》の花　山女《あけび》の花
丁翁《あけび》の花
アケビ科　落葉蔓性木本

4〜6月

❖――同じアケビ科のムベとは実の開閉が対照的である。アケビは実の口を開いているがムベは閉じている。アケビは実が開いているから〝開け実〟で、アケビになったというのが名前の由来。美しい紫色の果実が有名。北海道を除く各地の山野に自生している。四月ごろに、味わいのある白い花を咲かせる。蔓はアケビ細工に利用され皮を剥《は》いで籠《かご》を編む。

朝空の浅葱に晴れて通草の花　小松崎爽青
山みちの翳り心地に花通草　加藤三七子
先端は空にをどりて通草咲く　林　徹

# 柳絮
りゅうじょ（りうじょ）

ヤナギ科
柳の絮《わた》　柳の花　柳絮飛ぶ

❖──柳絮の「絮」は綿毛のことで、ヤナギの種子にある白い毛を綿に見立てた名前である。つまり、柳絮は「柳の綿毛」のことである。柳は早春、葉が伸びきらないうちに黄緑色の地味な花を開く。柳には枝が上に立つ種類と下に枝垂れる種類があるが、どちらの種類も雌株の花は結実後、綿のような種を飛ばす。春の風に乗ってどこまでも飛んでいくさまはいかにものどかである。

柳絮とぶマリア賛美の日なりけり　下村ひろし
柳絮なり夫失ひし我に舞ふ　加藤三七子
木曽馬の涙目ほそく柳絮飛ぶ　澤田緑生

# 黄楊の花
つげのはな

姫黄楊
ツゲ科
常緑低木

3〜4月

❖──名前の由来については、光沢のある厚い葉が次々と密生するので、ツギが転じてツゲになったのではないか、という説をはじめ諸説があるが、決定的なものはない。山形、新潟以西から四国、九州に自生している。三〜四月ごろ、葉の脇、枝先に淡黄色の小花を咲かせる。庭木や生け垣として植えられている。材質が堅牢なので、櫛《くし》、印判、版木、将棋の駒など用途が広い。

大虻《あぶ》に蹴られて散りぬ黄楊の花　小野蕪子
閑かさにひとりこぼれぬ黄楊の花　阿波野青畝
温泉煙のうすらぐ其処も黄楊咲けり　石昌子

# 枸橘の花

からたちのはな

枳殻《からたち》の花

ミカン科
落葉低木

4～5月

時刻表にはさむ枳殻のこぼれ花　横山房子

ピンポン球ほどの大きさの実。

❖—中国原産。高さは二～三メートルで、緑色の枝はよく分岐し、太く長い（一～五センチ）棘が交互に並んでいる。この棘があるために、かつては刈り込んで生け垣として利用されていたが、最近はあまり見かけなくなった。四～五月に、新葉とほぼ同時に、棘の付け根に白い花をつけて甘い香りを発する。ピンポン球ほどの大きさの実は葉が落ちた後も長く枝に残る。実は乾燥させて健胃剤や利尿剤に用いた。

❖—本種は、柑橘類の中では最も耐寒性があるが、庭植えにした場合、日当たりがよくないと実のつきが悪くなる。寒風の当たらない場所で、肥沃で、適度の湿地が最適である。暖地では常緑。なお、北原白秋作詞、山田耕筰作曲の文部省唱歌「からたちの花」はよく知られている。

からたちの花の坂なるトラピスト　斉藤陵雨

からたちは散りつつ青き夜となる　藤田湘子

からたちの花より白き月いづる　加藤かけい

花からたち岳父《ちち》に夢二の切抜き帳　小池文子

**名前の由来** **奈良時代には中国から渡来していた。日本の橘《たちばな》（古くから野生していた日本固有の柑橘《かんきつ》）に対して「唐の橘」。つまりカラタチ。**

❖からたちのはな❖

# 篠懸の花

すずかけのはな



鈴懸の花
プラタナスの花

スズカケノキ科
落葉高木

4～5月

すずかけの花咲く母校師も老いて　河野南畦

❖——別名のプラタナスの名でもよく知られている。仲間には、北アメリカ原産のアメリカスズカケノキ(俗に釦《ぼたん》の木と呼ばれている)と、本種とアメリカスズカケノキの交配種であるモミジバスズカケノキがある。日本の街路樹・公園樹に最も多く使われているのは、モミジバスズカケノキである。一六～一七世紀に西欧で街路樹に使われはじめ、日本には明治時代に輸入、育苗された。

❖——高さは30メートルにもなる。樹皮は薄くハゲて特徴のある不規則な模様をつくる。五月ごろに、新緑とともに花枝を伸ばして、球状に花をつけるが、樹高が高く、葉も大きいのでなかなか見つからない。雄花は黄色、雌花は淡緑色で、秋には褐色の果実を結ぶ。この果実のほうはよく目立つ。

鈴懸の花に閉ざせしブラインド　潮原みつる

プラタナスの花咲き河岸に書肆《しょし》ならぶ　加倉井秋を

すずかけの更けつつ薫《かを》れ寝にかへる　石田波郷

すずかけの花咲けばくる別れかな　神山洋子

**名前の由来**　毛糸のボンボンのような実が垂れ下がっている様子が、山伏の装束の“篠懸”の肩飾りに似ているためという説と、実を楽器の鈴にたとえたという説もある。

# 樒の花

しきみのはな

**莽草《しきそう》の花**　**かうしばの花**
**花しきみ**
シキミ科　常緑小高木

3〜4月

❖──関東以西の山中に多く自生する。高さは二〜五メートル。三〜四月ごろ、葉の付け根に美しい花をつける。枝や葉を切ると芳香があるが有毒成分を含んでいるので汁が口に入らないように気をつける必要がある。種も有毒。サカキは神事に用いられるが、本種は、仏前や柩《ひつぎ》に供えられる。そのため庭木としては嫌われる。木の皮や葉を乾燥させたものを粉末にして抹香や線香の材料として用いる。

村人の見ざる樒の花を見る　相生垣瓜人
樒咲くこの谷を出ず風と姥《うば》　山上樹実雄
門前の花屋の樒咲きにけり　星野麦人

# 郁子の花

むべのはな

**うべの花**　**野木瓜《むべ》**
**常盤通草《ときわあけび》**
アケビ科　蔓性常緑樹

4〜6月

❖──天智天皇が近江で本種を食べて「むべなるかな（いかにももっともなことである、の意）」と言ったのが由来とされている。山野に自生する。庭に植えられることもよくあり、垣根や門に絡ませているのを見かける。蔓性の植物で、アケビに似ているが蔓も葉もアケビよりかたい。四月ごろ、葉の間に長い柄をもった白緑色の花をつける。葉が七、五、三とつくので、縁起のよい木とされる。

郁子の蔓たくまし花をふりかむり　遠藤はつ
郁子咲いて夜明け早まる垣根かな　小松崎爽青
郁子咲くや聖母イエスを深く抱き　倉田素香

# 山帰来の花

さんきらいのはな

サルトリイバラ科
落葉半低木

4月

岩の上に咲いてこぼれぬ山帰来　村上鬼城

❖——日本各地の山地や丘陵地などに自生する。ハイキングコースの道沿いでもよく見られる。棘のあるかたい枝は節ごとに曲がり、絡み合って藪《やぶ》をつくる。五月ごろに、黄緑色の目立たない小花が集まって咲く。本種の根茎を中国では土茯苓《どぶくりょう》というが、日本の漢方では山帰来《さんきらい》といい、本種の正しい名前であるサルトリイバラとは呼ばず、山帰来と呼ぶ人も多い。本来の山帰来は、本種によく似ているが同属別種で、日本には自生せず、台湾や中国の華南地方に分布する熱帯植物である。

❖——葉は互生し、円形で厚くて光沢がある。葉元には巻きひげがある。雌雄異株で果実は直径七ミリ。赤色で美しい。西日本では本種の若葉で餅を包む。根茎を乾燥させ、煎《せん》じて服用すると、利尿・下痢止めの効果がある。

山帰来石は鏡のごとくなり　川端茅舎
ひと葉づつ花をつけたり山帰来　加賀谷凡秋
炉なごりの小柴にまじる山帰来　石原八束
やすらひてさるとりの花杖にあぐ　中村若沙

**名前の由来**　**山帰来は俗名。正しくはサルトリイバラ。サルを本種でできた藪に追い込んで捕らえたからとも、サルが本種の棘にひっかかって捕らえられたからとも。**

# 金盞花

きんせんか
（きんせんくわ）

金盞花畑に立てり朝の海女　深見けん二

**常春花　長春花　ときしらず**
**金盞草　カレンジュラ**

❖――南ヨーロッパ原産。キク科のキンセンカ属は20～30種あって、カナリア諸島から地中海を経てイランまで分布している。日本には江戸時代に渡来した。高さ30～50センチほどの茎の先端に、杯《さかずき》の形をした橙色・薄黄色の花をつける。茎や葉にはやわらかい毛が生えている。また、強い匂いがある。花は朝開き、夕方には閉じる特性をもっている。四～五月ごろから数か月にわたって咲き続けるので長春花・常春花などとも呼ばれる。観賞用に庭や鉢に植えられ、切り花・仏花用に畑で栽培されている。

キク科
越年草

3～5月

❖――花の色と形が印象的で親しみやすい花なので、海辺の暖地などに咲いている姿は見事で魅せられる。房州などでは二月ごろから咲き、切り花として出荷されている。

金盞花淡路一国晴れにけり　阿波野青畝

金盞花妻との旅はよく眠り　大牧 広

島の太陽海に反射す金盞花　松崎鉄之介

勤勉を継ぎたる島の金盞花　花谷和子

**名前の由来**　**漢名の「金盞」が語源。金盞は金の杯の意味で、花の色が金色で、花形が杯に似ているところからこの名に。キンセンカは金盞の和音読み。**

❖きんせんか❖

# 勿忘草

わすれなぐさ

花よりも勿忘草といふ名摘む　粟津松彩子

わするな草



ムラサキ科
多年草

4～5月

❖──ヨーロッパ原産。ワスレナグサ属はユーラシア、アフリカ、オーストラリア、ニュージーランドに分布し、約五〇種。日本にはエゾムラサキだけが、北海道と本州中部の木陰に自生。本種が渡来したのは明治時代で、花壇や鉢植えに栽培されていたが、一九五〇年から北海道や長野県に野生化し、その後も日本のあちこちで野生化しているようだ。水湿地を好んで群生する。地下茎より茎を伸ばし、高さは30㎝くらい。

❖──晩春から初夏にかけて、茎の先に瑠《る》璃《り》色《いろ》で中心が黄色の可憐な花をつける。茎と葉に粗い毛がある。今日でも花壇や鉢植えで栽培されていて、ほかにピンクや白花の品種もあるが、ワスレナグサという名の雰囲気から、やはり瑠璃色のものが人気が高い。

勿忘草わかものの墓標ばかりなり　石田波郷

勿忘草丘はかならず墓抱く　福永耕二

雨晴れて忘れな草に仲直り　杉田久女

シャンソンを聴く薄明の勿忘草　きくちつねこ

**名前の由来**　英名の花言葉「フォゲット・ミー・ノット」を訳したもの。もともとはドイツの悲恋物語で、恋人のために勿忘草を摘もうとして水中に落ちた騎士の言葉。

# フリージア

**香雪蘭　浅黄水仙**
アヤメ科
多年草

3～4月

❖——名前は、一九世紀のイギリスの植物学者H・フリーズ氏にちなんだものといわれている。原産地は南アフリカ喜望峰。日本には大正時代に渡来。温室で栽培され、寒いうちから切り花として出回る。花壇や鉢植えでも栽培される。三～四月ごろに、花茎の先端に数個の蕾をつけ下から上に向かって咲く。八丈島は本種の切り花栽培の生産地として有名で、毎春、フリージアまつりが行われている。

フリージアを挿して拝みぬ父の墓　今井千鶴子
熱高く睡《ねむ》るフリージヤの香の中に　古賀まり子
フリージヤのあるかなきかの香に病みぬ　阿部みどり女

# シネラリア

**蕗菊《ふきぎく》　菊蕗　富貴菊《ふうきぎく》**
**サイネリア**
キク科　越年草

12～3月

❖——別名のサイネリアのほうがよく使われているのは、名前がシネラリアだと、病気見舞いに持参した場合に「シネ（死ね）ラリア」となってうまくない、と考えた日本の園芸店が使いはじめたからといわれている。シネラリアという名は旧学名で、ラテン語で灰色の意味。現学名のSenecio はやはりラテン語で「老人」の意味。これは、本種が花後に銀灰色の冠毛（綿毛）をもつから。

サイネリア花たけなはに事務倦《う》みぬ　日野草城
若き医師なればサイネリア嗅ぎて見る　大野林火
サイネリア待つといふこときらきらす　鎌倉佐弓

# アネモネ

紅花翁草《べにはなおきなぐさ》　はないちげ
ぼたんいちげ

キンポウゲ科
多年草

3〜4月

アネモネや雨の降る夜の映画観て　和田耕三郎

❖——南ヨーロッパ原産。世界中に一五〇種ほど分布している。日本には明治初年に渡来した。秋に植えた球根から芽を出して、三〜四月ごろ、高さ30センチほどの花茎を数本伸ばして罌粟《けし》に似た花を咲かせる。一重から八重咲きもあり、菊咲きのものは、アネモネ咲きともいわれる。

❖——花の色も赤紫、紅、紫、青、白、絞りほか、きわめて豊富である。鉢植えにも庭植えにも適している。ギリシャ神話では、美少年アドニスが死んだとき、美の神が流した涙がアネモネになったとされている。新約聖書に出てくる「野の花」というのはアネモネの花のことだという説もある。また、古代ギリシャでは、本種の紫をフェニキア色と呼んだ。フェニキア色とは貝紫色のことで、古代染料の中の最も高価な染料で出す色。

手のアネモネ闇ばかりゆく灯の電車　中村草田男

アネモネのこの灯を消さばくづほれむ　殿村莵絲子

アネモネや寡黙となりし俸給日　山田みづえ

アネモネや来世も空は濃むらさき　中嶋秀子

**名前の由来**　Anemoneという学名を借用したことが名前の由来である。Anemoneはギリシア語で「風の娘」の意味。種子が風で飛ぶのでこの名前がついた。

# チューリップ

ユリ科
球根草

❖――本種の人を惹きつける魅力は圧倒的で、ヨーロッパ経済を大混乱させたことがある。一六世紀にトルコからヨーロッパに渡り品種改良されたところ、英仏の貴族に異常な人気を博し、本種の球根が投機の対象になってしまい、「チューリップ狂」といわれる大混乱が起きた。中央アジア原産。日本には江戸時代末期に球根が輸入された。一〇月～一一月に球根を植えると翌年の四月ごろに、上向きの釣り鐘のような花を咲かせる。

3～5月

チューリップ喜びだけを持つてゐる　細見綾子

空にむき雨受けてをりチューリップ　高木晴子

# 都忘れ《みやこわすれ》

キク科
多年草

❖――この変わった名前は、順徳上皇(鎌倉時代)が佐渡に流されていたときに、庭に咲く可憐な花を指して「この花によって都のことを忘れられる」と言ったことに由来するとされる。野菊のようだが、本州以南の山地に自生するミヤマヨメナの、色鮮やかなものを選抜した栽培種である。晩春から初夏にかけて、枝先に紫色の小菊のような花を咲かせる。現在は白や空色なども栽培されている。

4～6月

都忘れふるさと捨ててより久し　志摩芳次郎

仕立て屋の都忘れの花窓に　加古宗也

教え子の来る日よ都忘れ買ふ　辻恵美子

# ヒヤシンス

水にじむごとく夜が来てヒヤシンス　岡本眸

**風信子　夜香蘭　錦百合**

ユリ科
球根多年草

2～3月

❖──地中海沿岸を中心にアフリカから西アジアにかけてが原産地。日本には江戸時代の末期に渡来し、観賞用に栽培された。当時は風信子《ふうしんし》などと呼ばれた。秋に植えた球根は芽を出して冬を越し、水仙に似た肉質で光沢のある四～八枚の葉が芯を囲むように出る。開花は三～四月で、葉の間から中空《ちゅうくう》(中が空っぽなこと)の太い花茎を伸ばして二〇～四〇個の小花を咲かせる。花の大きさは二～三センチで、色はピンク、紅、紫、淡青紫色、白、黄など、いろいろある。また、花には芳香がある。

❖──本種にはフランスで改良されたローマンヒヤシンスとオランダで改良されたダッチヒヤシンスの二系統があるが、私たちが親しんでいるのは後者である。早春の代表的な草花のひとつである。

銀河系のとある酒場のヒヤシンス　橋閒石

西伊豆の春は駆足ヒヤシンス　清水基吉

淡き香は風のおとづれ風信子《ふうしんし》　文挟夫佐恵

敷く雪の中に春置くヒヤシンス　水原秋櫻子

**名前の由来**　学名のHyacinthusからの転訛《てんか》。この学名はギリシア神話の美少年ヒヤキントスに由来するとされる。少年が死ぬときに流した血から本種が咲いたといわれる。

# シクラメン

篝《かがり》火《び》草《さう》

サクラソウ科
球根多年草

11〜4月

シクラメン雪のまどべにしづかなり　久保田万太郎

❖──本種には面白い別名が二つある。一つは、植物学者の牧野富太郎が名づけた「カガリバナ（篝火花）」。花びらが篝火の炎のように見えることからのネーミングである。そういわれればたしかに炎に見える。もう一つは、「ぶたのまんじゅう」。これは本種の球根をブタが食べるから。

❖──地中海地方の原産。ヨーロッパに渡り、多くの園芸品種が生まれた。冬から春にかけて、長さ20㎝ほどのたくさんの花茎の先に一つずつ、下向きの花を咲かせる。花の色は燃えるような紅色を代表に、白、ピンク、絞りなど多数。三、四月の早春花だが、栽培技術が発達したので、近年では仲秋から正月にかけても楽しむことができる。シクラメンはギリシア語で「回る」の意味。

シクラメン風吹きすぎる街の角　飯田龍太

シクラメンうたふごとくに並びをり　西村和子

恋文は短きがよしシクラメン　成瀬櫻桃子

シクラメン置いて脱兎のごと去りぬ　鈴木栄子

**名前の由来**　学名のCyclamenの借用。Cyclamenは、ギリシア語で「円形」を意味するCyklos（キクロス）から派生した言葉。本種の葉がハート形で丸いことに由来。

# 苧環の花

おだまきのはな

**苧環**《おだまき》　いとくり　糸繰草
キンポウゲ科
多年草

4～5月

❖──花の姿形が、麻糸を丸く巻きつけて中を空洞にした糸（苧《からむし》）を巻く糸巻き（苧環）に似ているのでこの名が付けられた。別名「いとくり」「糸繰草」ともいう。もとは北海道や本州の高山帯に生えるミヤマオダマキを母種とする園芸種である。高さが20センチくらいで、四、五月ごろ、茎の上方に、やや下向きの碧紫色の美しい花を開く。近年見られる外国産のものには濃茶や淡紅色の花もある。

をだまきの俯《うつむ》くこゑも聴かんとす　千代田葛彦
をだまき草咲いてゐる筈なほも行く　稲畑汀子
薪割るやみやまをだまき萌ゆる辺に　木村蕪城

# 豆の花

まめのはな

**花豆**
マメ科
越年草

4月

❖──「豆の花」といえば、豆類の花の総称だが、昔は豆の花といえば、ソラマメ（蚕豆）のことを意味していた。ちなみに、ほとんどの豆は夏咲きで、春咲きはソラマメとエンドウだけである。ソラマメは天平のころに渡来したといわれている。カスピ海南方・北部アラビア原産。四月ごろに蝶が舞うような形の花をつける。花後、莢《さや》が空に向いてふくらんで実を結ぶのでソラマメという名がついた。

まっすぐに海の風くる豆の花　大嶽青児
豆の花どこへもゆかぬ母に咲く　加畑吉男
家低く山また低し豆の花　三田きえ子

# 菜の花

なのはな

菜の花や月は東に日は西に　蕪村

花菜《はなな》　菜種の花　油菜
菜種菜　花菜雨　花菜風

アブラナ科
二年草

11〜4月

❖――日本の春の田園を彩るのは、麦畑の「青」、紫雲英《ゲンゲ》畑の「赤」、そしてこの菜の花畑の「黄」である。菜の花とはアブラナの花のことで、古く中国から渡来し、種子から菜種油をとるために広く栽培された。しかし、最近は、アブラナの姿はあまり見かけなくなり、セイヨウアブラナやセイヨウカラシナなどが栽培されることが多い。ちなみに、この二種類を見分けるポイントは、葉が茎を抱いている(葉が茎に回り込んでいる)かどうかで、セイヨウカラシナは抱かないが、セイヨウアブラナは抱いている。三〜五月に1〜1.5メートルの茎を伸ばし、黄色の十字形の花をたくさん咲かせる。江戸時代には菜の花畑がどこにでもあり、蕪村の「菜の花や月は東に日は西に」の句はよく知られている。

菜の花がしあわせさうに黄色して　細見綾子

家々や菜の花いろの灯をともし　木下夕爾

花菜濃き夕べたやすく人死して　鷲谷七菜子

菜の花の雨あかるくて降りにけり　今井杏太郎

**名前の由来**　油菜《あぶらな》、菜種菜《なたねな》の「菜の花」という意味。「菜の花」は総称。春に河原や土手などに群生しているのはセイヨウアブラナで、菜の花といえばこの種のことが多い。

# 山葵《わさび》

午後の日の雪嶺づたひや山葵採　藤田湘子

**土山葵　葉山葵　畑山葵**
**白山葵　山葵沢　山葵田**

アブラナ科
多年草

3～5月

❖――日本特産。世界で、ワサビを使うのは、日本以外では中国、朝鮮半島ぐらいなものだろうか。長野県の安曇野や伊豆の天城山中などではワサビ田が多く、栽培ワサビは見られるが、自生している自然のワサビにはまれにしかお目にかかれないといわれている。山間部の谷川などの清冽な水を利用して栽培される。

❖――葉は鮮緑色で長い柄があり、フキに似ている。花茎は30センチほどで、早春から初夏にかけて白色十字形の花をつける。地下茎には辛みと香りがあり、おろして刺身の薬味や香辛料とする。本種には解毒、健胃作用があるので、理にかなった薬味といえる。ワサビ属の学名はWasabiaで、日本語をラテン語にして名づけられた。花は浸し物にして食べられる。

雪いくたび降りし山葵ぞ抜かれたる　渡辺水巴

山葵田を来し水ならむ匂ひけり　岡澤康司

言葉少なに去る山葵田の花ざかり　渡辺水巴

山葵田の水もみあうて流れゆく　長谷川櫂

**名前の由来**　名前の由来は不明。以前は学名にもWasabia japonicaとワサビの名が用いられていた。現在ではWasabia属は独立した属とはみなされていない。

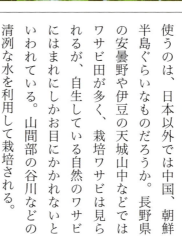

# 紫雲英
げんげ

げんげん
げんげ田　五形花《げげばな》　蓮華草
げんげ摘む

マメ科
越年草

4〜6月

げんげ田に寝て白雲の数知れず　大野林火

❖――中国原産。別名はレンゲもしくはレンゲソウ。かつては、秋、収穫後の田んぼに緑肥として植えられていたので、春になると田んぼが一面ピンクの花畑になって、日本的な春の風景が広がっていた。最近は、耕作技術が変化したために、一面の紫雲英《ゲンゲ》風景を見ることが少なくなっている。そのため、岐阜県では緑肥としての価値がゲンゲにあることを認めて県花にしたり、奈良の明日香村ではゲンゲづくりを奨励して、日本的な景色を展開している。三、四月ごろ、葉のわきから長く伸ばした花茎の先に、紅紫色の蝶形花《ちょうけいか》を数個つける。なお本種は、良質の花蜜をもっているので、蜜源植物として重要である。若芽は油で炒めて食べると美味しい。芽先は湯通しして、煮浸しなどにする。

げんげ田の紅を紡ぎて海の風　檜紀代
げんげ田《だ》のうつくしき旅つづけけり　久保田万太郎
踏み込んで大地が固しげんげ畑《ばた》　橋本多佳子
げんげ田に新妻おけば夕日匂う　赤城さかえ

**名前の由来**　**ゲンゲは中国名の「翹揺」を音読みにしたものと言われている。別名のレンゲは、小花を輪状に咲かせる様がハスの花に似ているところから。レンゲソウとも。**

# 苜蓿

うまごやし

うまごやし　クローバー　苜蓿《もくしゅく》
マメ科　多年草

4～9月

❖——ここでいう苜蓿は、地中海地方原産の、全草を肥料・牧草にする馬肥《うまごやし》のことではなく、アジア・ヨーロッパの原産で標準和名シロツメクサのことである。クローバーの名でも知られている。本種のウマゴヤシという名は、シロツメクサの俗称である。江戸時代に外国から送られてきたガラス器の箱に、詰め物として入っていたことと、花の色が白かったことが名前の由来。

苜蓿の首飾りをして牧夫かな　清崎敏郎
蝶去るや葉とぢて眠るうまごやし　杉田久女
下向けば心落着くうまごやし　油布五線

# 杉菜

すぎな

トクサ科
多年草

3～4月

❖——名前の由来は、本種の草姿が杉の樹形に似ていることから。草地、土手、畦《あぜ》などで見かける。長くて横に這《は》う地下茎をもち、春になると地上茎を伸ばす。地上茎には胞子茎と栄養茎があり、先に土から出てくる胞子茎がツクシで、少し遅れて栄養茎の本種が出てくる。ツクシは食べられるが本種も若いものは食べられる。春を告げる野草として人気があるが、畑地では駆除が困難な強害草である。

すさまじや杉菜ばかりの丘一つ　正岡子規
古池へ下りる道なき杉菜かな　五十崎古郷
家たてて杉菜が生ず束の間よ　細見綾子

## 桜草

さくらそう
（さくらさう）

サクラソウ科　多年草
乙女桜　雛桜　化粧桜
プリムラ　常盤桜

4～5月

❖――サクラの花に似た花を咲かせる草、という意味でこの名がつけられた。一茶に「我が国は草も桜を咲きにけり」という句も。山野の湿地に自生するが現在は少なくなった。埼玉県浦和市の田島ケ原は群生地として特別天然記念物に指定されている。四月ごろ、葉よりも長い花茎を直立させて、その先にサクラに似た数個の花を咲かせる。江戸時代に武士の間で本種の栽培が大流行したことがある。

転勤の社宅決まりて桜草　伊東百々栄

桜草灯下に置いて夕餉かな　富田木歩

咲きみちて庭盛り上る桜草　山口青邨

## 一輪草

いちりんそう
（いちりんさう）

キンポウゲ科　多年草
いちげさう　二輪草
裏紅一花《うらべにいちげ》

4～5月

❖――名前の由来は、茎を一本だけ出して、花茎の先に花を一輪だけつけるため。学名にnikoensisとあるのは、本種がわが国固有の花で、日光（栃木）で採集された標本に基づいて名づけられたためである。「裏紅一華《うらべにいちげ》」という別名があるのは、白い花びらに見える五枚の大きな萼《がく》片《へん》の裏がしばしば紅色を帯びるところから。全国に分布している美しい花だが、毒草なので気をつけたい。

渓音を連れ去る風や一輪草　菅野てい子

一輪草木橇《きぞり》をつかひすて、あり　木津柳芽

一輪草水音山のをちこちに　津留ちふみ

# 金鳳花
きんぽうげ

毛茛《きんぽうげ》
うまのあしがた

キンポウゲ科
多年草

4～5月

きんぽうげ山雨《さんう》ぱらりと降つて晴れ　岡田日郎

❖—日本全土、朝鮮半島、中国、台湾に分布。日当たりのよい山野、道端、土手などに自生する。帯状の群落を見せる。別名の「ウマノアシガタ」は、根出葉《こんしゅつよう》が馬の蹄《ひづめ》に似るからといわれていたが、まったく似ていないところから「トリノアシガタ」の誤用という説がある。以前は、一重咲き種を「ウマノアシガタ」、八重咲き種を「キンポウゲ」と呼んでいたが、最近はどちらも「キンポウゲ」の名で呼ばれるようになった。高さは30～60センチ。四～五月ごろにつやのある黄色い五弁花を咲かせる。

❖—花後には金平糖《こんぺいとう》状の果実をつける。根生葉には長い柄があり、縁には不揃いの鋸歯《きょし》がある。本種は有毒で、誤食すると腹痛、下痢、嘔吐《おうと》、幻覚などの症状を起こす。また、茎の汁に触ると皮膚炎を起こす。

金鳳華明日ゆく山は雲の中　飯田龍太

だんだんに己《おのれ》かがやき金鳳華　中村汀女

かなしみは地上に風のきんぽうげ　花谷和子

水ひいて畔縦横や金鳳華　原　石鼎

**名前の由来**　黄色の五弁花がきらきらと輝くその姿から金色の鳳凰《ほうおう》を想像して金鳳花と名付けられた。

# 二人静
ふたりしずか（ふたりしづか）

センリョウ科
多年草

4～6月

❖——ヒトリシズカ（三七頁）同様、静御前にちなむ名。またヒトリシズカと同じく山林の日陰地に自生する。名前の由来は、ヒトリシズカの花穂《かすい》が一本なのに対して、二～五本の花穂をもつことによるという説と、義経を恋う静御前の舞に、幽霊がつきまとって二人の舞となったためこの名がついたという説がある。優しい、風情のある姿が好まれ、茶花にもよく用いられる。

そよぎつつ二人静の一つの穂　上井萩女
群れ咲いて二人静と云ふは嘘　高木晴子
花白き二人静が夜明け待つ　小沢満佐子

# 母子草
ははこぐさ

鼠麹草《はこぐさ》　ははこ　はうこ
御形《ごぎやう》　蓬
キク科　越年草

4～6月

❖——春の七草の一つに数えられる御形はこの草のことである。日本全土の荒地や道端、田畑などに自生するなじみのある雑草である。高さは約20センチで、茎の先端に黄色い小さな花を咲かせる。小さな花が肩を寄せ合って咲いている姿は母子のように見えなくもない。昔はホウコグサと呼ばれ、香りのよいヨモギが草餅に使われるようになるまでは、本種を餅に入れて草餅をつくっていた。

われら知らぬ母の青春母子草　寺井谷子
老いて尚《なほ》なつかしき名の母子草　高浜虚子
母子草山々人の世を離れ　飯田龍太

# 薊
あざみ

**薊の花　花薊　眉《まゆ》つくり　眉はき　鬼薊　山薊　浜牛蒡**



キク科
多年草（まれに越年草）

5〜8月

妻が持つ薊の棘を手に感ず　日野草城

❖——世界で二五〇種以上あり、うち七〇〜八〇種が日本にある。日本産のアザミの多くの花期は夏〜秋だが、ノアザミ、ハナアザミ、オオアザミは晩春に開花する。多くの種類のアザミの花期が夏〜秋なので、夏の部に入れている歳時記もあるが、多くの歳時記が春の部に入れているのは、ノアザミをアザミの代表と考えているからだろう。

❖——ノアザミは本州、四国、九州の山野に自生し、五〜六月に開花。ハナアザミはノアザミの園芸品種で、花つきがよく、花の色も実に豊富で鮮やかで、五〜六月に開花し、庭植えや切り花にされる。ノアザミは紅紫色の頭花を咲かせ、花後、種子を生じ、絮《わた》となって飛ぶ。園芸店でドイツアザミという名で売られているが、これはノアザミの改良種。

第一花王冠のごと薊咲く　能村登四郎
双眼鏡遠き薊の花賜る　山口誓子
世をいとふ心薊を愛すかな　正岡子規
花薊露珊々《つゆさんさん》と葉をのべぬ　飯田蛇笏
薊咲き下田通ひの船がゆく　臼田亜浪

**名前の由来**　**葉と茎に鋭い棘があるため、この花に惹かれると葉の棘に刺されてしまうので『あざむく』草になったという説がある。**

# 夏

立夏から立秋の前日まで
（五月五日頃から八月七日頃まで）

# 梧桐

あおぎり（あをぎり）

**青桐　梧《あおぎり》　梧桐《ごとう》**
あをによろり　いつさき

梧桐に少年が彫る少女の名　福永耕二

❖——沖縄に自生。伊豆半島、四国、九州南部にも野生化。昔は、緑色のことを〃青〃といった。つまり「青葉」というのは、〃青い葉〃という意味ではなく、〃あざやかな緑色の葉〃という意味。アオキという木は、小枝も幹も緑色だから〃青い木〃でアオキに。

アオイ科
落葉高木

❖——本種は、樹皮が緑色なので「アオ」がつき、葉の形がキリに似ているのでアオギリという名前になった。ただし、キリとは別科の木である。葉が空気の汚れに強いとされ、おまけに大きな葉は日陰をつくるし、成長も早いので、街路樹や公園樹に多用され、特に校庭でよく見られる。六〜七月に枝先に淡黄色の小花を多数つける。果実は大きく、夏から秋にかけて熟す。実は長く枝に残り、遠くからでもよく目立つ。種子は煎《い》って食べられる。

青桐や母家は常にひつそりと　中村汀女

水無月の枯葉相つぐ梧桐かな　原石鼎

青桐の向ふの家の煙出し　高野素十

青桐の三本の影かたまりぬ　野村喜舟

**名前の由来**　「目には青葉」というように、昔は緑色のことを〃青〃といった。本種は葉が桐の葉に似ていて、樹皮が緑色なのでので〃青〃が付き、アオギリの名に。

# 太藺

ふとい（ふとゐ）

大藺　青藺　唐藺
カヤツリグサ科
多年草

7〜10月

❖——畳などに用いられる藺草《いぐさ》の仲間である。茎の直径が一〜二センチもあり、仲間の中では太いのでこの名に。『万葉集』には大藺草の名で出ている。〝大きい藺草〟の意味。日本全国に分布し、池や沼などに群生する。高さは二メートルにもなる。日本では観賞用にしないが、ヨーロッパでは庭園の水辺に植えられることも多い。編んで蓆《むしろ》にされる。世界中で籠《かご》や帽子などの材料に。

舟たのし太藺の花を折りかざし　富安風生
太藺折れ水の景色の倒れけり　粟津松彩子
放牧の馬あり沢に太藺あり　高浜虚子

# 青蘆

あおあし（あをあし）

蘆茂る　青萱《あおがや》　萱茂る　青葦
イネ科
多年草

8〜10月

❖——仲間のススキ（一九二頁）やオギに比べ葉が短いが丈は高く、川岸を埋めつくすほどの大群落をつくることもある。一〜三メートルもの高さになる。かたく鋭い葉がざわざわと風にそよぐ様子は、初夏のすがすがしさを感じさせる。夏から秋にかけて円錐形《えんすいけい》の花穂《かすい》を立てるが、俳句の季語になっている「青蘆」は、まだ穂の出ていない、青々とした葉が群生している様子をさしている。

乗りすてし舟青蘆が抱きをり　能村登四郎
青葦や湖に沈める古き径　中拓夫
青葦の葉ずれけふ生きけふ老いき　千代田葛彦

# 青蔦
あおつた（あをつた）

**蔦茂る**
ブドウ科
蔓性落葉木本

6〜7月

❖――ツタが青々と茂っていることを青蔦といい、夏の季語である。ツタの名前の由来は諸説あるが、茎が他の木や壁などを〝伝って〟伸びることから、〝伝う〟が語源ではないかという説が有力。葉には長い葉柄（葉と茎を接続している小さな柄）があり、二〜三裂する。初夏の明るくあざやかな若葉のことを「蔦若葉」、真夏の壁が見えなくなるほど茂った蔦のことを「蔦茂る」と表すこともある。

青蔦の静かな夜の深みどり　加藤楸邨
青蔦のがんじがらめに磨崖仏　菖蒲あや
子が育つ青蔦ひたと葉を重ね　西東三鬼

# 葎
むぐら

**八重葎　金葎《かなむぐら》　葎草**
アサ科（ヤエムグラはアカネ科）
一年草

8〜10月

❖――本来は、蔓《つる》を絡ませながら茂る雑草のことをムグラというのだが、最近は、カナムグラやヤエムグラのことを葎と呼んでいる。カナムグラの名前の由来は、本種の茎が鉄製の針金のように丈夫なことから「鉄」→「カナ」、本種が藪《やぶ》になるくらい生い茂ることから「葎」→「ムグラ」、この「カナ」と「ムグラ」を合わせてカナムグラに。本種は『百人一首』では八重葎の名で登場している。

葎のみ茂り戦跡崖残す　北野民夫
夜々あやし葎の月にあそぶ我は　原 石鼎
漠と見て茫と忘るる夏むぐら　大石悦子

# 真菰

まこも

大藺　青藺　唐藺
イネ科
大形多年草

8～10月

❖——名前の由来は、粗く織った蓆《むしろ》のことを菰《こも》といい、本種の茎葉でつくっていたが、イネなどでもつくるようになったので、区別する意味で「真《まこと》の菰をつくる草」でこの名に。日本全国に分布し、各地の池や沼などに群生している。茎は太くて中空、高さは一～二メートル。果実は一センチほどで、昔は重要な食糧だったと思われる。北アメリカでは本種の仲間をWild riceとして食用にしている。

真菰刈童がねむる舟漕げり　水原秋櫻子
真菰暮れ水の匂ひの空のこる　河野南畦
柳川は水匂ふ町真菰咲く　久木原みよこ

# 藺《い》（ゐ）

蘆茂る　青萱《あおがや》　萱茂る
イグサ科
多年草

6～10月

❖——日本各地に分布し、山野の湿地で見かける。高さは70～100センチ。六～九月、茎の上部に花穂《かすい》を一つつける。別名を灯心草《とうしんそう》というが、これは、本種の花茎から取り出した白い髄がよく油を吸うので、ランプの灯心として使われたためである。一般に畳表に使われるのは本種の栽培品種であるコヒゲで、これをイグサと呼ぶことが多い。

糸とんぼつるみとまれる細藺かな　鈴鹿野風呂
藺の水に佇めば雲流れけり　大橋越央子
斑鳩《いかるが》の塔見ゆる田に藺は伸びぬ　加藤楸邨

# 蒲
がま

香蒲《こうほ》　蒲の葉
ガマ科
多年草

6～8月

❖――奈良時代から多くの文献に登場していて、当時の和名はカマノハナ。江戸時代の『和漢三才図会』ではガマの名で出てくる。日本各地の沼や池、湿地などに自生する。ソーセージのように見えるのはガマの穂で、雌花の穂が熟したもの。花後、この雌花穂から綿毛（穂綿）をつけた種子を飛ばす。『古事記』の中の、赤裸にされた皮膚がガマの花粉で回復したという「因幡の白兎」の話は有名。

鳥海山とざす雨来つ蒲の花　小野宏文
なつかしみ見て蒲筵《がまむしろ》かと問ひし　高野素十
蒲の穂に水無月の蟻のぼりけり　岡本癖三酔

# 藜
あかざ

藜の杖
アカザ科
一年草

9～10月

❖――アカザの新葉の基部全体は〝赤〟く染まる。その状態を、仏が座する台〝座〟に見立てて「赤座」としたのが名前の由来。インド原産。平安時代前期より以前に渡来し、野菜として栽培されていたようだ。現在は、北海道から九州までの畑地や荒れ地に自生している。若芽が赤い粉をまぶしたように紅色を帯びるのが特徴。若芽はお浸しや和え物などにする。太い茎は乾燥させて杖にする。

ふるさとの藜も杖となるころか　三田きえ子
頑に西日受けゐる藜かな　野村喜舟
三角の地所の一角露あかざ　佐野まもる

# 夏薊

なつあざみ

総称なので科、花期もなし

❖——「夏薊」という名前の特定の植物があるわけではなく、アザミ属の多くが八〜一〇月に花を咲かせる「秋の花」であるのに対して、夏に花を咲かせるアザミがあるので、それらのことを夏薊と呼んでいるのである。夏薊を代表するのはノアザミで、五〜七月に紅紫色の花を咲かせる。本州、四国、九州に自生している。アザミ属ではないヒレアザミなども夏薊と呼ばれている。

来るも去るも迅き雨なりし夏薊　徳永山冬子
針の先まで紫の夏薊　伊藤柏翠
ほこりだつ野路の雨あし夏薊　飯田蛇笏

# 風知草

ふうちそう（ふうちさう）

うらはぐさ
イネ科
多年草

6〜10月

❖——人が気づかないような微かな風であってもこの草は揺れる。そのため、風を知らせてくれる草として、この名前になった。本種の葉は基部でねじれて、葉の表面が下側になり、光沢のある緑色の葉裏が上側になるのでウラハグサの別名も。関東から近畿までに分布する日本特産種。山地の斜面や渓谷の岩場などに自生する。葉が紫紅色になるベニフウチは珍重されている。

風知草穂を出し風をさぐるごとし　草村素子
風止みてみどり戻りぬ風知草　井桁蒼水
うなづくは応へをるなり風知草　轡田進

# 葉桜

はざくら

植物名ではないので
データはなし

❖——日本人は毎年の春に、サクラを三度楽しんでいる。一度目は開花宣言、二度目は花見、そして三度目は花の散り際である。特にサクラの花の散り際のはかなさを愛してきた。俳句をつくる人には、さらに四度目の楽しみがある。「葉桜」のことである。ただし葉桜とは、花びらが散りはじめ、若葉が芽吹きはじめた頃から、若葉が緑を濃くして艶を帯びるころまでをいう。それ以降は葉桜とは呼ばない。

葉桜の中の無数の空さわぐ　篠原 梵

葉桜の一木淋しや堂の前　太祇

遺児けふは葉桜の影満身に　石田波郷

# 繍毬花

てまりばな

**粉団花《てまりばな》　おほてまり**
**手鞠の花**
スイカズラ科　落葉低木

5～6月

❖——花の形が繍毬《てまり》のようなのでこの名がついた。本州中部以南に自生するヤブデマリの園芸品種。五～六月頃、枝の先にたくさんの白い花をてまり状に咲かせる。アジサイに似ているがアジサイの〝てまり〟は花びらではなくて萼《がく》だが、本種の〝てまり〟は花びらである。貝原益軒が『花譜』で「花ひらくとき色白く、後には青くなる」と書いているとおり、咲き満ちると薄く緑色を帯びて美しい。

大でまり小でまり佐渡は美しき　高浜虚子

大手毬青き蕾《つぼみ》の日かずかな　瀧井孝作

雨の日は雨の色得ってまり花　山田佐人

# 牡丹
ぼたん

ぼうたん　富貴草　白《はく》牡丹
紅牡丹　黒牡丹　牡丹園

ボタン科
落葉低木

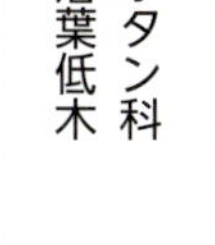

5月

白牡丹といふといへども紅《こう》ほのか　高浜虚子

❖——中国原産。中国では古くから栽培されていて、花の豪華さから花王、花神などと呼ばれて称賛されてきた。日本には奈良時代に渡来したといわれている。ただ、当時は花を観賞するよりも、薬用として用いられることが多かった。ボタンの名所に寺が多いのはその名残である。根の皮を煎《せん》じて飲むと頭痛や腰痛に効果があるとされた。その後は、日本でも観賞用にだんだんと人気が高まっていき、室町時代には新種もつくられ、江戸時代にはボタンの栽培が大流行した。高さは一メートルぐらいになる。五月ごろに新梢《しんしょう》（春に伸び出た、まだ年を越していない新しい枝のこと）の先端に大輪の花をつける。白牡丹の美しさは格別で、花の寿命は短く、散る様にも風情があるため、古い時代から詩歌に詠われてきた。

牡丹散ってうちかさなりぬ二三片　蕪村

白牡丹萼《がく》をあらはにくづれけり　飯田蛇笏

散りしぶる牡丹にすこし手を貸しぬ　能村登四郎

白牡丹吾を近づけず遠ざけず　熊谷愛子

**名前の由来**　ボタンは漢名の「牡丹」の音読み（中国での発音）。「丹」は〝赤い花〟の意味だが、「牡」には〝雄〟や〝根茎繁殖〟（根茎からも増える）の意味など、諸説がある。

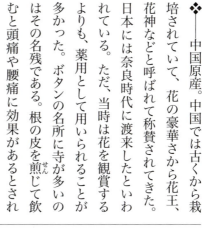

# 薔薇

ばら

西洋薔薇《さうび》 しやうび ばら

バラ科 常緑低木

5〜6月、9〜11月

詩の女神忙しからむ薔薇の園　牛田修嗣

❖—バラといえば普通、野生種を改良してつくりだした観賞用の園芸品種のことをいう。日本にもともとあったものは野茨《のいばら》または茨と呼ばれる野生種である。人類がバラを愛し、栽培した歴史は古く、四大文明の時代にまでさかのぼるといわれる。ギリシャでは「花の女王」と讃えられ、アフロディーテ（美の女神・ビーナス）に結びついて、愛と喜びと美と純潔を象徴する花とされ、これが、のちに、花嫁が結婚式でバラの花束を持つ習慣に繋がった。バラには「一季咲き」「返り咲き」「四季咲き」などの品種があるが、俳句ではバラは「一季咲き」の開花する初夏の季語とする。漢字の「薔薇」は中国から入り、日本では「さうび」「しやうび」などと読まれ、『古今和歌集』では「さうび」と詠われている。

つる薔薇や若きリルケの住みし家　有馬朗人

薔薇園のすべての薔薇を捧げたし　遠藤若狭男

ばら一花燃えて雨中の爆心地　佐川広治

薔薇剪るや深きところに鋏入れ　島谷征良

**名前の由来**　「茨」「荊」はイバラと読む。このイバラの「イ」が取れて「バラ」に。イバラもバラも棘のある低木の総称だったが、バラが西洋バラをさすようになった。

# 金雀枝

えにしだ

マメ科
落葉低木

4～5月

❖——江戸時代に渡来。そのときのオランダ語名genistaを日本人が〝エニスダ〟と聞き間違えてこの名前に。南ヨーロッパ原産。日本には江戸時代に渡来。高さは1～1.5メートル。幹は直立するが緑の小枝をたくさん出して枝垂れる。五～六月ごろ、しなやかな枝に黄金色の蝶形《ちょうがた》の花が群れて咲く様子を金色のスズメに見立てて「金雀枝」と書く。明るい花なので生垣、生け花にと用途は広い。

金雀枝やわが貧の詩《うた》こそばゆし　森 澄雄

金雀枝の黄金焦げつつ夏に入る　松本たかし

町筋に金雀枝の咲く鍛冶屋あり　清崎敏郎

# 胡桃の花

くるみのはな

うらはぐさ
クルミ科
落葉高木

5～6月

❖——「胡桃《くるみ》」の名は、クルミ属の樹木の総称である。日本で食用のために栽培されているクルミは、オニグルミ、テウチグルミ、ヒメグルミなど。オニグルミは北海道、本州、四国、九州の山野に自生。高さは20メートルほど。果実は直径三～四センチで球形、中身は食用になる。材は木目が大人しく、光沢があってかたいので家具用に適している。家具材で有名なウォールナットはこの仲間。

花すべて流れに乗せて沢胡桃　片山由美子

沢音やみどりの紐の花胡桃　山田みづえ

花胡桃さんさんと雲定まらず　広瀬直人

# 泰山木の花

たいさんぼくのはな

太陽と泰山木と讃へたり　阿波野青畝

**大山木**
**泰山木蓮**

モクレン科
常緑高木

5〜6月

❖—北米原産。アメリカ南部を代表する木で、15センチあまりの純白でハスの花のような美しい大きなこの花は、ルイジアナ州とミシシッピー州の州花になっている。明治初年に渡来。新宿御苑に植えられ、その後、各地で庭木として栽培されるようになった。高さは20メートルにもなる。

❖—枝は張り力強い。葉は石楠花《しゃくなげ》に似て濃緑色で厚く、革質《かくしつ》。光沢がある裏面は褐色の毛が密生する。五〜六月、白い九弁の花を天に向かって咲かせる。白木蓮《しろもくれん》に似て気品を漂わせ、みずみずしく香気も高い。

しかし、開花後四日目頃には、早くも純白の美しさは淡い朱泥色に変わり、花びらを落とす。東京・上野公園には「グラント玉蘭」と呼ばれている有名な泰山木があり、今もその名にふさわしい花を咲かせている。

泰山木咲いて潮《うしほ》の土佐の国　森　澄雄

泰山木天にひらきて雨を受く　山口青邨

おほらかに泰山木は咲きにけり　椎橋清翠

こゑあげるやうに泰山木咲けり　伊藤白潮

**名前の由来**　**名前の由来は定かではないが、大盞木《たいさんぼく》の字が当てられることとも。これは、花の開いたときの様子が、相撲の優勝力士が呷《あお》る大盃《たいはい》(=さかずき)に似ていることから。**

❖たいさんぼくのはな❖

# 卯の花

うのはな

空木《うつぎ》の花　花卯木　雪見草　水晶花
更紗《さらさ》うつぎ　八重うつぎ
口紅うつぎ　丸葉うつぎ

アジサイ科
落葉低木

5〜7月

卯の花の夕べの道の谷へ落つ　臼田亜浪

枝の切り口

❖――ウノハナといえば唱歌の「夏は来ぬ」の、「卯の花のにおう垣根に、時鳥《ほととぎす》早も来鳴きて……」という歌詞が思い浮かぶ。卯とはウツギのことで、「ウツギの花」を略してウノハナになった。ところで、ウノハナには匂いがないのに、歌詞で〝におう〟となっているのはなぜだろうか。それは、古語の〝にほう〟に相当する言葉で、「美しく輝く」という意味だからである。

❖――日本各地の日当たりのよい林の縁などに自生している。高さは二〜三メートルで五〜六月に枝の先に白い小さな花をかたまって咲かせる。白く愛らしい花は昔から人々に親しまれ、『万葉集』の中の「さつき山卯の花月夜ほととぎす」という句では月光の比喩として用いられている。

花終へし壺の卯つ木が葉をのばす　福田甲子雄

卯の花や森を出でくる手にさげて　石田波郷

暁《あ》けの雲一気に去りぬ花うつぎ　桂　信子

卯の花や釣りしあまごを一夜干《ひとやぼし》　小澤　實

**名前の由来**　**ウノハナはウツギの花の略称。ウツギには〝打つ木〟と、枝が空洞なので〝空木〟の二つの意味がある。また、卯月《うづき》（陰暦の四月）に花が咲くからという説もある。**

# 野茨

のいばら

花茨　野薔薇　茨　うばら

バラ科
落葉低木

5〜6月

愁ひつ、岡にのぼれば花いばら　蕪村

◆日本原生のバラである。野荊《のいばら》とも書くが、〝荊〟は刺のある植物の総称である。漢名は野薔薇と書く。北海道、本州、四国、九州に分布し、山野や河岸に自生する。高さは2メートルぐらいで、蔓《つる》性の枝に多くの刺をもつ。葉は互生し、小葉が葉軸の左右に羽状に並んでいて、枝の先端にも小葉がつく奇数羽状複葉。初夏のころ、枝の先端に多くの可憐な白い小花をつける。五枚ある花弁は芳香を放つ。新緑が美しい季節に本種が満開になるとひときわ鮮やかで、山を歩く人々を魅了する。

◆『万葉集』の時代から本種は歌に詠まれてきているが、平安時代の家の庭に植えられていたのは、中国渡来のコウシンバラではなかったかといわれている（『源氏物語』に書かれている開花期の記述からの判断）。

茨さくや根岸の里の貸本屋　正岡子規

人を焼く匂ひせし野の茨かな　岡本松浜

花いばらどこの巷も夕茜　石橋秀野

海へ出る砂ふかき道花いばら　大井雅人

**名前の由来**　**蕪村の「愁ひつつ岡に上れば花茨」が萩原朔太郎に「近代に通ずる叙情」として推奨されたために、この花が現代俳人たちにも多く詠まれるようになった。**

# 桐の花

きりのはな

花桐

キリ科
落葉高木

5～6月

桐咲くや父死後のわが遠目癖　森 澄雄

❖――シーボルトが西洋に紹介した日本の植物の一つだが、原産地は中国とも韓国ともいわれている。また、日本各地にも自生しているが、これらが天然のものか植えられたものかは、さだかでない。高さは15メートルにも。五月ごろ、小枝の先に、ブドウの大きな房のように見える紫色の花を咲かせる。実の中には数千個の種が入っていて、熟すと自然に割れて種が周囲に散らばる。

❖――平安時代には、高貴な色とされた紫の花が愛され、貴族の屋敷や宮廷の庭に植えられることも多かったという。耐湿、速乾性や成長の早さから、女の子が生まれたらキリを植えて嫁入りのときに箪笥《たんす》をつくるとよいといわれる。日本産の材のうち最も軽くて丈夫なことから、下駄、箪笥、茶道具、琴、浮《うき》などに使われてきた。

桐咲いて雲はひかりの中に入る　飯田龍太

盛装の妻の静けき桐の花　久米三汀

むらさきの花の天あり桐畠　草間時彦

桐咲くと誰もが遠き方を見る　菖蒲あや

**名前の由来**　日本現存最古の薬物事典『本草和名《ほんぞうわみょう》』にもキリノキとして記載されている。切ってもすぐに成長し、成長させるためにも切る木なので、〝切る〟がキリに。

# 栃の花

とちのはな

落葉高木
ムクロジ科
橡《とち》の花　とちの木の花

5～6月

❖街路樹で見かけるトチノキは、ヨーロッパ原産のセイヨウトチノキ（マロニエ）とベニバナトチノキが多い。日本原産のトチノキは日本全土に広く分布し、主に山地に自生する。五月ごろ、枝の先にたくさんの白い花を咲かせる。この花からは良質な蜜が採れるため、養蜂家がこの木の開花に合わせて場所を移動するほどである。材が良質なので、伝統工芸品に使う。栃木県の県花である。

栃咲くやまぬかれ難き女の身　石田波郷

橡の花きつと最後の夕日さす　飯島晴子

栃の花夜雲にはかに雷を連れ　河野南畦

# 槐の花

えんじゅのはな（ゑんじゆのはな）

落葉高木
マメ科
ゑにす　くぜまめ

7～8月

❖『和名抄』（平安時代中期に作られた漢和辞書）では、本種のことを恵爾須《えにす》と記している。このエニスがエンジュに転訛した、という説が有力だが、エニスはイヌエンジュをさす名であったとする説もある。中国原産。高さ20メートル。街路樹や公園に植えられる。七～八月に、小枝の先に淡黄白色の蝶形の花をたくさん咲かせる。昔から縁起のよい木とされている。

葉がくれの星に風湧く槐かな　杉田久女

一夜一夜星高くある槐かな　長谷川零余子

潮待ちのまた風街ちの花槐　宮岡計次

# 朴の花

ほおのはな（ほほのはな）

厚《ほ》朴《ほ》の花　朴　ほほのき
ほほがしはのき　朴散華

モクレン科　落葉高木

5〜6月

❖――古名を「朴柏《ほおかしわ》」といった。〝朴〟は、この葉でモノを包んだことから〝包〟が由来ではないかという説がある。〝柏〟は、調理や盛り付けなどに葉が利用された樹木の名前によく使われている。日本全土の山地に自生する。高さは30メートルにもなる。初夏のころ、クリーム色の大輪花をつける。材がやわらかく締まりがあるので鉛筆材、マッチの軸木などに利用される。

朴の花しばらくありて風渡る　高野素十

朴咲くや津軽の空のいぶし銀　沢木欣一

女人堂の谷の深きに朴の花　森　白象

# 棕櫚の花

しゅろのはな

すろ　花棕櫚

ヤシ科
常緑高木

5〜6月

❖――シュロという名前は、中国名の〝棕櫚〟を日本風に音読みしたもの。九州南部原産。寒さに強いので、公園樹や庭木として東北地方まで栽培されている。日本原産のものを和棕《わじゅ》櫚《ろ》、中国原産のものを唐棕櫚《とうじゅろ》という。和棕櫚は葉先が折れて垂れるが、唐棕櫚は垂れない。そのため、庭園には小型で葉が折れない唐棕櫚が植えられることが多い。初夏に、黄白色の巨大なウニのような花序をつける。

村中にひよつと寺あり棕櫚の花　也有

梢より放つ後光やしゆろの花　蕪村

棕櫚さいて夕雲星をはるかにす　飯田蛇笏

# 忍冬の花

すいかずらのはな
（すひかづらのはな）

吸葛《すひかづら》　忍冬《にんどう》　金銀花
スイカズラ科
半常緑つる性木本

5～6月

❖――日本、中国が原産。名の由来は、本種が蔓《つる》性で、古くは蔓のことをカズラといい、子供が本種の花の蜜を吸うことからスイカズラ。「忍冬《にんどう》」と書いてスイカズラと読ませているのは、冬の間も本種の枝葉が萎《しお》れないから。初夏になると二つ並んだ花を咲かせる。芳香を放つので昆虫が集まる。「蚊の声す・忍冬《すいかずら》の花散るたびに」という蕪村の句が親しまれている。

朝富士へむき忍冬《にんどう》の蜜吸へり　新田祐久
鼻大き僧の話やすひかづら　藤田克明
蚊の声す忍冬の花の散るたびに　蕪村

# 大山蓮華

おおやまれんげ
（おほやまれんげ）

深山蓮花《みやまれんげ》
モクレン科
落葉低木～小高木

5～7月

❖――新潟・群馬以西、九州、四国の深山《みやま》（奥深い山）に自生。花がハス（蓮華）の花に似ているが、本種は大きな木であり、山に生えているのでこの名前に。深山に自生しているため深山蓮華とも呼ばれる。高さは三～五メートル。五～七月ごろに、枝の先に長い花柄を出して、直径七、八センチの純白の花を咲かせる。花は横向きか下向きに開く。芳香があり花も上品なので庭などに植えられる。

尼寺の大山蓮華夜も匂ふ　青木泰夫
夏館大山蓮華活けてあり　片岡奈王
隠し田のほとりの深山蓮華かな　澤村昭代
大空に天女花《おほやまれんげ》ひかりたれ　原石鼎

# アカシアの花

針槐《はりゑんじゅ》
にせあかしや

マメ科
落葉高木

5〜6月

蜂飼の瞳にあかしやの花ざかり　原　裕

❖——唱歌「この道」（北原白秋作詞、山田耕筰作曲）では「この道はいつか来た道、ああそうだよ、あかしやの花が咲いてる」と歌われ、歌謡曲「アカシアの雨がやむとき」（作詞：水木かおる・作曲：藤原秀行）では「アカシアの雨に打たれて、このまま死んでしまいたい」と歌われているが、ここで歌われているのは本物のアカシアのことではなく、ニセアカシア（ハリエンジュ）のことである。本物のアカシアは通称ミモザと呼ばれている木のことである。

❖——本種のニセアカシアが明治初期に渡来した際は、アカシアと呼ばれていたのだが、アカシアではないことが判明した後に、本種が中国原産のエンジュに似ていて、葉の付け根に針状の棘があることから植物学者の松村任三《まつむらじんぞう》がハリエンジュと名づけた。

風塵のアカシヤ飛ぶよ房のまま　阿波野青畝

アカシアの散る夜の冷えに膝を揉む　篠田悌二郎

背に愛す木椅子の丸み花アカシヤ　樋笠　文

アカシアの花踏み母郷《ぼきょう》まぎれなし　木村敏男

**名前の由来**　**私たちがアカシアと呼んでいるものは本物のアカシアではなく、ニセアカシア（ハリエンジュ）のことである。本物のアカシアはミモザのことである。**

# 鳶尾草

いちはつ

**こやすぐさ　一八　水蘭　紫羅傘《いちはつ》**

アヤメ科　多年草

5〜6月

❖——名前の由来は、アヤメ属の中で一番先に咲くから、という説がある。「鳶尾」は本種の漢名で、花の姿に由来するとされる。俗に「一八」「逸初」とも書く。別名こやすぐさ、水蘭。中国原産。日本への渡来は古く、平安時代の『和《わ》名抄《みょうしょう》』にもこやすぐさの名前で出てくる。花茎の高さは30〜50センチで、五〜六月に紫青色《しせいしょく》の花を咲かせる。花弁の中央に鶏冠《とさか》状の突起のあるのが特徴。

一八やはや程ケ谷の草の屋根　泉鏡花

一八の白きを活けて達磨の絵　正岡子規

いちはつや馬籠は旧き坂の宿　小松崎爽青

# 罌粟の花

けしのはな

**芥子《けし》の花　花罌粟　白罌　ポピー**

ケシ科　一二年草

5月

❖——地中海沿岸、イラン地方の原産。日本へはインドから渡来したといわれている。高さは一〜二メートルで、五月ごろに四弁の花を開く。花の色は白、淡紅、紅紫などさまざまで、一重のほかに八重咲きの品種もある。白果種は麻薬のアヘンができるため日本では法律で栽培が制限されている。虞美人草《ぐびじんそう》とも呼ばれる雛罌粟《ひなげし》はアヘンを含んでいないので観賞用として栽培される。

散り際は風もたのまずけしの花　其角

罌粟ひらく髪の先まで寂しきとき　橋本多佳子

白げしにはねもぐ蝶の形見哉　芭蕉

# 芍薬 しゃくやく（しやくやく）

夷草《えびすぐさ》
花の宰相

ボタン科
多年草

6〜8月

芍薬に夜が来て飛騨の酒五合　藤田湘子

❖——中国北東部原産。中国では、牡丹に次ぐ美しい花として「花の宰相」と呼ばれる（牡丹は「花王」と呼んだ）。「しゃくやく」という名は、漢名の「芍薬」の音読み。日本へは平安時代に薬草として渡来したといわれている。

❖——古名は「えびすぐすり」で、これは「異国から来た薬草」の意味。本種は葉も花も牡丹に似ているのでよく比較されるが、決定的な違いは、牡丹は木で芍薬は草であること。高さは一メートルくらい。六月ごろに大形の美しい花を咲かせる。花色は白、紫、ピンクなど多種にわたるが、どの色の種も雄しべは黄色でよく目立つ。乾燥させた根は煎《せん》じて婦人病に用いられる。また、筋肉の痙攣《けいれん》やめまいなどにも用いられる。古くから重要な漢方薬の一つである。

芍薬の一ト夜のつぼみほぐれけり　久保田万太郎

芍薬の乱れ始めの雨となる　森岡正作

左右より芍薬伏しぬ雨の径　松本たかし

芍薬のつんと咲きけり禅宗時　一茶

芍薬の蕾をゆする雨と風　前田普羅

**ワンポイント** 「立てば芍薬、座れば牡丹」という言葉は、牡丹《ぼたん》が低木性で横に広がるのに対して、芍薬は草本《そうほん》だからまっすぐ立って花をつけるところからきたようだ。

# 雛罌粟

ひなげし

虞美人草　美人草　麗春花

ケシ科
一年草

4〜6月

ひなげしの花びらた、む真似ばかり　阿波野青畝

❖——ヨーロッパ中部原産。江戸時代に渡来。高さは50〜60センチで、ひょろ長い茎の頂に長楕円形の下向きの蕾《つぼみ》をつけて、五月ごろに、薄紙をもんでつくったような、四弁の可憐な花を咲かせる。日当たり、風通し、水はけのよい場所で育てれば、初夏が終わるころまで咲き続ける。

❖——ヨーロッパの絵画にもよく描かれていて、日本では夏目漱石が本種の名を小説のタイトルに使っている。また、赤い花の色が血にたとえられ、ヨーロッパでは「キリストの血から生えた」、中国では「項羽《こうう》の愛姫・虞《ぐ》美《び》人《じん》の流した血から咲いた」というような伝説がある。以前は本種をポピーといったがアイスランド・ポピーが出てきてからは、ポピーといえばアイスランド・ポピーをさすようになった。

裏富士やかかる里にも美人草　不白

虞美人草風に溺るるさまに揺れ　遠藤若狭男

雛芥子に出先を秘むるうしろかげ　松村蒼石

雛罌粟のくづる、まへの色揃ふ　檀浦蕗子

**名前の由来**　花の感じが鳥の雛のように愛らしいのでヒナゲシと呼ばれる。別名は美人草、虞美人草《ぐびじんそう》。虞美人草は、歴史上の三大美女の一人「虞美人」から来ている。

# カーネーション

和蘭石竹《おらんだせきちく》
和蘭撫子《おらんだなでしこ》

ナデシコ科
多年草




4〜6月

金髪の児の胸白きカーネーション　星野麥丘人

❖――ヨーロッパ、西アジア原産。わが国へは、江戸時代にオランダから渡来した。しかし、現在の多くの温室咲きの品種はアメリカで改良されたものである。「母の日」の花として知られている。母の日とカーネーションが結びついたのは、二〇世紀初頭のアメリカで、母親の命日に娘がカーネーションを配ったことからとされている。ちなみに、母の日は一九一四年にアメリカで制定されて世界各国に広まった。

❖――日本では、大正のころから広まりはじめた。赤色の花を健在の母親に、白色の花を亡母に捧げるようにしたのは日本人らしい繊細な気配りである。十字架にかけられるキリストの後ろ姿を見送った、聖母マリアの涙の跡から生えてきた、と伝えられている。

カーネーション看護婦室に溢れたる　磯貝碧蹄館

カーネーション少年患者に若き母　村山古郷

カーネーション夫より享《う》けて子を生さず　畑中ゆり子

カーネーション三百本を一眺め　清崎敏郎

**名前の由来** ラテン語の「肉色」を意味する言葉からできている。原種の花色が肉色の系統だったからだ。戴冠式(coronation)が由来とする説もある

# 含羞草
おじぎそう
（おじぎさう）

眠草　知羞草《おじぎそう》　ミモザ

ねむり草眠らせてゐてやるせなし　三橋鷹女

❖――ブラジル原産。別名ネムリグサ、ミモザ。多年草だが、寒さに弱いため、一年草として鉢植えにして栽培されることも多い。日本には江戸末期の天保年間頃、オランダから持ち込まれた。草丈は30～50センチ。よく枝分かれする。茎は全体に赤みを帯びていて、細い毛と刺があり木質化する。葉は互生。長い柄の先に広線形《こうせんけい》の薄い膜質の小葉《しょうよう》をつけた複葉を四個つける。この葉は何かが触れたときだけでなく、明暗や温度の刺激でも葉をたたむ。❖――七～一〇月に球状花序を出し、ピンクの愛らしい小花を咲かせる。花は朝開花し、夕方にはしぼむ。花後、剛毛に覆われた豆《とう》果《か》をつけ、三～四個の種子が入ったまま落ちる。かつては子どもたちがこの草で遊んでいたが、今はこの草自体、あまり見かけなくなった。

含羞草いつも触れゆく看護婦あり　石田波郷

含羞草夜は文机《ふづくゑ》にやすまする　石川桂郎

母校訪ひ先づ触れたる含羞草　池上樵人

眠草静にさめるところかな　山田美好

**名前の由来**　葉にちょっと触れるだけで、すぐに葉をたたむ。強く触ると、葉柄の根元から折れたように急に垂れ下がる様子がおじぎしているように見えるから。

マメ科
多年草

7～9月

❖おじぎそう❖

# 鉄線花

てっせんか
（てっせんくわ）

てっせんかづら

キンポウゲ科
常緑蔓性植物

5～6月

鉄線の花の紫より暮る丶　五十嵐播水

❖―中国原産。江戸時代の寛文年間に渡来し、観賞用として栽培されていた。江戸時代の植木屋・伊藤伊兵衛が書いた『花壇地錦抄《かだんちきんしょう》』には「鉄線、花車のるいなり。白、紫の二種あり、花落ちて中の蕊《しべ》のこり……」とある。『和《わ》漢《かん》三《さん》才《さい》図《ず》絵《え》』に「その花、白色の六弁、平らに開きて、蕊円《しべまる》く、紫色最も艶美《えんび》」とある。花の形が美しいので、京都の妙心寺天球院の朝顔の間、西本願寺の天井、知恩院など、花鳥画の題材としてもよく用いられる。また、花の形は江戸時代には図案化され織物の模様などに使われた。

❖―別名クレマチス。一般にクレマチスと呼ばれるものは日本産のカザグルマや中国産のテッセンに西洋種が交配されてつくられたもの。ちなみに、クレマチスの語源はギリシャ語のクレーマ（蔓《つる》の意）。

鉄線花うしろを雨のはしりけり　大嶽青児

鉄線の初花雨にあそぶなり　飴山實

鉄線を咲かせすぎ父細り居る　鍵和田柚子

旅先の電話短し鉄線花　古賀まり子

山伏の隠居や垣に鉄線花　盧元坊

**名前の由来**　**蔓の質が細くてかたく、鉄線のように強いのでこの名に。日本産のカザグルマと中国産のテッセンとヨーロッパ産の原種の交雑によるクレマチスもこの名で呼ばれる。**

## 岩菲《がんぴ》

**雁緋**
ナデシコ科
多年草

5～6月

❖——中国原産。江戸時代に渡来した。耐寒性があり、土の質を選ばずによく育つので庭園や鉢植えとして栽培されている。高さは40～90センチ。葉は先が尖った楕円形で対生。五～六月ごろに、葉腋《ようえき》（葉の付け根）に赤黄色の花を艶やかに咲かせる。花弁は平らに開いていて、周囲がギザギザに裂けている。ちなみに、和紙の原料となるガンピは本種ではなくジンチョウゲ科の落葉低木の雁皮《がんぴ》。

山鳥の入りし茂みや花岩菲　石塚友二
燃えて燃えて岩菲はかなし薮の中　加藤知世子
たまに来るがんぴの花のしじみ蝶　星野立子

## 玉巻く芭蕉《たままくばしょう》（たままくばせう）

**玉解く芭蕉　芭蕉の巻葉**
**芭蕉葉の玉**
バショウ科　多年草

7～9月

❖——五月ごろ、芭蕉の若葉は、最初はかたく巻いたまま直立しているが、だんだんとほぐれて四方に広がっていく。芭蕉の最も美しい季節だ。この徐々にほぐれる様子を「玉巻く芭蕉」、ほぐれてのびのびと葉を開いた様子を「青芭蕉」「夏芭蕉」などという。ちなみに、単に「芭蕉」といえば秋の季語。芭蕉は中国原産。古くから寺の境内や庭園などに植えられている。高さは四メートル以上になる。

唐寺の玉巻芭蕉肥りけり　芥川龍之介
光陰や芭蕉玉巻き玉を解き　大橋桜坡子
玉解いて風新しき芭蕉かな　射場秀太郎

# 瓜の花

うりのはな

ウリ科
蔓性一年草

❖――「瓜の花」といえば、むろんウリ類の花の総称であるが、季語で「瓜の花」という場合はマクワウリ（真桑瓜）、漢名では「甜瓜《てんか》」の花をさす。ちなみに、ウリ科の果菜類は、メロン類（マクワウリ、シロウリ、キュウリ）とその他（スイカ、トウガン、ゴーヤー、カボチャ、ズッキーニ）に分けられる。ウリ科の花は雄花と雌花に分かれていて、多くは黄色だが、黄白色などのものもある。

7～8月

雷に小屋は焼かれて瓜の花　蕪村

瓜咲かす平家の裔の一重瞼　神蔵器

美濃を出て知る人まれや瓜の花　文考

夕《ゆふべ》にも朝にもつかず瓜の花　芭蕉

# 胡瓜の花

きゅうりのはな
（きうりのはな）

ウリ科
蔓性一年草

❖――ウリ科のメロン類のキュウリは、実が熟すと黄色くなるので黄瓜《きうり》、転じてキュウリという名前になったとされる。インド北部ヒマラヤ山麓の原産。日本でも平安時代にはすでに栽培されていた。蔓《つる》性の絡みつく性質を利用し、支柱を立てて栽培する。初夏に蔓が伸びるにしたがって、下の葉腋《ようえき》から順に五弁の鮮やかな黄色の花をつける。雌雄別の花がつく。夏が旬の野菜である。

5月

野は濡れて朝はじまりぬ花胡瓜　有馬籌子

かぼそくも花をつけたる胡瓜かな　星野麦人

生き得たる四十九年や胡瓜咲く　日野草城

# 茄子の花

なすのはな（なすびのはな）

ナス科
一年草

4～10月

❖――インド原産。中国経由で八世紀ごろに渡来したとされる。夏から秋にかけて楕円形の葉の付け根に淡紫色の花をつける。夏の野菜として欠かせないナスは、暑さに強く、盛夏でもよく育つので、家庭菜園でもよく見られる。ほとんどの花が結実するところから「親の意見と茄子の花は、千に一つも無駄がない」という諺がある通り、果実をつけながら次々と花を咲かせている。

またおちてぬれ葉にとまる茄子の花　飯田蛇笏

茄子の花茎のむらさきわかち咲く　飯原孝臣

妻呼ぶに今も愛称茄子の花　辻田克巳

# 山葵の花

わさびのはな

アブラナ科
半日陰性多年草

5月

❖――本種の学名はWasabia japonicaとされることが多いが、現在ではEutrema japonicumに変更されている。日本の特産種で、本州、四国、九州に分布。深山の渓流の中や周辺に自生。しかし、自生しているものを口にするのは稀で、山葵田で栽培されたものが流通している。花茎は高さ30～40センチほど。五月ごろに白い十字形の花が咲く。刺身に使うワサビは本種の地下茎である。

尋ねくれば山葵咲くあり沢ひそか　松本たかし

夜の膳の山葵の花をすこし噛み　能村登四郎

花山葵水の流るる家の中　長谷川 櫂

# 豌豆

えんどう（ゑんどう）

莢豌豆
マメ科
二年草

3～4月

❖—中央アジア、地中海沿岸原産。薄緑の色が初夏を感じさせる。秋に種を蒔くと翌年の早春には茎が伸びる。葉は偶数《ぐうすう》羽《う》状《じょう》複葉《ふくよう》で、互生する。葉の付け根には大きく茎を包む托葉《たくよう》があり、下半部に鋸歯がある。三月、四月に葉腋《ようえき》から先端が二股になった長い花柄を出し、紫または白の花を開く。花が終わり、莢《さや》をつけはじめる晩春あたりから若くてやわらかいものを摘んで、茹でて莢のまま食べる。

ゑんどうの凛々たるを朝な摘む　山口青邨

豌豆をもぐたのしさを子とわかつ　岡本差知子

快き風の吹きくる花豌豆　高木晴子

# 蚕豆

そらまめ

はじき豆
マメ科
一・二年草

2～3月

❖—西南アジア、北アフリカ、地中海沿岸原産。古くから世界各地で栽培され、豆が食用にされている。名前の由来は、莢果《きょうか》（豆が入った莢）が空に向かってつくため「空豆」という説と、本種は蚕《かいこ》を飼う初夏に食べて、莢の形が蚕に似ているので「蚕豆」という字が当てられた、という説がある。秋に種を蒔くと、翌春の二～三月ごろから、白か淡紅色の花が咲きはじめて、花後、莢をつける。

そら豆はまことに青き味したり　細見綾子

夕刊を読むそら豆の茹だるまで　木内怜子

そらまめ剥き終らば母に別れを告げむ　吉野義子

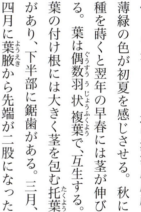

## 筍 たけのこ

笋　竹の子　たかんな　たかうな　孟宗竹子《まうそうちくのこ》
イネ科　落葉高木

5～6月

❖——タケ・ササ類は、植物学的には「木」（木本《もくほん》植物）でも「草」（草本植物）でもないのだが、一般には「木」の仲間として扱っている。筍はタケの地下茎から春に出る新芽のことで、食材として利用されている。食用とされる竹には孟宗竹《もうそうちく》、淡竹《はちく》、苦竹《くちく》などがある。現在よく見かける孟宗竹は一八世紀に中国から移植されたもので、姿の美しさや筍が肉厚で加工しやすいことなどが理由で広まった。

筍の天鵞絨《ビロード》の斑の美しさ　富安風生
筍掘るとどめの音を土の中　鷹羽狩行
筍の群立に夜の蟇　飯田龍太

## 蕗 ふき

ゑにす　くぜまめ
キク科
多年草

3～5月

❖——雪どけと同時に頭をもたげて春が来たことを告げてくれたフキノトウ（蕗の蕾《つぼみ》）は、四、五月になると葉が出るより早く地面近くに花を開く。雄株と雌株があり、雄株の花は黄色っぽく、花が終わると枯れるが、雌株の花は白っぽく、茎が伸びて実を付ける。根生葉《こんせいよう》は晩春から初夏にかけて、長い葉柄の先に円形の葉を広げる。この葉柄をフキとして食べる。やわらかくて、少し苦味がある。

母の年越えて蕗煮るうすみどり　細見綾子
山陰や葉広き蕗に雨の音　闌更
蕗を煮る柱時計の音の中　武藤紀子

# 甘藍

かんらん

**キャベツ　玉菜**
アブラナ科
多年草

7～8月

❖——キャベツのこと。甘藍は中国語名の甘藍(gānlán)から。ヨーロッパ原産。幕末に渡来したが外国人居留地用として栽培されただけで、一般には広がっていなかった。明治二六年には外国人避暑客のために軽井沢町で栽培が始まった。また、昭和二〇年ごろまでは「かんらん」と呼ばれていた。黄緑色の葉を幾重にも巻いて結球《けっきゅう》する。品種も多く、観賞用の葉牡丹《はぼたん》はこの変種である。

若妻の甘藍脇にかかへ恥づ　山口誓子

白鳥の翅もぐごとくキャベツ捥《も》ぐ　能村登四郎

雲まぶし甘藍出荷せし野なり　木村蕪城

# 蓮の葉

はすのは

**蓮の巻葉　蓮青葉**
スイレン科
宿根草

7～8月

❖——夏の初め、柄を伸ばして水面に浮かんでいるのが「蓮の浮葉」。これに対し、成長して巻葉となり、やがて直径60センチもの葉となって空中に広がるのが「蓮の葉」である。中国や日本では「蓮は泥より出でて泥に染まらず」と言い習わして蓮を愛してきた。蓮の葉を研究した植物学者により、そこに天然の自浄機構が備わっていることが発見され、ロータス効果と呼ばれている。

蓮吹かれもとにもどる葉もどらぬ葉　橋本美代子

くつがへる蓮の葉水を打ちすくひ　松本たかし

へそをもつ蓮の広葉ゆれにけり　海城わたる

# 麦 むぎ

**大麦　小麦　黒麦　麦の穂　麦畑　麦生　麦の波**
イネ科　多年草

5〜6月

❖──中央・西アジア乾燥地帯原産。日本には三、四世紀ころに伝わったとされる。五穀の一つ。名前の由来は、中国ではオオムギ、コムギの総称が麦であったといわれ、この点は、朝鮮も日本も同様であり、ムギの語も同様にして日本語となった可能性が高い。晩秋から初冬に蒔かれ、冬に芽を出して年を越し、四月ごろに青々としていたムギは、五〜六月には黄熟《おうじゅく》し、刈り取られる。

鳩鳴いてひとり旅なる山の麦　臼田亜浪
麦の穂のかなたの村の夕汽笛　飯田龍太
麦熟れてあたたかき闇充満す　西東三鬼

# 石菖 せきしょう（せきしやう）

**石菖蒲《いしあやめ》**
サトイモ科
多年草

5月

❖──石菖は、漢名が菖蒲で、その別名の石菖蒲が略されたもの。セキショウの名前の由来は、この石菖の音読み。菖蒲は日本ではショウブに当てられているが、もともとはセキショウの漢名なのである。横に這う地下茎をもつ野草で、水辺に自生する。日本庭園では重要な下草（大きな植物の株元に植える草）になっている。一年を通じて葉が美しいので観賞用に栽培されている。

石菖の根に止まりぬ蟹の泡　柳川春葉
石菖やせゝらぐ水のほとばしり　田中王城
石菖や窓から見える柳ばし　永井荷風

# 紫蘭

しらん

ラン科
多年草

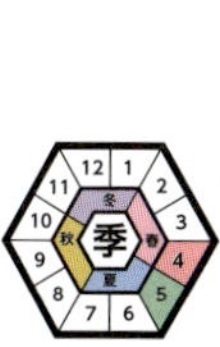

4～5月

吾知るや雑草園に紫蘭あり　高浜虚子

❖――東アジアに固有の属で、九種が知られている。関東地方以西、四国、九州、沖縄に分布。栽培しやすいのでよく庭に植えられているのを見かけるが、自生地（照葉林の日当たりのよい草原に生え、群落をつくるようだ）は限られていて、野生種は準絶滅危惧種に指定されている。

❖――長楕円形で縦筋の多い葉が茎の下に五、六枚互生し、五、六月ごろに花茎を伸ばし、上部に紅紫色の美しい花をまばらにつける。白花もあり、シロバナシラン（白花紫蘭）と呼ぶ。斑入りの葉の品種もある。どちらもよく見かける。薬用に、本種の鱗茎《りんけい》（白及根《びゃくきゅうこん》）を用いる。白及を洗い、湯につけた後乾燥させたものを水で煎《せん》じて三回くらいに分けて服用すると胃炎に効果がある。鱗茎部分は糊として使うこともできる。

雨を見て眉重くゐる紫蘭かな　岡本　眸

紫蘭咲いていささかは岩もあはれなり　北原白秋

局塚その面影の紫蘭咲き　下村ひろし

石橋の尺余の厚さ紫蘭咲く　岩岡悦子

**ワンポイント**　**和名は「紫色の蘭」という意味。漢名の「白及」は、地下の鱗茎を白及根と呼ぶから。白及根は胃薬としての効用があるので薬草園でも栽培されている。**

# 鈴蘭
すずらん

君影草《きみかげさう》
リリー



ユリ科
多年草

4～6月

鈴蘭に憩ふをとめ等の肩見ゆる　水原秋櫻子

❖――原産地は欧州。北海道、本州西部、関西、九州の山裾や高原などの日当たりのよいところに自生する。特に北海道では各地に群生し、郷土の花に選ばれているのだが、牛や馬が、本種が有毒であることを本能的に察知して食べないから、原野に残ったのではないかといわれている。というのも、本種は姿も名前も可愛らしい花だが、実は有毒植物で、コンバラトキシンという毒が、特に花に多く含まれていて、本種を一輪さした花瓶の水を飲んで死亡した例がある。

❖――現在、日本で栽培されているスズランの多くは欧州原産のドイツスズランで、春の終わりから夏にかけて可愛らしい小花を数輪咲かせる。花には芳香がある。

鈴蘭の野に来て天にあるさみしさ　北光星

鈴蘭の鈴振る風を友として　椎橋清翠

鈴蘭の香強く牀《とこ》に置きがたし　飯田蛇笏

晩鐘は鈴蘭の野を出でず消ゆ　斎藤玄

**名前の由来**　花が鈴のように見えるのでこの名がついた。欧米ではベルフラワーの名に。おさげ髪を連想させる愛らしい花の様子から君影草というロマンチックな別名も。

# 水芭蕉

みずばしょう
（みづばせう）

サトイモ科
多年草

5〜7月

水芭蕉逞《たく》ましく出て白きかな　伊藤凍魚

❖——本州兵庫県以北、北海道の高原の湿原や過疎林内の湿地などに自生し、多くは群生している。本種には茎がなく、横に這う太い根茎から、直接花柄（花をつける枝のこと）を伸ばす。五〜七月、雪解けを待って、白い花を咲かせる。しかし、花に見えるこの白いものは、じつは仏炎苞《ぶつえんほう》と呼ばれる「苞」（花や芽を包むように葉が変形したもの）である。本来の花とは、苞の中にある、棒状の花穂《かすい》にびっしりとついている黄色の小さい花のことである。

❖——葉は、花後、別の植物かと思われるくらい大きな葉になるが、この葉は有毒。「夏が来れば思い出すはるかな尾瀬とおい空」の歌詞が有名な抒情歌の「夏の思い出」によって、一躍その名が知られた尾瀬のミズバショウは六月上旬が盛りである。

峠にはまだ雪消えず水芭蕉　滝井孝作
水芭蕉水さかのぼるごとくなり　小林康治
伏流のここに湧き出て水芭蕉　福田蓼汀
ひた濡れて朝のねむりの水芭蕉　堀口星眠

**名前の由来**　湿地に生え、花が終わると葉が伸びて、1メートルほどになり、バショウ（一八七頁）の葉を連想させることからこの名前に。

# 擬宝珠の花

ぎぼうしのはな（ぎばうしのはな）

花擬宝珠　ぎぼし
ユリ科
多年草

5～6月

❖――ギボウシの仲間は東アジア特産だが、大部分は日本全土の山野に広く自生している。蕾《つぼみ》の形が橋の欄干《らんかん》などに使う擬宝珠《ぎぼし》という装飾品に似ていることからこの名がついた。五、六月ごろに、大きな葉の間から一メートルを超す茎が伸び、うす紫または白の筒状の花を横向きに開く。主に葉を観賞するが、下から咲きあがる花も愛らしい。欧米では愛好者の団体があるほど人気が高い。

擬宝珠咲く葬儀三日の夕間暮　廣瀬直人

擬宝珠咲きたわみて風にゆれやすし　八幡城太郎

這入りたる虻にふくるる花擬宝珠　高浜虚子

# 酢漿草の花

かたばみのはな

こがね草
カタバミ科
多年草

5～9月

❖――カタバミは〝片食《かたば》み〟、つまり片側を食べるという意味。植物の多くの葉は、葉の先が尖がっているか丸くなっているが、本種の葉はハート形なので、葉の上半分（葉先を含む）が欠けているように見える（＝片側が食べられているように見える）ためにこの名に。道端や庭などに生える人里植物の一つ。葉に酸味（蓚酸《しゅうさん》）があるところから別名は酸い物草。ほぼ一年中、花をつけている。

かたばみを見てゐる耳のうつくしさ　横山白紅

かたばみの花より淋し住みわかれ　三橋鷹女

かたばみに雨ぴちぴちと雀の子　矢島渚男

# 著莪の花

しゃがのはな（しやがのはな）

人死ねば忘れられゆく著莪の花　遠藤若狭男

胡蝶花《しやが》
姫しやが

アヤメ科
多年草

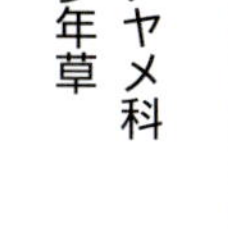


4〜5月

❖——学名がIris japonicaなので日本原産のように思ってしまうが、古い時代に中国から渡来したと考えられている。本州、四国、九州の山麓の半日陰の樹木の下や、林中の斜面などに群生する。日本に自生するアヤメ科の中では珍しく常緑葉の植物で、剣状の葉は、鮮やかな緑色で光沢がある。茎の高さは30〜60センチ。五、六月ごろに、アヤメに似た白紫の花を開く。花の中心に黄色の斑点がある。花は一日でしぼみ、毎日、次の新しい花が咲いていく。花が咲いても結実せず、根茎を伸ばして増えていく。

❖——丈夫で、日陰や軒下など、条件のよくない場所でも花をつけ、よく繁殖して群生する。乾燥にも耐えるので、庭植にも適している。観賞用として栽培することもあるが、野生のほうが趣があり美しい。

くらがりに来てこまやかに著莪の雨　山上樹実雄

しやが咲いてひとづまは憶ふ
古き映画　三橋鷹女

かたまって雨が降るなり著莪の花　清崎敏郎

著莪咲いて仏と神の国つなぐ　神蔵 器

**ワンポイント**　同じアヤメ科のヒオウギ（檜扇）の漢名「射干《しゃかん》」からの転訛《てんか》であろうとされている。著莪は当て字。蝶が舞っているように見えるので「胡蝶花」の別名がある。

# 現の証拠

げんのしょうこ
（げんのしょうこ）

いしゃいらず　ねこあしぐさ
フウロソウ科
多年草

7〜10月

❖——葉を乾かして煎《せん》じ、服用すると下痢に効くことがよく知られている。「現の証拠」という変わった名前は、服用すればたちまち薬効が現れる、というところからきている。江戸時代の『大和本草《やまとほんぞう》』などにこの名前が記載されている。日本全土の原野、道端などでふつうに見られる。半日陰地を好む。西日本には赤い花のベニバナゲンノショウコ、東日本にはシロバナゲンノショウコが多い。

しじみ蝶とまりてげんのしょうこかな　森 澄雄

げんのしょうこ踏まれて咲いて花盛り　松本澄江

ぱっちりとひらきてげんのしょうこかな　青柳志解樹

# 車前草の花

おおばこのはな
（おほばこのはな）

大車前《おおばこ》　おんばこ　大葉子《おおばこ》
オオバコ科
多年草

4〜10月

❖——日本全土に分布し、人に踏まれるところに生える野草。種子は濡れると粘液を出して靴にくっつき、どこまでも運ばれる。葉が大きいことが名前の由来。花茎が強くしなやかなので、絡ませて引っ張り合い、切れたほうが負け、という草遊びが有名。すべての葉が根元から出て地面に張り付くように広がる。五月ごろ、葉の間から20センチほどの花序が出て、白い小さな花を穂状につける。

踏まれつつ車前草花を了りけり　勝又一透

踏まれ咲くおほばこマリア観世音　藍 不二子

車前草のつんつんのびて畦昼餉　高田瑠璃子

# 踊子草

おどりこそう
（をどりこさう）

**踊草**
シソ科
多年草

5～6月

❖──江戸時代の『和漢三才図会《わかんさんさいずえ》』に「人笠を着て踊るに似たり」とあるように、花の形が、笠を被って踊る踊り子のように見えるのでこの名がつけられた。昔、子どもたちがこの花の蜜を吸って遊んだので、スイスイバナと呼ばれることがある。日本全土に分布し、農村の竹藪などの半日陰地で見かける。五～六月ごろに、淡紫色または白色の花を咲かせる。新芽のころの葉茎はお浸しにして食べる。

小暗くて踊子草は木曾の花　中村明子
踊子草咲きむらがれる坊の庭　山口青邨
踊子草畝《うね》より低き控へ咲き　能村研三

# 都草

みやこぐさ

**黄金花《こがねばな》　黄蓮華《きれんげ》　烏帽子花**
**きつねのゑんどう**
マメ科　多年草

4～10月

❖──「京の大仏」（京都市東山区の方広寺《ほうこうじ》にかつて存在した大仏）の前の耳塚付近に多く咲いていたところから名づけられたという。今日では、日本全国に分布し、野原や道端などに自生する。初夏のころ、長い花茎の上に黄色の可憐な蝶形花を二つずつ開花させる。花の色から黄金花《こがねばな》、花の形から烏帽子草《えぼしぐさ》とも呼ばれる。クレオパトラがこの花を愛したという話も残っている。

みやこぐさの名もこころよくねころびぬ　大野林火
横たはる梯子桝目にみやこぐさ　目迫秩父
白峰の径に海見ゆ都草　本田一杉

# 捩花
ねじばな
（ねぢばな）

綬草《じゅそう》　ねぢればな　もぢばな
もぢずり　文字摺草《もぢずりそう》

ラン科
多年草

7～9月

ねぢれ花ねぢれ咲けるも天意かな　山口いさを

❖—日本全国の緑一面の芝地、畦道や堤の草地などに生える。モジズリ（捩摺）の別名があるのは、昔、陸奥国《むつ》（東北地方）信夫郡《しのぶ》で行われていた型染めの「捩摺《もじずり》」の模様に、本種の花穂《かすい》がねじれた様子が似ているところから。高さは一〇～四〇センチ。細長い葉が2、3枚、茎の根元から出ている。五～八月ごろに、たくさんの紅色の小花が螺旋《らせん》状に横向きに咲く。左ねじれと右ねじれがあり、どちらも同じくらい見つかる。

❖—学名のSpiranthesは、ギリシア語のspira（螺旋）とanthos（花）が組み合わされたもの。ネジバナの姿を素直に表している。花の形がユニークなので多くの人に愛され、鉢に植えて観賞にも供されている。螺旋状の小花をよく見るとラン科特有の形をしていて、実に美しい。

仏彫る里にもじずり咲きにけり　林 徹

捩花をねじり戻してみたりけり　中原道夫

捩花のもののはづみのねぢれかな　宮津昭彦

亡きつまへ文字摺草の咲きのぼる　加藤三七子

**名前の由来** **花茎（葉はつけず花だけをつける茎）に、多数の小さな花が螺旋状《らせんじょう》につき、その花穂（花がたくさん付いた状態の花茎）が〝ねじれ〟て見えるためこの名に。**

# 浦島草

うらしまそう（うらしまさう）

サトイモ科
多年草

3～5月

❖——伽話《おとぎばなし》「浦島太郎」を連想させる夢のある名前なのに、実物はホラー映画に出てきそうな奇怪な花である。花序の付属体が長く伸びて、糸状に垂れているのを、浦島太郎が釣糸を垂れる姿に見立ててこの名がついた。学名にも urashima の名が使われている。北海道南部、本州、四国、九州に分布。低山地の湿った木陰などに自生する。五月ごろに紫褐色の仏炎苞《ぶつえんほう》をもつ花を咲かせる。

浦島草夜目にも竿を延ばしたる　草間時彦

おのが葉に糸ひつかゝり浦島草　勝本治恵

翁みち浦島草のひげに触れ　小野百合子

# 蛇苺

へびいちご

くちなはいちご
バラ科
多年草

4～6月

❖——毒はないが食べても汁気も味もなくおいしくないために、これは人間が食べる苺ではなく、蛇が食べる苺である、ということからこの名前がつけられた。『本草和名』（日本現存最古の薬物事典）では「まみいちご」、『草枕』では「くちなはいちご」の名で登場している。日本全土に分布し、各地の野原や道端などで普通に見かける。走出枝《そうしゅつし》を伸ばし、地を這い、節から根を出して増える。

草刈れば飛ぶ紅や蛇苺　松尾静子

蛇苺踏んで溝跳ぶ小鮒釣　石塚友二

蛇苺崖に張りつく大師道　大野紫陽

すいすいと草そよぎをり蛇苺　阿部みどり女

# 桜の実

さくらのみ

**実桜**
バラ科
落葉高木

3～4月

❖——実を食用とする桜桃《おうとう》（さくらんぼのような、食用となる果実をつけるサクラの総称。もっとも普通に栽培されているのはセイヨウミザクラ）とは異なり、花を愛でるサクラ（ヤマザクラやソメイヨシノなど）の実は小さく、色も地味な赤色である。酸味が強く、苦味があるので食用には適さず摘み取られることもないため、枝についたまま熟しきり、黒紫色になる。

実桜や少年の日の海の色　永方裕子
さくらごは二つつながり居りにけり　室生犀星
美しやさくらんぼうも夜の雨も　波多野爽波

# 繍線菊の花

しもつけのはな

**繍線菊**
バラ科
落葉低木

5～8月

❖——最初に発見された、下野《しもつけ》の国（栃木県）にちなんだ名とされる。漢字の「繍線菊」は漢名の借用。この漢名を日本風にシュクセンギクと読む場合もある。漢名は、俘囚《ふしゅう》になった父を捜した中国の少女、繍線の伝説に由来する名前である。日本全土に分布する。山地に自生するほか、庭木としても栽培される。木なのだが、高さが一メートルぐらいで、主幹がないので、一見、草に見える。

繍線菊やあの世へ詫びにゆくつもり　古舘曹人
後の日に知る繍線菊の名もやさし　山口誓子
繍線菊の咲けばほのかに兄恋し　黒田杏子

# 紫陽花

あじさい
（あぢさゐ）

てまりばな　かたしろぐさ
しちへんぐさ　四葩《よひら》　七《なな》変化　額花
刺繍花　繍毬花　沢紫陽花

ユキノシタ科
落葉低木

6～7月

紫陽花に時を忘れて尼ふたり　岡本俊康

❖――アジサイは、もともと日本の山野にあったガクアジサイの園芸種である。品種は多く、大きく分けて日本アジサイと西洋アジサイの二つがある。西洋アジサイは、日本在来のアジサイが一八世紀末に欧米に行き、品種改良されたもので、多彩な色どりの品種がつくられた。

❖――現在では四〇〇～五〇〇種も作り出されている。日本アジサイは華やかさではやや劣るが、青紫色の基本種のほか、花色の変化は多い。高さは1.5メートルほどで、春から夏にかけて緑の葉を茂らせ、六～七月、枝先に半球状の装飾花を咲かせる。花色には土質が大きく影響し、青色系の花には酸性土が、紅色系にはアルカリ性土が適しており、花色をより鮮やかにする。本種は、植物学者シーボルトが感動した植物としても有名。

紫陽花に佇《たたず》んで胸濡らしけり　黛まどか

かなしみはかたまり易し濃紫陽花　岡田日郎

あぢさゐのどの花となく雫《しずく》かな　岩井英雅

紫陽花の藍をつくして了《おわ》りけり　安住敦

**ワンポイント**　**「集（あづ）」「真（さ）」「藍（あい）」を合わせてできた名前。この三つの言葉の意味は「青花集合」、つまり青い花が集まって咲くところからの名。**

# 梔子の花
## くちなしのはな

巵子《しし》

アカネ科
落葉低木

6〜7月

くちなしの花夢見るのは老いぬため　藤田湘子

❖――日本、台湾、中国が原産地。日本では関東以西〜沖縄に自生するが、多くは観賞用に庭木として植えられている。高さは一〜二メートル。葉に光沢がある。六、七月ごろに、白い六弁の花を開き芳香を漂わせる。夜はことに香りが高い。花は花後、すぐには散らず、やがて黄色くなって枝上に残る。果実は黄橙色に熟す。古くから実は黄色の染料とされ、「くちなし色」といえば、「やや赤みを帯びた濃い黄色」を意味する。 無害なので食品（たくあん、きんとん等）を黄色に染めるときに、天然着色料として使われている。

❖――漢方ではクチナシの実を山梔子《さんしし》と呼び、他の生薬と配合して、止血、解熱、鎮静薬などをつくる。熟果を陰干しして粉末にし、卵白を加えて練ったものは捻挫や打撲などの腫れに貼ると効果がある。

プールサイドに梔子の花載《の》せ泳ぐ　能村登四郎
くちなしの束を深夜に届けたり　和田耕三郎
くちなしの香や尼寺はこのあたり　黛執
今朝咲きしくちなしの又白きこと　星野立子

**名前の由来**　植物の実は、普通熟すと裂開するが、本種は熟しても実が開かないので、〝（開くための）口がない〟ということで、クチナシの名前になった。

# 杜鵑花

さつき

五月躑躅《さつきつつじ》　山躑躅
ツツジ科
半常緑低木

5～7月

❖―本州関東以西、九州の深山の渓谷沿いの岩場などに深く根を張って自生する。本種が刈り込みに耐えるのは、こうした環境に生える強さを持っているため。五～七月、枝先に漏斗上の花を咲かせる。観賞用として庭に栽培されているが、盆栽としても愛好され、樹齢三〇〇年以上のものもある。ツツジとよく似ているが、本種は新芽が伸びきってから開花するが、ツツジは開花後に新芽が伸びる。

満開のさつき水面に照るごとし　杉田久女

さつき咲くしゅんしゅんしゅんと
湯が沸いて　大井雅人

満開の杜鵑花旅籠《はたご》の縄梯子《なわはしご》　皆川盤水

# 李

すもも

バラ科
落葉小高木

4～5月

❖―中国原産。奈良時代に渡来した。モモに似た形の実が、モモより酸っぱさが強いことから酢桃《すもも》といわれたとする説と、モモの実にはある毛が本種にはないことから〝素桃〟としたという説がある。高さは20メートル。古く『古事記』や『万葉集』の時代から利用されていた。花は春にウメの後をうけて咲く。栽培品種が多く、現在では改良種のセイヨウスモモ（プラム）が出回っている。

葉がくれの赤い李になく子犬　一茶

巴旦杏《はたんきょう》の影なす妻の若さ過ぐ　森 澄雄

李盛る見せのほこりの暑《あつさ》哉　万乎

# 額の花

がくのはな

**額紫陽花**　**額草《がくさふ》**
アジサイ科
落葉低木

6～7月

❖――「額の花」とはガクアジサイの花が略されたもの。房総半島、三浦半島、伊豆半島など、暖地の海岸付近に野生し、庭にも植える。高さは二メートルくらいになる。六～七月に咲く花は、よく見かける鞠のような形をしたアジサイとはちがって、全体が平らで、中央にあるたくさんの小花を、装飾花が額縁のように美しく取り囲んでいるのでこの名がついた。本種はアジサイの原種といわれる。

さざ波となりし木洩日額の花　村沢夏風
雨うけしまま剪らせたる額の花　川崎展宏
山からの風しか知らず額の花　木内怜子

# 南天の花

なんてんのはな

**花南天**
メギ科
常緑低木

6～7月

❖――中国での名前「南天竹」「南天燭」が由来。「竹」「燭」が省略され、音読みでナンテンに。中国原産。空海が唐から持ち帰ったナンテンの杖を石垣に突き刺したら根付いた、とも伝えられる。本州関東以西、四国、九州の山地などに自生する。季語注釈書の『滑稽雑談《こっけいぞうだん》』に「これを庭中に植えれば火災を避くべく……」と書かれているように、本種は縁起木であるために、庭によく植えられる。

南天の花咲く鎖樋《くさりとひ》のそば　柴田白葉女
南天の花に深山の朝日さす　今井勲
花南天実るかたちをして重し　長谷川かな女

# 花橘

はなたちばな

ミカン科
多年草

5～6月

❖「花の咲いているタチバナ」の意。本種は、『古事記』『日本書紀』にタチバナの名で果実として出ているが、これはダイダイかコミカンのことではないかといわれている。静岡以西の本州、四国、九州、沖縄に分布。六月、枝先に香りのよい白い花を咲かせる。果実は芳香があるが、酸味が強くて食べられない。古来、日本人に親しまれてきた木で、文化勲章はタチバナと曲玉《まがたま》のデザイン。

行きすぎて橘かをる御門かな　野村泊月

橘や京の右京のたゞの家　志田素琴

人にあふも花たちばなの香にあふも　山口青邨

# 柚子の花

ゆずのはな

柚の花　花柚　花柚子

ミカン科
常緑小高木

4～5月

❖中国の四川、雲南の原産。中国から渡来したとされるが時代は不明。関東地方以西の暖地で栽培。古い中国語では、「柚」が酸っぱい柑橘を意味し、「ユ」「ユウ」と呼ばれた。江戸時代にザボンやブンタンが知られるようになり、それらよりユズが小さいので、「柚」の下に「子」をつけて柚子になったという説がある。花は五～六月、夏の終わりごろに球果をつけ、一一月ごろに黄色くなる。

柚の花や能酒蔵《よきさけ》す塀の内　蕪村

柚子の花や髪梳いて気をとりなほす　西嶋あさ子

叱られて姉は二階へ柚子の花　鷹羽狩行

# 蜜柑の花

みかんのはな

花蜜柑

ミカン科
常緑高木

5～6月

潮風の止めば蜜柑の花匂ふ　瀧　春一

❖日本でミカンの栽培が始まったのは、室町時代の大永年間（一五二一～一五二七）という。和歌山県有田市では慶長年間（一五九六～一六一四）にはキシュウミカン（紀州蜜柑）の栽培が行われ、大阪や京に運ばれた。その後、甘さと実の大きさを兼ね備えたウンシュウミカンが登場した。

❖現在では、普通、ミカンと呼ぶのはウンシュウミカンをさす。ウンシュウミカンは、中国から渡来した柑橘類の種子から変種として生じたとされ、中国の温州にちなんでウンシュウミカンと命名されたが、近年のゲノム解析の結果、ウンシュウミカンはキシュウミカンとクネンボを親とすることが明らかになった。花は初夏のころ、枝先の葉腋《ようえき》につく。白色五弁の小さな花で、香りがいいので、あたりに甘く季節感を漂わせる。

駅降りてすぐに蜜柑の花の中　加倉井秋を

みかんの花咲きはじめなるまぶしみぬ　細見綾子

太陽がいま紀伊にあり花蜜柑　木内彰志

人ごゑの清潔な朝蜜柑咲く　藤田湘子

**名前の由来** 古くはミカンのことをコウジ（中国名の柑子の音読み）と呼んでいた。その後、蜜のように甘い品種が出てきて、〝ミツカン（蜜柑）〟と呼び、ミカンになった。

## 橙の花

だいだいのはな

ミカン科
常緑小高木

5〜6月

❖——冬に黄熟した実を枝に残しておくと、夏には果皮がまた緑色に変わり、実が二〜三年落ちないことから、"代々"の意味でダイダイという名に、という説がある。インドが原産とされ、西に伝わったものがサワーオレンジ、東に伝わったものがダイダイとされる。日本へは古墳時代に渡来したといわれる。高さは三〜四メートル。枝には刺がある。五〜六月ごろに、葉腋に白い五弁花をつける。

母病めり橙の花を雀こぼれ　石田波郷
橙の花や社務所の裏戸口　岡本圭岳
橙の花と熊楠《くまぐす》の家教はる　矢島渚男

## 朱欒の花

ざぼんのはな

文旦の花　ざぼんの花
花朱欒
ミカン科　常緑小高木

5月

❖——インド東北部原産。暖地で植栽される。日本では長崎、鹿児島、高知などが特産地として知られる。ザボンはポルトガル語のZamboaの転訛といわれる。別名はブンタン、ボンタン。ブンタンの名は中国名「分旦」に由来するという説と、薩摩に漂着した交易船の船長の謝文旦が伝えたとする説がある。高さは三メートルほど。初夏に柑橘類として大きな白い五弁の花を咲かせる。

朱欒咲く五月となれば日の光　杉田久女
朱欒咲く築地の内も坂ならむ　殿村菟絲子
花ざぼん匂ふ夜風を窓に入れ　田代八重子

# 栗の花
くりのはな

花栗　栗咲く
ブナ科
落葉高木

6月

❖——北海道西南部、本州、四国、九州に分布。野山のいたるところに自生し、食用として栽培される。日本原産のクリを他国産のチュウゴクグリやヨーロッパグリと区別するためにニホングリと呼ぶこともある。日本で栽培されているのは、野生種のシバグリを改良したものがほとんど。果実は日本在来の食用ナッツであり、縄文時代からすでに食用にしていた。六月ごろ、黄白色の花が垂れて咲く。

よすがらや花栗匂ふ山の宿　正岡子規
花栗のちからかぎりに夜もにほふ　飯田龍太
馬売りて久しき厩《うまや》栗の花　大谷繞石

# 石榴の花
ざくろのはな

花石榴　実石榴
ミソハギ科
落葉小高木

6月

❖——イラン周辺の原産。日本には平安時代に渡来した。漢字の「石榴」を日本人が呉音《ごおん》(呉は中国の古代国家の一つ)で「じゃくる」「じゃくろ」と読んだことからこの名前になったという。現在では、主に花を観賞する花ザクロ、実を食べるための実ザクロ、全体が小型のヒメザクロに分けられる。梅雨のどんよりとした空の下、鮮やかな赤い花を咲かせ、夏の始まりを教えてくれる。

花石榴雨きらきらと地を濡らさず　大野林火
かははぎの皮剥ぐ漁婦や花ざくろ　松本澄江
花石榴人の不幸をさし覗く　馬場移公子

# 柿の花

かきのはな

**柿の薹《とう》（とう＝花のこと）**

カキノキ科
落葉高木

5～6月

ふるさとへ戻れば無官柿の花　高橋沐石

❖――中国原産。奈良時代に中国から渡来したとされる。北海道以外の各地で野生化している。飛鳥時代に柿本人麻呂などのように、姓に「柿」が使われているので、カキのことは一部では知られていたのではないかと思われるが、次の奈良時代の『万葉集』にはカキはまだ登場していない。多くの品種があるが、暖地ではアマガキが多く、寒地ではシブガキとなる。原産地の中国にもカキノキはあるが、甘柿種はないので、現在栽培されているものは、日本原産のヤマガキが改良されたもの、という説がある。

❖――花は六月ごろに新しく伸びた枝に咲くが、初夏のつややかな葉と比べると地味で小さいので見過ごされやすい。葉にはビタミンCが多く含まれていることから、加工され、飲用される。柿葉寿司が有名。

百年は死者にみじかし柿の花　藺草慶子

柿の花こぼるる枝の低きかな　富安風生

柿の花笑うて落ちてゆきにけり　保坂敏子

役馬《やくうま》の立ち眠りする柿の花　一茶

**名前の由来**　**赤く熟した〝赤き実〟と、紅葉した〝赤き葉〟から〝赤き木〟となり、アカキの「ア」が無音化してカキになったという説が有力。**

# 青梅

あおうめ
（あをうめ）

**梅の実　実梅　梅売**
バラ科
落葉高木

2～3月

❖初夏の、太りはじめた青い梅の実のこと。梅の実は五～六月に急速に育つので、かたくて青い実を青梅《あおうめ》と呼び、梅雨時に黄色く熟した実を実《み》梅《うめ》と呼ぶ。青梅の若葉と競り合うかのようなその青さはまことに清々しい。青梅と若葉がほぼ同じ色なので、青梅は見つけにくいのだが、よく見ているとそのうちに一つ二つと見えてくる。青梅は煮梅、てんぷら、塩漬け、梅酒などにされる。

うれしさは葉がくれ梅のひとつかな　杜国
青梅に手をかけて寝る蛙哉　一茶
梅の実を盥にあける音のよし　野村喜舟

# 楊梅

やまもも

**やまうめ　ももかは　楊梅《やうばい》**
**楊桃船　山桃**
ヤマモモ科　常緑高木

3～4月

❖漢字名を「山桃」と表記して、別名に中国名の「楊梅」と表記、それを音読みしてヨウバイと呼んでいる植物図鑑もある。高さは20メートルくらい。防風用にも植えられる。名前の由来は、山地に生育して、モモのような実（もしくはモモに似た葉）をつけるからとされる。果実は六～七月ごろに熟す。種子が大きいので、食べられる部分が少ないが、やわらかくて甘酸っぱくておいしい。

山桃の日蔭と知らで通りけり　前田普羅
昼過ぎてやまももぽつとふくらめり　佐々木とみ子
農繁期楊梅に子らよぢのぼる　阿波野青畝

# さくらんぼ

**桜桃の実　桜桃**
バラ科
落葉高木

3～4月

❖――別名の桜桃《おうとう》は、食用となる果実を付けるサクラの総称で、桜桃という果樹があるわけではない。さくらんぼとして最もふつうに栽培されるのはセイヨウミザクラである。実は六月ごろに熟す。噛んだときのプチッとした歯ごたえ、爽やかな酸味とあっさりした甘味による甘酸っぱい味が夏の訪れを告げてくれる。サクラによく似ているが、雄しべが長いことなどから区別できる。

山墓に静かな昼のさくらんぼ　河野友人
笑窪とてひとつは淋しさくらんぼ　清水衣子
茎右往左往菓子器のさくらんぼ　高浜虚子

# 山桜桃
ゆすら

**山桜桃の実　ゆすら**
バラ科
落葉低木

5月

❖――別名はユスラウメ。漢字名には桜桃、梅桃、英梅などがある。中国原産で江戸時代の初期に渡来。観賞用に庭に植えられている。高さは約一メートル。株立ち（根元から複数の幹が立ち上がった樹形のこと）し、こんもり茂る。よく分枝して横に広がる姿がウメに似ている。六月ごろに、ツヤのある真紅の果実を枝いっぱいにつける。果実はさくらんぼよりひと回り小さいが、甘酸っぱくておいしい。

ふるさとの庭のどこかにゆすらうめ　池内たけし
田舎の子の小さき口やゆすらうめ　中村草田男
ひとり子のひとりあそびやゆすらうめ　笠原静堂

# 枇杷

びわ（びは）

**枇杷の実**
バラ科
落葉高木

11〜2月

❖——名前の由来は、漢名の「枇杷」の音読み。語源には諸説がある。果実の形もしくは葉の形が楽器の琵琶に似ているからとか、枇杷の材でつくった琵琶はとてもよい音がするからなどである。関東以南の温暖な地域に分布。高さは約10メートルにもなる。温帯の果実にしては珍しく冬に花が咲く。地味な花だが、よく見ると小さな野ばらのように美しい。初夏に橙色の実を結ぶ。

尼寺や甚だ淡き枇杷の味　村上蚋魚
枇杷甘し満水の池ところどころ　永田耕衣
やはらかな紙につつまれ枇杷のあり　篠原　梵

# 椎の花

しいのはな（しひのはな）

ブナ科
常緑高木

5〜6月

❖——本州の西南部に多くて果実（どんぐり）が小さくて丸いツブラジイと、関東地方に多くて果実の先が尖がっていて長い卵形のスタジイに区別する。シイノキという場合、ツブラジイをさすことがある。シイノキは日本の照葉樹林の代表的な樹木の一つ。北は福島から南は沖縄の山地に野生し、花期になると黄色い小さな花が咲き、強烈な甘い香りを放ち、山が黄色みがかって見える。

吹く風もふるさとの香の椎の花　西島麦南
椎の香や一人頷《うなず》く夜の坂　藤田湘子
杜に入る一歩に椎の花匂ふ　山口誓子

# 楝の花
おうちのはな
（あふちのはな）

花樗《あふち》　樗の花　栴檀《せんだん》の花　雲見草

センダン科
落葉高木

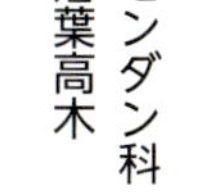
5〜6月

ひろがりて雲もむらさき花樗《はなおうち》　古賀まり子

❖——楝《おうち》は古名。江戸時代初期になってからは、栴檀《せんだん》と呼ばれるようになった。しかし、センダンは平安時代から白檀《びゃくだん》の異名であり、「栴檀は双葉より芳《かんば》し」という諺の栴檀は白檀のことであることを多くの専門書が指摘している。ちなみにこの諺は、白檀が発芽のころから香気を放つことから、大成する人は幼少のときからすぐれているというたとえ。

❖——東南アジアに分布し、わが国では主に、四国、九州の暖かい沿岸地に自生している。庭木や街路樹としても栽培されている。高さは20〜30メートル。五〜六月ごろに、薄紫色の五弁の小花が群がって咲く。宮中の五月の節句に、菖蒲《しょうぶ》、蓬《よもぎ》とともに用いられた。花をつけた姿は美しく、遠目にはフジと見まがう。

海鳴りや樗《おうち》は花の散り易く　山本岬人

むらさきの散れば色なき花樗《はなおうち》　松本たかし

大利根の水守る宮や花樗　河東碧梧桐

栴檀《せんだん》の花散る那覇に入学す　杉田久女

**名前の由来**　**平安時代以降、公家社会では、夏に着る衣服で、表が藤色、裏が青色のものを「楝《おうち》」と呼んだ。本種の花が夏に咲き、藤色であるところから、楝になぞらえて名づけられた。**

# 榊の花

さかきのはな

花榊　榊　真榊
モッコク科
常緑高木
7〜8月

❖——サカキは〝栄樹〟の意味で、年中葉が青く茂っていることに由来。本種は神が宿る木とされる。「榊」の字は神と木を合わせた国字（日本製の漢字。和字ともいう）。神事に用いられる常緑樹には本種以外にシキミ、オガタマノキなどがあるが本種がその代表。本州中部以西から沖縄にかけて分布。山林などに自生している。七〜八月、長めの柄を持つ花を一〜三個、下向きに咲かせる。

裏庭のさかきの花も卑しからず　阿部みどり女
立ちよりし結《ゆひ》の社《やしろ》や花榊　松尾いはほ
花榊焦土の区《まち》に売られをり　今井恵美子

# 木斛の花

もっこくのはな（もくこくのはな）

モッコク科
常緑高木
6〜7月

❖——本種の白い花が、ラン科の植物〝セッコク〟の花に似ているため、もしくは香りが似ているためといわれる。関東南部から沖縄まで分布している。高さは10〜15メートル。耐火性があり、風や潮にも強いため、防風林、防火林、防潮林として利用される。葉が密につくので、目隠しとしても重宝されている。また、成長が遅くて樹形を保ちやすいので、生け垣や日本庭園にもよく植えられる。

木斛のひそかな花に寄りて立つ　尾形初江
疲れたる身を木斛の花に寄す　伊東月草
木斛の花の向こふの末社《まつしや》かな　柏村貞子

# えごの花

エゴノキ科
落葉小高木

5～6月

えごの花遠くへ流れ来てをりぬ　山口青邨

左はアカバナエゴノキ

❖――エゴノキの花のこと。本種の緑色の実をつぶして川に入れると、果皮にある有毒な成分に麻酔効果があり、魚が浮き上がってくる（今日ではこの漁法は禁止されている）。別名は「萵苣《ちしゃ》の木」で、歌舞伎『伽羅先代萩《めいぼくせんだいはぎ》』に登場するチサの木はこの木である。

チサの花としては『万葉集』にも登場している。材が傘のろくろ（骨が集まっている中心部分）に使われていたことから「ろくろぎ」の別名も。北海道の日高、本州、四国、九州、沖縄に分布。山野の沢沿いの斜面や雑木林に自生。五、六月ごろに、枝の先に乳白色の五弁の清楚な小花をびっしりつける。本種は「石鹸の木」ともいい、若い実の果皮は泡が出るので、石鹸の代用になったこともある。材は緻密で、床柱や天井材や杖などに用いられる。

晩年の父の書やさしえごの花　関戸靖子

朝森はえご匂ふかも療養所　石田波郷

えごの花地に叩きつけ雷雨過ぐ　堀古蝶

えご散りて渚のごとく寄らしむ　皆吉爽雨

**名前の由来**　**エゴノキの花のことで、つぶした実の果皮を舐めるとのどが刺激されて〝えぐい〟〝えごい〟感じがするので、この名前がつけられた。**

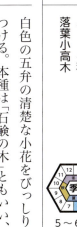

# 燕子花

かきつばた

杜若《かきつばた》　かいつばた



アヤメ科
多年草

5～6月

藍色をもて光琳の燕子花　清崎敏郎

❖—日本原産。区別のつけにくいものの例えに「いずれが菖蒲《あやめ》か燕子花」という言葉が使われるが、アヤメは野山の草地などに生え、本種は池沼や湿地に群生している。また、本種の花弁には白いスジが入っているので見慣れると簡単に見分けられる。

高さは50～70センチくらい。花茎の先に濃紫の美しい大形の花を三個咲かせる。花は外側の三片が大きく垂れていて、内側の三片は小さく直立している。

❖—花の色は他に紅紫、白、碧などがある。開花は初夏のころだが、四季咲きもある。古くから日本人に愛され、『万葉集』にもこの花を詠んだ歌が数首ある。また、尾形光琳の屛《びょう》風《ぶ》絵《え》にも描かれている。花の姿が飛《ひ》燕《えん》を思わせるところから、燕子花という文字を当てたといわれる。

天上も淋しからんに燕子花　鈴木六林男

燕子花高きところを風が吹き　児玉輝代

よりそひて静なるかなかきつばた　高浜虚子

かきつばた紫を解き放ちゐし　細見綾子

**名前の由来**　**上代（奈良時代）には、この花を布にすりつけて染色したので「書きつけ花」と呼ばれ、転訛してこの名前になったといわれているが定かではない。**

# あやめ

はなあやめ　渓蓀《あやめ》

アヤメ科
多年草

5〜7月

死後のことそれとなく言ふ花あやめ　岡本差知子

❖――一般にいわれる「アヤメ」という名前は、アヤメ属の総称として使われている。属名のIrisは、ギリシャ語で虹の意味で、花が虹のように美しいということに由来するようである。アヤメ属でアヤメと呼ばれているものは、ハナショウブ、カキツバタ、イチハツ、ジャーマン・イリスなど。植物学上のアヤメはシベリアアヤメのことで、本州、北海道、シベリアに分布し、草丈が50〜60センチの宿根草。

❖――五月ごろに咲く花は、ハナショウブやカキツバタに比べ、やや地味である。紫の花弁の付け根が黄色で、そこに紫色の網目模様があるのが特徴で、湿地には適さない。アヤメ類の品種としては、大輪の花をつけるルイジアナアヤメ、大形の蝶が舞うような花をつけるスプリア・アイリスなどがある。

壁一重雨をへだてつ花あやめ　鬼貫

にさんにちむすめあづかりあやめ咲く　室生犀星

寝る妹に衣うちかけぬ花あやめ　富田木歩

卓ごとに渓蓀が揺れて食堂車　本井英

**名前の由来**　外側に垂れる花弁の黄色と白の網目模様から、〝網の目〟がアヤメになったという説や、剣状の細い葉が繁る様子が文目《あやめ》模様に似ているという説などがある。

# 花菖蒲 はなしょうぶ（はなしやうぶ）

菖蒲園　菖蒲池



アヤメ科
宿根草


6月

白菖蒲剪ってしぶきの如き闇　鈴木鷹夫

❖―「何《いず》れ菖蒲《あやめ》か燕子花《かきつばた》」という諺《ことわざ》もあるように、アヤメ、ショウブ、カキツバタ、ハナショウブは見分けにくい植物である。

❖―諺に出ている菖蒲と杜若は見た目がよく似ている。ショウブだけはサトイモ科だから区別しやすいと思えるのだが、漢字で表記するときに「菖蒲」と書き「菖蒲」はアヤメとも読むので、混乱してしまう。また、古語でアヤメといえばショウブのことを意味するのでさらに混乱する。そして本種の花菖蒲は見た目がアヤメ、カキツバタと似ている。まだ続きがあるのだが際限《きり》がないからここまでにしておこう。

❖―本種は、日本、朝鮮半島、中国北部、シベリア原産のノハナショウブを原種として、観賞用に品種改良された、日本の園芸品として世界的に有名な植物である。

こんこんと水は流れて花菖蒲　臼田亜浪

花菖蒲夜は翼のやはらかし　森　澄雄

はなびらの垂れて静かや花菖蒲　高浜虚子

番傘に雨をはじきて菖蒲園　石原舟月

**名前の由来**　葉が菖蒲の葉に似ていて、美しい花をつけるところからこの名前に。花菖蒲は見事な花を咲かせるが、菖蒲の花はお世辞にも美しいとは言えない。

# 菖蒲

しょうぶ
（しやうぶ）

水菖蒲　あやめぐさ
サトイモ科
多年草

5～7月

❖――花菖蒲の項に、アヤメ、ショウブ、カキツバタ、ハナショウブは区別・見分けがとても混乱しやすい植物ではあるが、ショウブだけはサトイモ科だから区別しやすい、と書いているが、そのショウブが本種である。アヤメとは無関係の植物。日本全国に分布し、各地の川岸や池沼などに自生。花は美しいとはいえないが葉や茎に香気があり、葉が美しいので古くから親しまれてきた。

夜蛙の声となりゆく菖蒲かな　水原秋櫻子

校倉をめぐる古江の菖蒲かな　麻田椎花

京へつくまでに暮れけりあやめぐさ　田中裕明

# グラジオラス

唐菖蒲　和蘭菖蒲
アヤメ科
多年草

5月

❖――名前の由来は、葉の形が剣状で、ラテン語の「小剣」という単語の短縮形がグラディオラスであることからといわれている。南アフリカ原産。一九世紀初めに欧米で盛んに交配改良が行われ、江戸時代にオランダ船によって日本に持ち込まれた。そのために和蘭あやめ、唐菖蒲と呼ばれた。現在では切り花、花壇用に多く栽培されている。夏咲き系のものは花も豪華だが、春咲き系は清楚。

グラジオラス妻は愛憎鮮烈に　日野草城

船室に活けて反り身のグラジオラス　高木公園

刃のごとくグラジオラスの反りにけり　佐久間慧子

# 葵

あおい（あふひ）

葵の花　花葵　銭葵　蜀葵《からあふひ》　立葵

アオイ科
一、二年草

7〜8月

門に待つ母立葵より小さし　岸風三樓

タチアオイ（上）と
ゼニアオイ（左）

❖――アオイの名が最初に現れるのは『万葉集』であるといわれているが、これはフユアオイ（冬葵）かフタバアオイ（二葉《ふたば》葵）であるらしい。植物学上、アオイという固有種はなくて、古くはフユアオイのことを、平安時代にはフタバアオイのことをアオイといい、最近は、タチアオイをさすことが多い。

❖――タチアオイはハナアオイとも呼ばれ、中国、シリアの原産である。室町時代に渡来し、観賞用、薬用として栽培されてきた。フタバアオイは、本州、四国、九州の山地に自生し、葉が美しいので庭植え、鉢植えにされる。このフタバアオイは、京都・賀茂神社の賀茂祭（葵祭）に用いられる神聖な草花とされ、葵祭の名称もここから生じた。徳川家の「葵の紋」はフタバアオイの葉を紋章化したものである。

立葵まず見えて来て京都なり　森　澄雄

立葵咲き終わりたる高さかな　高野素十

峡深し墓をいろどる立葵　沢木欣一

湯をつかふ音が裏手に立葵　鷲谷七菜子

**名前の由来**　「アオイ」という固有の種はない。「アオイ」はタチアオイ、フユアオイなどというような何々アオイの総称だが、最近はタチアオイのことをアオイという。

# 罌粟坊主《けしぼうず》（けしばうず）

ケシ科
一年草

罌粟の実　芥子坊主

なし

❖──罌粟坊主とは、花後につける球形の実のこと。名の由来は、昔、「芥子」という字を用いたため、その音読みが使われている。地中海、イラン地方の原産。日本へはインドから渡来したといわれている。茎の高さは約一メートル。初夏に四弁の花を開く。花の色には白、淡紅、紅紫があり、一重のほか八重咲きの品種もある。白果種はアヘンができるため法律によって栽培が制限されている。

芥子坊主どれも見覚えある如し　右城暮石

芥子坊主こつんこつんと遊ぶなり　田村木国

夕風の夏吹き抜けし芥子坊主　藤田湘子

# 除虫菊《じょちゅうぎく》（ぢよちゆうぎく）

キク科
多年草

5～7月

❖──名前の由来は、本種の花や茎などに殺虫効果があるため。この殺虫成分を取るためと美しい花を観賞するために栽培されている。とても丈夫な草花で、栽培に手がかからない。シロバナムシヨケギク（舌状花は白、中心花は黄色）、アカバナムシヨケギク（花色が豊富、ペルシア除虫菊ともいわれる）、コーカシアムシヨケギク（舌状花は白のみ、日本に最も早く輸入された）の三種類ある。

一島の裏表なく除虫菊　宮津昭彦

無人島なり除虫菊埋めつくす　辰巳秋冬

まつ白の島又島は除虫菊　和田ふく子

# 矢車草

やぐるまそう
（やぐるまさう）

矢車菊

キク科
秋まき一年草

4～6月

久女の墓低し矢車草よりも　二宮貢作

❖——日本の深山の谷沿いの林床などに、しばしば大きな群落をつくって自生する植物に、ユキノシタ科のヤグルマソウという、本種と同じ名前の草がある。そのため、どうしても本種と混同しがちだから、正しくはヤグルマギクと呼ぶべきである。

❖——地中海沿岸のヨーロッパ、小アジア原産。エジプトでは古代から栽培され、エジプト王家のツタンカーメン王の棺の中から、三三〇〇年を経た本種が発見されたことでも有名。

❖——現在は減ったが、かつては小麦畑に雑草のように生えていたので、英名はコーンフラワー（小麦の花の意）。花壇などで栽培されているのを見かけるが、こぼれたタネから発芽し、人家近くの畑や草原などでも美しく咲いているのを見かける。

矢車草病者その妻に触るるなし　石田波郷
驟雨来て矢車草のみなかしぐ　皆川盤水
住みのこす矢車草のみずあさぎ　中村汀女
清貧の閑居矢車草ひらく　日野草城

**名前の由来**　**端午の節句に立てる鯉のぼりの柱の先端で回る矢車（軸のまわりに、矢や羽根状の木などを放射状につけたもの）に花の形が似ているから。**

# 石竹

せきちく

**石の竹**
ナデシコ科
多年草

6～7月

❖――漢名の「石竹」を音読みしたのが名前の由来。古くは、唐撫子《からなでしこ》と呼ばれた。中国から渡来したナデシコという意味。中国原産。観賞用の草花。切り花にもなる。草丈は30センチ前後。花はナデシコに似て、五枚の花弁の先に鋸状の切れ込みがある。花期は六～七月だが、改良が進み、四季咲きも多い。『万葉集』に「石竹」と書いて「なでしこ」と読ませる歌があるが、日本種とみられている。

石竹やおん母小さくなりにけり　石田波郷
石竹や美少女なりし泣きぼくろ　倉橋羊村
石竹の小さき鉢を裏窓に　富安風生

# 金魚草

きんぎょそう
（きんぎよさう）

ゴマノハグサ科
多年草

4～6月

❖――花の形が金魚に似ていて、花びら自体も尾びれの長い金魚に似ているのでこの名前がつけられた。英名はスナップドラゴン。これは、開いた花に虫が入ったときの姿を、獲物にかみつく竜の姿になぞらえたもの。地中海沿岸原産で、江戸末期に渡来した。五～六月に、たくさんの花を咲かせる。花びらはやわらかくて、独特の芳香がある。種を蒔く時期を変えれば、春から秋まで咲かせることができる。

道下が海女の花畠金魚草　小川恭生
いろいろな色に雨ふる金魚草　高田風人子
幼な顔ふくらみばかり金魚草　香西照雄

# アマリリス

ヒガンバナ科
多年生草本

4～6月

❖——アマリリスという園芸名は今でも使われてはいるが、現在はヒッペアストルムと呼ばれることのほうが多い。熱帯アメリカ原産のヒッペアストルムを園芸改良したものが花壇、鉢植えなどで栽培されている。球根植物で、花茎の先にユリに似た花を咲かせる。アマリリスの名で親しまれているのは、オランダで改良された大輪種。花は、蕾《つぼみ》のときは上を向き、開くと横向きになる。

原爆の地に直立のアマリリス　横山白虹

アマリリス廃墟明るく穢《けがれ》なし　殿村菟絲子

あまりりす妬みごころは男にも　樋笠文

# 破れ傘

やぶれがさ

兎児傘《やぶれがさ》　やぶれすげがさ
きつねのかさ
キク科　多年草

7～10月

❖——芽を出してからまもなくしたころの若葉をすぼめたときの形が、破れた番傘に似ているのでこの名がついた。江戸時代の文献『和漢三才図会』などには「破菅笠(ヤブレスゲガサ)」などの別名で出ている。本州、四国、九州に分布、山地の木陰に自生する。若いときは白い綿毛に覆われ、七～八月、花茎の先に白い筒状花を咲かせる。傘のような若葉は、てんぷらやお浸しやごま和えなどにする。

ひっそりと花をかかげし破れ傘　村田近子

破れ傘貧しき花を傘の上　青柳志解樹

やぶれがさむらがり生ひぬ梅雨の中　水原秋櫻子

# ジギタリス

きつねのてぶくろ
ゴマノハグサ科
多年草

5～6月

❖――ジギタリスはラテン語で「指のような」という意味。袋状の花の形が指サックに似ていることが名前の由来で、英名はフォックスグローブ。南ヨーロッパ原産。観賞用、薬用として栽培されている。よく見かけるのは、花茎に釣り鐘形の花を鈴なりにつけていくプルプレア種。葉に薬用成分を含む毒草だが、古くから強心薬などに利用されてきた。花色はピンク、白、クリーム。

少年に夢ジギタリス咲きのぼる　河野南畦
ジギタリス揚羽を煽《あふ》る風過ぎぬ　酒田黙示
チギタリスのぼりつめたる鈴小さく　豊田君仙子

# サルビア

シソ科
一年草・多年草

5月

❖――原産地はブラジル。明治時代に渡来し、コスモスと共に、日本人にもっとも親しまれてきた西洋の花の一つである。サルビアはラテン語で「健康である」の意味。薬効があることが名前の由来で、生活に役立つハーブとして栽培されているものもある。花は、夏から秋にかけて赤または赤紫色の小花を輪生させて開く。歳時記では夏の季語になっているが、観賞用のものは秋が最も美しい。

サルビアの百日働くを疑はず　山田みづえ
サルビアの庭にゐて耳遠くなる　佐藤千支子
一涼のサルビア翳を深くせり　角川照子

# 小判草

こばんそう
（こばんさう）

俵麦
イネ科
一年草

4～6月

❖――細い柄の先に小判のような穂をぶら下げるのでこの名がついた。ヨーロッパ原産で、明治時代の初期に観賞用として渡来した。当初は庭で栽培されていたが飽きられ、もともと乾燥した草地の植物なので、海岸の砂地などに野生化した。六月ごろに茎から細い枝を数本出して、先端に、小判を連想させる大形の小穂《しょうすい》を垂らす。小穂は初めは緑色で、実ってくると黄緑、最後に黄金色になる。

小判草ゆつくりと揺れ迅く揺れ　清崎敏郎

風ひらひらと表裏もなくて小判草　塘　柊風

海に出るなじみの小道小判草　成田千空

# 紅の花

べにのはな

紅藍花《べにばな》　紅粉花《べにばな》　末摘花
紅藍《こうらん》　紅畑
キク科　一年草または越年草

6～7月

❖――昔、紅色《べにいろ》の染料の原料にされたことや花の色が紅色であることからこの名前がつけられた。エジプト原産。曇徴《どんちょう》（七世紀に高句麗から渡来した僧）が本種を持参したといわれる。葉は深緑色。六～七月、茎の先端に頭花をつける。花は鮮紅黄色で、全体にアザミに似ている。栽培は山形県最上川《もがみかわ》流域が盛んで、山形県の県花になっている。種子からとる「紅花油」は健康食品として人気がある。

峠より日の濃くなれり紅の花　皆川盤水

月山《がつさん》へつぎはぎの雲紅の花　藤田あけ烏

鳴いてくる小鳥はすずめ紅の花　三橋敏雄

## 茴香の花
ういきょうのはな
（うゐきやうのはな）

茴香子
セリ科
多年草

6～8月

❖──中国名「茴香」を音読みして和名に。茴《うい》は唐音で、香《きょう》は漢音。英名はフェンネル。地中海沿岸原産。古代エジプト・古代ローマで栽培されていた記録があり、歴史上最も古い作物の一つ。日本には平安時代に中国から渡来し、薬用として栽培されてきた。夏から秋にかけ、枝先に黄色い小さな花が集まって咲く。果実はフランス、イタリア料理に欠かせない香辛料。

茴香の花の匂ひや梅雨曇　嶋田青峰
茴香の茎を離れし花群るる　亀井糸游
茴香に涼しき雲の通ひけり　岸秋渓子

## 馬鈴薯の花
ばれいしょのはな

じゃがたらの花
ナス科
多年草

6～7月

❖──インドネシアのジャワ島のジャガタラ（ジャカルタのこと）から輸入され、ジャガタライモと呼ばれたことが名前の由来。また、「馬鈴薯」は、根の薯《いも》が馬の鈴のように連なっていることが由来。南米アンデス高地原産。日本へは、慶長年間に、オランダの商船が長崎に持ち込んだ。六、七月ごろ、白または紫の星形の花を咲かせる。北海道の広大な畑に咲くさまは壮観である。

じゃがたらの花裾野まで孀恋村　金子伊昔紅
馬鈴薯の花の中なる駅ひとつ　村上喜代子
じゃがいもの花の地平の濁らざる　小檜山繁子

# 南瓜の花
かぼちゃのはな



ウリ科
蔓性一年草

6月

砂を這ふ南瓜の花に島の雨　今井千鶴子

❖——南北アメリカを広く原産地としている。また、熱帯アジア原産とも。日本で主に食べられているカボチャはアンデスの高地が原産。一五世紀末にヨーロッパに伝来し、日本には、戦国時代の天文《てんぶん》年間（一五三二〜一五五五）に、カンボジアから、ポルトガル船によってもたらされたとされている。

❖——九州ではカボチャのことを、カボチャボウブラ、南京ボウブラ、などと呼ぶ。「ボウブラ」は、各種のカボチャの中の一種を意味するポルトガル語 abóbora の転訛。ポルトガル船によってもたらされたとされているカボチャは今のニホンカボチャのことではなくて abóbora ではないかと思われる。ニホンカボチャは abóbora よりやや遅れて渡来している。

舟小屋のうしろ日蔭の花南瓜　上村占魚

南瓜の花破りて雷の逃ぐる音　西東三鬼

とにかく生きよ南瓜地を這いかく花咲く　赤城さかえ

花南瓜山河幼き日のままに　林佑子

**名前の由来**　カンボジアから渡来したのでカンボジアがなまってカボチャになった、といわれている。京都では、ひょうたんに似たおもしろい形の鹿ヶ谷南瓜《ししがたにかぼちゃ》が有名。

# 昼顔

ひるがお
（ひるがほ）

ヒルガオ科
多年草

5〜8月

❖──アサガオに似た花を朝ではなくて昼間に咲かせることからこの名前がついた。午前10時ごろに開花して夕方にはしぼむ。アサガオに対してユウガオ（ウリ科）、ヨルガオ（ヒルガオ科）という名の草もある。北海道〜九州に分布。日当たりのよい道端や野原などに自生する。地中を這う根茎から長い蔓を出して、何にでも巻きつく。五〜八月、長い花柄の先に、淡紅色の花を一つ咲かせる。

ひるがほのほとりによべの渚あり　石田波郷

昼顔やレールさびたる旧線路　寺田寅彦

昼顔に猫捨てられて泣きにけり　村上鬼城

# 浜昼顔

はまひるがお
（はまひるがほ）

ヒルガオ科
蔓性多年草

5〜7月

❖──本種の分布域は広く、ヨーロッパ、アジア、オセアニア諸島、アメリカ太平洋岸まで分布している。日本全土にも分布し、代表的な海浜植物である。梅雨のころの海辺は人が少なく、砂浜の花が美しいとき。ハマエンドウの花が終わると、本種が引き継ぎ、砂浜の上にピンクの花をたくさん咲かせる。花はヒルガオに似ているが葉がまったく異なる。ヒルガオは細長いが本種はハート形。

浜昼顔風に囁きやすく咲く　野見山朱鳥

浜昼顔烏賊《いか》焼く煙り今日も浴び　河野多希女

# 沢瀉

おもだか

花慈姑《はなくわゐ》
オモダカ科
多年草

8〜10月

❖――植物図鑑では「面高」と表記しているが、季語での表記は「沢瀉」。「沢瀉」は漢名で、それも別属のサジオモダカのことで、茎、葉、塊茎《かいけい》は沢瀉《たくしゃ》と呼ばれ、漢方薬に。本種は、葉の形が人面に似ていて、その葉が水面から離れた高い位置にあることから「面高《おもだか》」と名づけられた。八〜一〇月、葉の間から花茎を伸ばし、花茎の節のまわりに白い愛らしい三弁の花を咲かせる。

沢瀉に昏れし水面がまた昏れゆく　横山白虹
沢瀉や芥流る、朝の雨　佐藤紅緑
おもだかに寄る漣《さざなみ》や余呉の湖　内藤恵子

# 河骨

こうほね（かうほね）

かはほね　たいこのぶち
スイレン科
多年草

6〜9月

❖――「河骨《こうほね》」などと奇妙な名前がついているが、これは、河底の泥の中に横たわっている太い地下茎が白くて、まるで人間の背骨に見えることから。北海道西南部から九州に分布し、平地の小川や溝、池沼に自生する。六〜九月、丸みのある黄色い花を咲かせる。本種は古くから漢方薬で、コウホネの根茎を乾燥したものが生薬の「川骨《せんこつ》」で、鎮痛作用、消炎作用があるとされる。

河骨の影ゆく青き小魚かな　泉鏡花
河骨や終にひらかぬ花ざかり　素堂
河骨にわりなき茎の太さかな　正岡子規
河骨の玉蕾まだ水の中　綾部仁喜

# 十薬《じゅうやく》（じふやく）

蕺菜《どくだみ》　蕺菜の花

ドクダミ科
多年草

6～7月

どくだみの花の白さに夜風あり　高橋淡路女

❖――一般的にはドクダミの名で知られているが、俳句の世界では十薬《じゅうやく》の名もよく知られている。ドクダミの名前の由来は、下欄の通りであるが、ここで十薬の名前の由来も説明しておきたい。まず、『日本薬局方』に示されているドクダミの生薬名が『十薬《じゅうやく》』である。その名の由来としては、「十の薬効を持つ」という説、「十の毒を消す」という説、「重要な薬草（＝重薬《じゅうやく》）」という三つの説がよく知られている。

❖――本州、四国、九州、沖縄に分布し、いたるところの日陰地に群生している。六～七月頃、白い四弁に見える花を咲かせる。しかし、これは花ではなく総苞片《そうほうへん》で、中央の黄色い円柱状の花穂《かすい》を構成しているのが本来の花である。それにしても、薄暗がりに浮かぶ白十字は風情がある。

十薬を抜きて匂はす母が墓　本宮銑太郎
十薬の雨にうたれてゐるばかり　久保田万太郎
雫落ちて十薬の花またたきぬ　清崎敏郎
十薬や石五つ積み湯女《ゆな》の墓　本田一杉

**名前の由来**　**毒矯《た》め説は、毒を矯める→ドクタメ→ドクダミ。毒痛み説は、毒素や痛みを取る→ドクイタミ→ドクダミ。毒溜《た》め説は「毒溜め」→「ドクダミ」。**

# 蛍袋
ほたるぶくろ

釣鐘草　提灯花　風鈴草

キキョウ科
多年草

6～8月

蛍袋に指入れ人を悼《いた》みけり　能村登四郎

❖―ツリガネソウ、チョウチンバナ、アメフリバナ、トックリバナ、トウロウバナという別名でも知られている。どの名前も花の形からきている。北海道、本州、四国、九州の各地に自生している。野山の道端や土手に群れ生えていることが多い。鉢植えなどにされて庭先でもよく見られる。

❖―全体に粗い毛があり、葉が尖った披針形《ひしんけい》の葉が交互についている。茎は高さ30～80センチに伸び、直立する茎の上部に、大きな釣り鐘形の愛らしい花が下向きに咲く。花色は淡紅色か白が多い。変種に、緑の萼の縁に上向きに反り返る小さな烈片がないヤマホタルブクロや、同じく小さな烈片がなくて海辺近くに自生するシマホタルブクロがある。シマホタルブクロはやや小形でたくさんの白い花をぶら下げる。

人声の蛍袋に来てやさし　高橋悦男
祖父の寺ほたるぶくろが屋根に咲く　加倉井秋を
もごもごと虻ゐるほたるぶくろかな　飯島晴子
明るくて蛍袋は雨の花　田口紅子
蛍袋咲かせ兵士の墓一基　原田青児

**名前の由来**　子どもが、虫籠代わりに釣り鐘状の花に蛍を入れていたためという説と、釣り鐘状の花が提灯《ちょうちん》に似ていて、提灯のことを火垂《ほた》ると呼ぶためという説がある。

# 麒麟草

きりんそう
（きりんさう）

ほそばきりんさう
ベンケイソウ科
多年草

6〜8月

❖――漢字名を「麒麟草」と書くが、本種は動物の麒麟とは関係なく、小さな花がまとまって黄色い一つの花に見えるので黄輪《きりん》である。北海道、本州、四国に分布。海岸や山地の岩などに自生する。岩の隙間などに明るい緑色の葉と黄色い花がよく目立つ。高さは5〜30センチで茎は真っ直ぐに伸びる。葉にはほとんど模様がない。セイタカアワダチソウと混同されることが多い。

霧の中ほの温き日のきりん草　村田脩
麒麟草熔岩《らば》の向ふに太平洋　柳澤杏子
山脈《やまなみ》を風がのりこえきりん草　榎本冬一郎

# 虎耳草

ゆきのした

雪の下　虎の耳　鴨足草《ゆきのした》
ユキノシタ科
多年草

7月

❖――花の形が虎の耳や鴨の足に似ているところから漢字名を「虎耳草」「鴨足草」と書く。ユキノシタという名前の由来は、雪の下に生えるからという説や、花弁が五弁あって、下側の花弁は二枚で長いので、この長い白い花弁を〝雪の舌〟と見た、という説もある。仄暗《ほのぐら》い石垣などの湿地に群生する。観賞用として庭の池などにも栽培する。生薬名も「虎耳草」。

かくれ咲く命涼しき鴨脚草　富安風生
漸《ようや》くに落着くくらし雪の下　深川正一郎
置き古りてある箱庭や鴨足草　岡本癖三酔

# 百日紅
## さるすべり

ミソハギ科
落葉小高木

百日紅《ひゃくじっこう》　しろばなさるすべり

7〜10月

ゆふばえにこぼるる花やさるすべり　日野草城

❖――中国南部、インド原産。高さは五メートルほどで、庭園や公園、特に寺院に多く植えられる。花は七〜一〇月に枝先に円錐《えんすい》花序《かじょ》で群がり咲く。花弁は六枚で縮れており、一見すると、ピンクのフリルをいっぱいつけているように見える。花色はピンクのほか、赤、白、薄赤、藤色などさまざま。盛夏になると街・町で咲いている花が少なくなるので、一〇〇日以上も花が咲き続ける本種は、夏の花木として重要である。

❖――そのため、かつては寺院の樹といわれたが、最近では街路樹に使われるようになっている。満開になるのは蟬《せみ》の声が騒がしい頃。材は皮つきのまま床柱にしたり、かたくて粘り強くて腐りにくい性質を生かして、ステッキなど、各種の木工品に使われている。

サルスベリの幹

さるすべり美しかりし与謝郡《よさごおり》　森澄雄

咲き満ちて天の簪《かんざし》百日紅　阿部みどり女

炎天の地上花あり百日紅　高浜虚子

閼伽桶《あかをけ》はどれも漏るなり百日紅　高田蝶衣

**名前の由来**　幹の樹皮が滑らかでツルツルしており、これだと猿も滑り落ちるのではないか、ということから。「百日紅《ひゃくじっこう》」は、花期が長く百日も咲き続けることから。

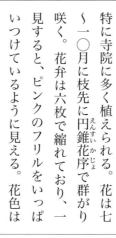

# 夾竹桃（きょうちくとう）（けふちくたう）

キョウチクトウ科
常緑低木

6～10月

夾竹桃しんかんたるに人をにくむ　加藤楸邨

❖――花の少ない盛夏を彩る三大花木が、サルスベリ、ノウゼンカズラ（次頁）、そして本種である。中近東～インド原産で、日本には中国を経て江戸時代に渡来したとされる。排気ガスや大気汚染に強いため、関東地方から西の高速道路沿いや工場敷地などに植栽されている。長崎・広島両市では、原爆が投下された後も枯れずに花を咲かせ続けたので、本種は戦後復興の象徴的存在である。

❖――高さは一～四メートル。花期は六～九月と長いが、梅雨時にはいったんしぼみ、梅雨が明けるとまた咲きだす。花色は淡紅色が一般的だが、白もよく見かける。ほかにオレンジや淡黄などもある。枝先にたくさん咲いて香りもよいが、樹皮から出る白い液は有毒。本種は暑さには強いが寒さには弱い。

夾竹桃燃ゆ広島も長崎も　関口比良男

黒き雨夾竹桃はこらへをり　平井照敏

夾竹桃燃ゆる揺れざま終戦日　松崎鉄之介

踏絵見る夾竹桃を背の窓に　多田裕計

**名前の由来**　「夾竹桃」は漢名で、キョウチクトウはその音読み。花が桃の花に似ていて、葉が細長くて竹の葉や鋏《はさみ》（夾）の刃に似ているのでこの名前に。

# 凌霄の花

のうぜんのはな

凌霄《のうぜん》
のうぜんかつら

ノウゼンカズラ科
落葉つる性木本

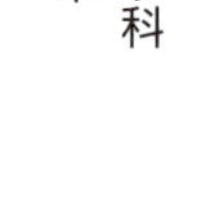

7～8月

なが雨の切れ目に鬱と凌霄花　佐藤鬼房

❖――ノウゼンカズラの花のこと。ノウゼンカズラは中国の原産で、古い時代に日本に渡来し、主に薬用に栽培されていた。観賞用として庭にも植えられる。漢字名の「霄」の字は空や雲の意味。本種は空を凌《しの》ぐようにして上へ上へと伸びていく（大きな株になると高さが10メートル近くにまで達する）ので「凌霄」という名に。

❖――夏を代表する花木の一つであるサルスベリはよく寺院に植えられているが、本種も寺院に植えられていることが多い。七～八月、枝の先に橙黄色のラッパ形の大形の花をたくさん咲かせる。有毒植物（大した毒ではない）で、「花の蜜が目に入ると目がつぶれる」と庭に植えるのを嫌う地方もある。アメリカノウゼンカズラは赤みが濃くて花が小さい。本種と同じく夏の美しい花木である。

凌霄の日の当たりゐて矮鶏《ちゃぼ》交《つる》む　吉田鴻司

のうぜんの花いく度も花ざかり　今井つる女

抱かれ居る児の躍るなり凌霄花　幸田露伴

凌霄やギリシャに母を殺めたる　矢島渚男

**名前の由来**　漢名の「凌霄」を「りょうしょう」と読んだのが「のうしょう」に変化して、さらに「のうぜん」に変化したとも。「凌霄」の読みでなく意味の由来は本文に。

# 仏桑花

ぶっそうげ
（ぶつさうげ）

石の家ハイビスカスの花陰に　杉浦恵子

ぼさつばな　琉球むくげ
扶桑　扶桑花　ハイビスカス

アオイ科
常緑低木

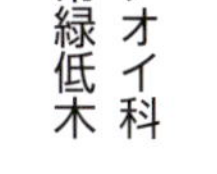


7～10月

❖―ハイビスカスのことである。ハイビスカスは南国のイメージが強いが、西洋人が中国で発見したために、学名はHibiscus rosa-sinensis で、rosa-sinensis は中国のバラという意味である。ハワイで重ねられた品種改良に貢献した原種の一つとされる。現在、品種は約五〇〇〇あるとされているが、すべてハイビスカスと総称されている。沖縄には古くから自生していて、アカハナー（赤花）と呼ばれる。

❖―中国南部、東インド原産。日本へは慶長年間の末期（一六一三年ごろ）に渡来したといわれている。鉢植えとして温室栽培されるが、沖縄などの暖地では庭木にもされる。高さは二～五メートル。夏に枝先に大形の花を咲かせる。花色や花形は多彩で、オールド系、ハワイアン系、コーラル系に大別される。

恍惚と旅の寝不足仏桑花　渡辺千枝子

いつまでも咲く仏桑花いつも散り　小熊一人

屋根ごとに魔除《まよけ》獅子置き仏桑花　轡田進

健次の墓仏桑花にも水手向《たむ》け　いさ桜子

**名前の由来**　中国名の「扶桑」に日本で花を加えて音読みし、扶桑花、そして仏桑花に変化したものとされる。しかし、今日では学名からのハイビスカスが定着している。

# 茉莉花

まつりか
（まつりくわ）

ジャスミン

モクセイ科
常緑低木

7〜8月

茉莉花の花の香りや石の椅子　きくちつねこ

❖——ジャスミンは、モクセイ科ソケイ属の植物の総称で、ソケイ属の植物は世界で約三〇〇種が知られている。その中の一種で、ジャスミン茶（茉莉花茶）に使用される種であるアラビアジャスミン（Jasminum sambac）が本種の茉莉花である。アラビアからインドにかけてが原産地。日本には慶長年間の末期（一六一四年）に渡来。観賞用に広く栽培されている。

❖——同じ属の仲間には、〝迎春花〟の別名を持つオウバイ（黄梅）、花が黄色いキソケイ、ジャスミンの名で呼ばれることが多いソケイ（香水には花が大きくて香りがよい本種が用いられている）などがある。中国では本種をウーロン茶に入れてジャスミンティーとして香りを楽しんでいる。本種は、インドネシア共和国の国花である。

茉莉花を拾ひたる手もまた匂ふ　加藤楸邨

茉莉花の香指につく指を見る　横光利一

茉莉花や風のみちびく如来堂　深谷雄大

**名前の由来**　**梵語《ぼんご》（インドなど南アジア・東南アジアにおいて用いられた古代語）で「ミルリカ」といい、それから転じたものとされる。和名は漢名「茉莉花」の音読み。**

# 合歓の花

ねむのはな

ねぶたの木　ねむのき　ねむりぎ　花合歓

マメ科
落葉高木

6～7月

象潟《きさかた》や雨に西施《せいし》がねぶの花　芭蕉

❖―ネムノキの花のこと。原産地は日本、朝鮮半島、中国。「合歓《ごうかん》」は中国名。（夜に葉が重なり合うので〝ネム〟を〝合歓〟と書く）。古名の「ねぶ」の名は『万葉集』にも登場している。

❖―本州、四国、九州、沖縄に分布。高さは約10メートル。七月ごろに小枝の先に淡紅色の花をつける。五枚の花弁は小さいので目立たず、目立つのは長さ四センチほどの絹糸のような雄しべで、これが紅色で美しい。開花は夕暮れ時で、花が開くと同時に葉は閉じる。花は夜明けとともにしぼむ。芭蕉の『おくのほそ道』には、「象潟《きさかた》や雨に西施《せいし》がねぶの花」という合歓の花の代表句がある（「西施」は中国春秋時代の美人の名）。樹液にタンニンが含まれているので漢方では「合歓皮」と称して打撲傷の治療や咳止めに用いる。

花合歓の夢見るによき高さかな　大串 章

花合歓の峠越えゆく薬売り　佐川広治

花合歓に雀の影が乗りにけり　榎本好宏

花合歓に夕べ近づく空の色　高橋克郎

**名前の由来**　ネムノキは夜になると葉を閉じる（就眠運動）。閉じた姿が眠っているように見えるので、古くから〝ねぶ〟と呼ばれ、中世にネムノキの名前に。

# 沙羅の花 しゃらのはな（しやらのはな）

夏椿
夏椿の花

ツバキ科
落葉高木

6〜7月



二三滴雨のこりゐる夏椿　福田甲子雄

❖—沙羅の木の花のこと。夏に、ツバキに似た白い花を咲かせるところからナツツバキともいう。新潟、福島以南の本州、四国、九州の山地に自生する。庭木として好まれ、特に寺院、茶庭などに植えられる。高さは10メートルくらい。

❖—七月ごろ、葉の付け根に白い花を上向きに咲かせる。大きな花だが散るのは早い。なお、下欄の「名前の由来」で触れている沙羅双樹《さらそうじゅ》は日本には野生していない。寺の境内の沙羅双樹も本種である場合がほとんどである。近縁種のヒメシャラとてもよく似ているが、見分けるポイントは葉裏で、本種の葉裏には全体に毛が生えているが、ヒメシャラの葉は脈上にしか毛がない。材は床柱などの装飾用に使ったり、おもちゃ、箱物、器具の柄、杖、塗物木地、櫛《くし》などに用いられる。

沙羅の花もうおしまひや屋根に散り　山口青邨

今日の花あしたの蕾夏椿　榎本とし

夏椿一輪が守《も》る虚子の墓　鈴木真砂女

指さして届かぬ高さ沙羅の花　上野章子

**名前の由来** ブッダは沙羅双樹の下で入滅したとされるが、日本では「沙羅双樹」を本種のことであると誤解し、本種のことを沙羅の木と呼び、寺院によく植えている。

# 玫瑰
はまなす

バラ科
落葉低木

6～8月

玫瑰や舟ごと老ゆる男たち　正木ゆう子

❖――「ハマナス」という名前の由来については、下欄の「名前の由来」の通りであるが、「玫瑰」の字の由来は、本種に類似した別種の漢名の誤用である。北海道、本州は太平洋側の茨城県までと日本海側の島根県までに分布。海辺の砂地に自生している。高さは1～1.5メートル。六～八月、剛毛と刺が生えた枝から伸びた新芽の先に、紅紫色の花を一～三個咲かせる。五弁の花で、強い芳香がある。花後、梨に似た実をつける。

❖――本種が北海道の真っ青な海を背景に咲く美しさは格別で、野《の》付《つけ》崎（根室海峡に突出する半島）に群生するハマナスのことは、抒情歌「知床旅情」でも歌われている。ナシに似た果実は、生食するほかジャムにする。花弁を乾燥させてハマナス茶をつくって飲用すると下痢が治まる。

ハマナスの果実

玫瑰や仔馬は親を離れ跳び　高浜年男

玫瑰や雲湧く彼方ロシアあり　堀 古蝶

玫瑰や石積み上げし遭難碑　山崎ひさを

はまなすや親潮と知る海のいろ　及川 貞

**名前の由来**　浜辺に自生し、ナシのような実がなるのでハマナシだったが、東北の方言でハマナスに、という説と、実が赤ナスに似ているのでハマナス、という二説あり。

# ダリア

ダーリヤ　天竺牡丹

キク科
球根性多年草

6月中旬～7月、
9～11月

鮮烈なるダリヤを挿せり手術以後　石田波郷

❖──メキシコ、グアテマラ原産。現在のダリアはいくつかの原種を交配して改良を重ねてつくられたもので、園芸品種はなんと三万種以上にもなる。

❖──花期が六月中旬から七月までと九月から一一月までと長く、切り花としても、一般家庭の花壇用としても広く栽培されている。日本へは江戸時代の天保年間にオランダ船で渡来した。和名は天竺牡丹《てんじくぼたん》。一般向けに輸入されるようになったのは明治以降で、明治四〇年ごろには大流行した。世界各国の王侯貴族にも愛され、ナポレオンの后ジョセフィーヌが自らの花と称したことが有名である。改良された品種は多種多様（花色は、青色以外はほとんどある）で、分類は咲き方によって行われている。一重のシングル咲き、八重咲きで球形のポンポン咲きやボール咲きなど。

ダリア切る生涯の妻の足太し　清水基吉

そんなことどうでもいいわダリヤ剪《き》る　神谷 波

ダリア折れどこも海風稚内《わっかない》　久保田慶子

本どれも読みかけポンポンダリヤ咲き　古賀くにお

**名前の由来**　この花を初めてヨーロッパに紹介した植物学者の名前がアンデシュ・ダール(Anders Dahl)。その名前にちなんでダリア(英語：dahlia、学名：Dahlia)に。

# 紅蜀葵

こうしょっき
（こうしょくき）

もみじあふひ

アオイ科
多年草

7～9月

紅蜀葵咲く地の影に暑を残し　石原八束

❖——本種の原産地は、北アメリカのフロリダ地方の沼沢地《しょうたくち》といわれている。日本には明治初期に渡来し、観賞用に花壇や庭園で栽培されている。茎は数本固まって直立し、高さは一～三メートル。七～九月に、鮮紅色の五弁花を一つずつ横向きに開く。花弁一枚一枚が隣どうし離れていて、花芯から長い蕊《しべ》が突き出す。同じアオイ科のムクゲやフヨウと同じく、朝開いて夕方にしぼむ一日花だが、次々と咲き継ぎ、秋ごろまで咲き続けている。

紅蜀葵肱まだとがり乙女達　中村草田男

夕日もろとも風にはためく紅蜀葵　きくちつねこ

花びらの日裏日表紅蜀葵　高浜年尾

紅蜀葵真向き横向ききはやかに　鈴木花蓑

❖——和名は葉の形がモミジに似ているのでモミジアオイ。中国名の「紅蜀葵」の「蜀葵」はカラアオイと読み、タチアオイの古名である。また、対の名がついている黄蜀葵《おうしょっき》は、根に粘液を多く含むのでトロロに例えてトロロアオイと名づけられている。

**名前の由来**　江戸時代に中国から渡来した黄蜀葵《おうしょっき》が黄色い大きな花だったのに対して、明治時代に渡来した本種が赤い大きな花を咲かせたので紅蜀葵というようになった。

❖こうしょっき❖

# 黄蜀葵

おうしょっき（わうしよくき）

とろろあふひ
アオイ科
一年草

6～9月

❖――中国原産。製紙原料として畑で栽培されるが、観賞用として庭や花壇にも植えられる。高さ一～二メートル。現在は背の低い品種も多く栽培されている。七月中旬から秋にかけて、直立した茎に淡黄色の大きな五弁花を横向きに咲かせる。花の中心部は暗紫色。茎の下から上へ順々に咲いてゆく。朝開花し、夕方にしぼむ一日花である。根の粘液は、和紙製造用の糊《のり》料として重要。

黄蜀葵いちにち開かぬ裏の窓　道倉延意

黄蜀葵昃《かげ》れば一の門閉づる　酒井黙禅

歩きゐて日暮るるとろろ葵かな　森 澄雄

# 布袋葵

ほていあおい（ほていあふひ）

布袋草《ほていそう》
ミズアオイ科
多年生水草

8～10月

❖――本種は水草である。本種の葉柄は中央部がふくらんでいて浮き袋の役目をしている。その形を布袋《ほてい》の太鼓腹に見立てて、まず「ホテイ」の名が。そして本種の葉がフタバアオイに似ているので「アオイ」の名が加わって、「ホテイアオイ」の名に。熱帯アメリカ原産。明治中期に渡来。観賞用に池などで栽培されたが、南関東以西では野生化し、水田などで雑草化し農家の人たちを困らせている。

布袋草に浮袋あり神を讃む　田川飛旅子

布袋草ほこりの道にすてゝあり　星野立子

# 夏菊《なつぎく》

夏に開花する菊の総称

6～8月

❖キクは品種が多く、栽培方法も変化、発展し続けているので、最近では一年中、花屋で見かけるようになっている。しかし、キクといえばやはり秋を思わせる花である。その中にあって、六～八月の暑い季節に開花する種類のキクのことを夏菊と呼んでいる。

夏菊を代表する品種は、北アメリカ原産のユウゼンギク、中国原産のエゾギク（アスターとも呼ぶ）、野生化しているフランスギクなど。

夏菊やかなしみ多き夫婦仲　秦　豊吉

夏菊に病む子全く癒えにけり　杉田久女

海女が家の海女が育てし夏の菊　上野章子

# 蝦夷菊《えぞぎく》

翠菊《えぞぎく》　アスター
さつまぎく
キク科　一年草

8月

❖漢字名から北海道原産と思われがちだが、北海道原産ではない。また、別名にサツマギク（薩摩菊）もしくはサツマコンギク（薩摩紺菊）とあるが鹿児島原産でもない。原産地は中国の東北部である。わが国には江戸中期に渡来。観賞用に花壇や鉢に植えられる。園芸上はアスターと呼ばれる。草丈は60センチ前後。八月ごろ、枝先に頭状花を一花咲かせる。数百の品種があり花色も多い。

翠菊《えぞぎく》や妻の願はきくばかり　石田波郷

アスターや学生食堂混み合うて　鈴木多江子

蝦夷菊に日向ながらの雨涼し　内藤鳴雪

# 睡蓮
すいれん

未草《ひつじぐさ》

スイレン科
多年草

6～9月

◯種ほどあり、耐寒性スイレンと熱帯性スイレンに分けられる。日本に自生するスイレンは耐寒性の強い未草《ひつじぐさ》と呼ばれるものが中心。名がヒツジグサなのは、花が閉じ始める時間が〝未《ひつじ》の刻《こく》〟(午後一時～三時)であることから。

睡蓮の白いま閉じる安堵かな　野澤節子
睡蓮の少し沈むは睡るらし　安住敦
睡蓮の三つ四つと増ゆまどろめば　伊丹美樹彦
睡蓮を描き思ひ出を描くごとし　大串章

睡蓮の花に神慮のあるごとし　高橋直子

❖――ハスとスイレンはよく似ているが、葉・花と水面の関係を見れば簡単に見分けられる。葉・花が水面より上に出ているとハスで、葉・花が水面に浮いているとスイレンである。そして、レンコンは「蓮根」なので、ハスの根。スイレンの根は食べられない。日本の各地の池や沼に自生。栽培されることも多い。六～九月ごろ、花茎を伸ばして、水面にハスに似た花を咲かせる。

❖――栽培の歴史は古く、五〇〇〇年ほど前から行われていたことがエジプトの壁画によって知られる。世界に四

**名前の由来**　「睡蓮」の語源は「睡る蓮」。ハス(蓮)に似た花を夕方に睡るように閉じるので「睡蓮」に。「スイレン」は漢名の「睡蓮」をそのまま音読みしたもの。

# 百合の花
ゆりのはな

鬼百合　鉄砲百合
姫百合　車百合
山百合　黒百合

ユリ科
多年草

5〜8月

くもの糸一すぢよぎる百合の前　高野素十

ヤマユリ（上）とオニユリ（左）

❖――ユリという名の植物はなく、ユリはユリ属の総称である。日本は世界でも最もユリの種類が多い国とされている。ユリ属は世界で約一〇〇種あり、一五種が日本に自生して、うち七種は日本特産種である。

❖――原種は花形によって、次の四つの系統に大別される。①テッポウユリ系（花がラッパ形で花弁の先が軽く反っていて香りが強い）②ヤマユリ系（花は漏斗状で、花径が非常に大きく、花びらが強く反り返る。球根は食用になる）③スカシユリ系（盃形、茶碗形、星形の花を上向きに付ける）④カノコユリ系（花弁が強く反り返って球形になるものが多い）。花の向きで分けると①上向き：スカシユリ、ヒメユリ、キヒメユリ②横向き：ヤマユリ、ヒメサユリ、ササユリ③下向き：コオニユリ、オニユリ。

百合の蕊《しべ》みなりんりんとふるひけり　川端茅舎

山百合を捧げて泳ぎ来る子あり　富安風生

断崖の百合に日暮れの風移る　河野友人

指さしてわがものとする崖の百合　橋本美代子

**名前の由来**　花が大きくて風に揺れやすいので、「揺れる」から来た名であるとする説がある。漢字の「百合」には、根を一枚ずつむくと百枚あるから、とする説がある。

# 花魁草

おいらんそう
（おいらんさう）

一とむらのおいらん草に夕涼み　三橋鷹女

草夾竹桃　フロックス

ハナシノブ科
多年草

6〜9月

❖—北アメリカ原産。日本に渡来した年代ははっきりしていないが、大正時代の初期にはすでに全国で栽培されていた。別名、フロックスともいう（宿根性フロックスには、茎が這うものと立つものがあり、這うものはシバザクラ、立つものをオイランソウと呼ぶ）。

❖—高さは1メートルくらい。茎は一株から数本直立する。七〜九月に茎の先の丸みを帯びた円錐花序から、夾竹桃に似た五弁の小さい花をたくさんつける。花色は紅紫色がメインだが、黄色と濃青色以外はほとんどある（近世に、フランスやドイツで品種改良が盛んに行われ、花色が豊富になり、開花期間の長い、今日の品種ができた）。強靭で栽培しやすいので、植え込みなどに用いられている。盛夏の花の少ない時期に花壇などで咲いているのを見かける。

花魁草一村《ひとむら》朽ちて風の中　関戸靖子
花魁草老が咲かせて色やさし　古賀まり子
揚羽蝶おいらん草にぶら下がる　高野素十
藪の前草夾竹桃《きょうちくとう》花ざかり　滝井孝作
二度咲のあはれに濃くて花魁草　菅　裸馬

**名前の由来** 花の形が花魁の髪型に似ているから、もしくは、花の香りが花魁の白粉の香りに似ているから。花がキョウチクトウに似ているのでクサキョウチクトウとも。

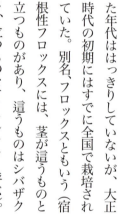

# 松葉牡丹

まつばぼたん

日照草《ひでりさう》　爪切草

スベリヒユ科
一年草

6～9月

松葉牡丹咲かせ近隣相似たり　島谷征良

❖――ブラジル原産。日本には江戸時代の弘化年間に渡来した。家庭で観賞する草花として、庭園や鉢で栽培されている。茎は多数分枝して広がる。赤褐色の茎に、円柱形の小さな葉を螺旋《らせん》状に付ける。六～九月にかけて、径3センチくらいの五弁花を咲かせる。花の色は紅または紫紅色で一重咲きが多い。

❖――真夏の日差しの中、光沢のある花を次々と咲かせて花の絨毯をつくる。花は日中だけ開き、夕方には閉じてしまう一日花である。おまけに、日中だけ開くといっても、日が照っていないと開花せず、曇った日には開かない。本種の茎を爪で切って土に挿しても根付くので爪切草の名もある。近縁のポーチュラカに似ているが、本種のほうが花が小さい。葉の形も違う。

松葉牡丹の七色八色尼が寺　松本　旭

松葉牡丹ぞくぞく咲けばよきことも　山崎ひさを

松葉牡丹日ざしそこより縁に来ず　大野林火

紅白の松葉牡丹に母をおもふ　原　石鼎

**名前の由来**　肉質の葉が松葉に、花が小さいながらもボタン（牡丹）に似ているからこの名前がついた。日が照らないと開花しないので「日照り草」とも呼ばれる。

❖まつばぼたん❖

# 日日草

にちにちそう（にちにちさう）

日日花《にちにちか》
キョウチクトウ科
一年草

7～11月

❖——炎天下に、毎日新しい花を次々と咲かせて、花が絶えないところからこの名前がつけられた。暑さで街に花が少なくなる盛夏でも色とりどりの花を咲かせる。別名は、日日花。マダガスカル原産。熱帯を代表する花の一つである。日本にはオランダから渡来し、切り花、花壇、鉢植え用に栽培されている。本種は、本州の花壇だと冬は枯れるが、沖縄では野生化していて冬でも花を咲かせる。

大事より小事重んじ日々草　伊丹三樹彦
子規庵を訪ふひと絶えず日々草　杉　良介
紅さしてはぢらふ花の日日草　渡辺桂子

# 百日草

ひゃくにちそう（ひやくにちさう）

キク科
一年草

7～10月

❖——メキシコ原産。サルスベリが、六月ごろから九月ごろまで約一〇〇日間、花を咲かせていることから百日紅《ひゃくじつこう》と呼ばれているように、本種も花期が長く、夏の炎天下から秋の中旬ごろまで咲き続けているのでこの名前がつけられた。別名は浦島草。どこでもよく育ち、広く栽培されている。葉は卵形で柄がない。茎は直立し、草丈は60～90センチ。枝の先にキクに似た頭状花を開く。

蝶歩く百日草の花の上　高野素十
百日草百日の花怠らず　遠藤梧逸
このごろの仏事つづきや百日草　川畑火川

# 芭蕉の花

ばしょうのはな（ばせうのはな）

花芭蕉
バショウ科
多年草

夏〜秋

❖――中国原産。「芭蕉」という名前の意味は不明。ただ、「蕉」という字には「やつれる」という意味があり、本種の葉が破れやすいことと関係があるかもしれない。平安時代には渡来していたとされる。シーボルトは本種にbasjooという学名をつけている。英語名はジャパニーズ・バナナ。本州中部から九州に至る西南部の暖地に観賞用として栽培される。琉球諸島では本種の繊維で芭蕉布を織る。

花芭蕉むかしの波の音きこゆ　沢木欣一
芭蕉咲き甍《いらか》かさねて堂たてり　水原秋櫻子
花芭蕉日をふりこぼし揺れやまず　糟谷青梢

# 糸瓜の花

へちまのはな

ウリ科
蔓性一年草

夏〜秋

❖――長野県ではヘチマを「とうり」と呼ぶ。というのは、ヘチマの果実には繊維があるために、最初は「糸瓜《いとうり》」と呼ばれていて、そのうち「い」が略されて「とうり」になったのだ。ヘチマの語源は、この「とうり」の「と」が、「いろは」では「へ」と「ち」の間にあるため、「へちの間」で「へちま（間）」になったとする説が有力とされてきた。熱帯アジア原産。日本の各地で栽培されている。

ポカポカと雲浮く屋根の花糸瓜　富田木歩
鶏小屋の屋根に人をり花糸瓜　徳丸峻二
古希以後のひと日大事に糸瓜咲く　岸風三楼

# 瓢の花

ひさごのはな

ふくべの花　瓢箪の花
花瓢
ウリ科　蔓性
晩夏

❖――「瓢《ひさご》」という名の植物はなく、瓢はウリ科のヒョウタン、フクベ、ユウガオなどの総称だが、特にヒョウタン（ウリ科ユウガオ属蔓《つる》性一年草、ユウガオの一変種。ユウガオとは果実の中央がくびれているところが異なる）のことをさす場合が多い。本種はアフリカ・熱帯アジア原産。本種の果実を加工してつくられる「瓢箪」は、「瓢」の「箪（容器）」という意味である。

いと小さき瓢も形とゝのへし　佐藤一村
花瓢窓にいさゝか繭を干す　岡本癖三酔
花ひさご機屋《はたや》ひそかになりにけり　北浦幸子

# 胡麻の花

ごまのはな

ゴマ科
一年草
7～8月

❖――名前の「ゴマ」は、漢名「胡麻」を音読みしたもの。中国では、本種が「胡」の国から渡来した「麻」に似た植物だったので、「胡麻」と命名した。わが国へは朝鮮半島を経由して奈良時代には渡来していたと思われる（奈良時代には本種のことをウゴマと呼んでいたようである）。インド、アフリカ原産。わが国でも古くから食用に、また、油をとるために栽培されている。夏に美しい花をつける。

足音のすずしき朝や胡麻の花　松村蒼石
胡麻咲かせ流人めくなり岬人　能村登四郎
裏山から来る風すずし胡麻の花　富澤統一郎

# 独活の花

うどのはな

ウコギ科
大形多年草

7～9月

❖――諺の「うどの大木」の〝うど〟である。本種の茎は木のように大きくなるが、やわらかくて弱いので材としては使えないところから、体ばかり大きくて役に立たない人の例えになった。各地に広く分布し、山地や丘の道端、林の中などに自生する。草丈は二メートルほどで、稀に三メートル前後に。七～九月ごろ、枝の先に緑色を帯びた白い小さな花を、球形に集めて咲かせる。

独活の花見てゐる齢さびしみぬ　勝又一透

知合の神様は無し独活の花　三橋敏雄

草原の起伏に独活の花は枯れ　橋本鶏二

# 茄子

なす

なすび　長茄子　丸茄子
巾着茄子　白茄子　千成茄子
ナス科　一年草

4～10月

❖――インド原産。中国を経由して八世紀ごろ日本に渡来した。元々は「なすび」と呼び（現在でも西日本は「なすび」と呼んでいる）、室町時代の女官に「おなす」と呼ばれるようになり、やがて「なす」という呼び名が一般化したといわれている。ナスの花は四～一〇月の長期間にわたって次々と咲き、実を結ぶ。花は葉の陰に隠れるように下向きに咲く。色は淡紫色で黄色の葯《やく》が色鮮やかである。

樋の茄子ことごとく水をはじきけり　原石鼎

離れ住む子の夢をみて茄子の紺　広瀬町子

採る茄子の手籠にきゆァとなきにけり　飯田蛇笏

# 夕顔

ゆうがお
(ゆふがほ)

**夕顔の花　夕顔棚**

ウリ科蔓《つる》性
一年草

晩夏

夕顔の初花《はつはな》に日の蝕《か》けそむる　野澤節子

❖――アフリカ、熱帯アジア原産。古い時代に渡来し、果実を食用とするために栽培されてきた。本種の変種のフクベは果実の形から丸ユウガオとも呼ばれ、果肉を帯状にむいて干瓢《かんぴょう》にして食されることが多い。

❖――花期は晩夏で、白色の五裂した合弁花（花弁が一部または全部つながっている花）を咲かせる。『源氏物語』の「夕顔」の巻で「かの白く咲けるをなむ、夕顔と申しはべる。花の名は人めきて、かう、あやしき垣根になむ咲きはべりける（あの白く咲いている花の名を、夕顔と申します。名は人並みなのですが、このような卑しい家の垣根に咲くのでございます）」と書かれている草の花である。本種は『古今和歌集』『枕草子』にも登場しているので古くから愛された花であることがわかる。

夕顔や竹焼く寺の薄煙　蕪村
夕顔や石がしるしの猫の墓　高橋克郎
夕がほに雑炊あつき蕎屋哉　越人
葉がくれに咲く夕顔のうすみどり　軽部烏頭子
淋しくもまた夕顔のさかりかな　夏目漱石

**名前の由来**　**夕方に開花して、翌朝にはしぼんでしまう美しい花、という意味。ちなみに、アサガオ、ヒルガオ、ヨルガオはヒルガオ科だが、本種はウリ科。**

# 蓮《はす》

**はちす　蓮の花　蓮華**
**散蓮華　白蓮　紅蓮**
ハス科　多年草

7～8月

❖――原産地はインド。古く中国から渡来したとされるが、自生種があったとする説もある。花後、種子が二〇個くらい入っている花床《かしょう》（シャワーヘッド形・如露《じょうろ》形）から種子が落ちて穴ができ、花床が蜂の巣のように見えることからハチノス→ハチス→ハス、というのが名前の由来。七～八月に、蓮池や沼などで、明け方、水上に抜き出た長い花柄の先に一個、大きな多弁の美しい花を咲かせる。

蓮の花ふつくらと夜も明けにけり　落合水尾
大紅蓮大白蓮の夜明けかな　高浜虚子
蓮剪つて畳の上に横倒し　村上鬼城

# 帚木《ははきぎ》

**地膚木《ははきぎ》　帚草　庭草**
アカザ科
一年草

8～9月

❖――古くから草ぼうきの材料として栽培されてきた。「ホウキギ」「ホウキグサ」などと呼ばれている。名前の「帚木」は「ホウキギ」の古名。日本へは古くに中国を経て渡来。畑で栽培されているが、現在では野生化しているものも。八～九月ごろ、小さな淡緑色の花を多数つける。若い枝や種子は食用になる。特に種子は〝陸のキャビア〟といわれるトンブリ。

帚木の四五本同じ形かな　正岡子規
ふり向いて誰もゐぬ日のははきくさ　神尾久美子
箒木に秋めく霧の一夜かな　西島麦南

# 月見草 つきみそう（つきみさう）

月見草《ぐさ》　待宵草　大待宵草

アカバナ科
多年草

6～9月

月見草ランプのごとし夜明け前　川端茅舎

左はオオマツヨイグサ

❖――北米原産。嘉永年間に渡来し、観賞用に栽培されたが、最近はほとんど見られなくなってしまった。夏の夕方、細長い蕾《つぼみ》がだんだんとほどけて、純白の四弁花を開く。中央に長い雄しべが立ち、柱頭（雌しべの先端）の先は十字形に四裂。夜半になると淡紅色に変化し、朝にはしぼむ。マツヨイグサの仲間であるオオマツヨイグサ、コマツヨイグサ、メマツヨイグサなどの黄花種を〝ツキミソウ〟と呼ぶこともあるが、これは間違い。

❖――ツキミソウは黄花種ではなく、純白の四弁花であり、野生化はしていない。太宰治が『富嶽百景』の中で「富士には月見草がよく似合う」と書いて一躍脚光を浴びたが、この月見草はオオマツヨイグサで、太宰が月見草と言ったのは間違いだった。

開くとき蕊《しべ》の寂しき月見草　高浜虚子
山荘の月見草恋ふ心あり　稲畑汀子
かの母子の子は寝つらんか月見草　中村草田男
ふもとまで浅間は見ゆる月見草　今井つる女
月見草客車一輛夜の駅に　櫻井博道

**名前の由来**　月が現れる時間に開花するので月見草という説や、夕方に開花する白い花弁を夕月に例えたもの、という説がある。現在はあまり見かけない。

❖つきみそう❖

# 浜木綿 はまゆう（はまゆふ）

ヒガンバナ科
常緑多年草

7〜9月

浜万年青《おもと》

浜木綿にさへぎるもののなき夕焼　高橋金窗

❖——インド原産。葉がユリ科の万年青《おもと》に似ているので、ハマオモトとも呼ばれる。関東南部以西の海岸の砂地に自生する。観賞用としても栽培されている。浜辺でよく見かける花である。

❖——七〜九月ごろ、花茎が高さ70センチほどに伸び、花茎の先端に傘状に十数個の花を咲かせる。花は細長く広がり、花びらが強く反り返っている。花色は白で、基部はユリのように筒状である。外側から順に咲いていく。夕方から咲きはじめて、夜中に満開になり、強く香る。『万葉集』には浜木綿《はまゆう》の名で登場している。葉は濃い緑色で、厚く、光沢があり、冬でも枯れない。種子は大きく、種皮が海綿質なので、海水に浮かび、海流に乗って漂い、分布を広げる。熱帯〜暖帯の海岸に一〇〇種以上が自生している。

雲よりも白き帆船浜木綿咲く　小島花枝
浜木綿に夜の波白き祭笛　西島麦南
大雨のあと浜木綿に次の花　飴山實
浜木綿に流人《るにん》の墓の小ささよ　篠原鳳作
浜木綿の切先たてし蕾かな　清崎敏郎

**名前の由来**　「浜」は浜辺のこと。「木綿」はコウゾなどの皮を剝《は》ぎ、繊維を蒸して、水に浸してから裂いてつくった糸のことで、本種の茎が木綿を巻いたように見えるため。

❖はまゆう❖

# 灸花

やいとばな

屁糞葛《へくそかづら》　五月女葛
アカネ科
多年草

8〜9月

❖——日本を含むアジア東南部原産。日本各地の日当たりのよい山林の縁や藪《やぶ》などに自生。葉や蔓《つる》、特に果実を手で揉むと悪臭を放つのでヘクソカズラの名がついている。しかし、この名前は下品すぎるという声が多かったので、花の中心部が暗紅紫の灸《きゅう》の痕《あと》に見えることから「灸《やいと》花」という別名がよく使われている。七月ごろ、中心部が紅紫色で、外側が白い鐘形《しょうけい》の花をつける。

表札にへくそかづらの来て咲ける　飴山 実
灸花にも散りどきのきてゐたる　大澤ひろし
野の仏へくそかづらを着飾りて　石田あき子

# 萱草の花

かんぞうのはな（くあんぞうのはな）

諼《くわん》草　忘草《わすれぐさ》　忘憂草
ひるな　宣男草《せんだんさう》
ユリ科　多年草

7〜8月

❖——名前は漢名「萱草《かんぞう》」の音読み。「萱草」は、本来はホンカンゾウをさすが、ノカンゾウ群の総称とすることが多い。ノカンゾウは本州、四国、九州、沖縄に分布。畦道などで夏を告げる花である。花茎の高さは50〜70センチほど。ユリに似た花を数個咲かせる。花色は黄赤色。一日花で、夕方にしぼむころ、次の蕾《つぼみ》がふくらんでいる。外国でも「デイリリー（一日百合）」の名前で親しまれている。

萱草の影澄む水を田に濯《そそ》ぐ　西島麦南
萱草の一輪咲きぬ草の中　夏目漱石
萱草の花をいそがず小浜線　岡井省二

# 蚊帳吊草

かやつりぐさ

**莎草《かやつりぐさ》　かやつり**
カヤツリグサ科
一年草

8〜10月

❖――昔の子どもたちは、本種の茎を切って、茎の両端から上手に裂いて四角形すると「蚊帳《かや》が吊れた」と言って遊んだ。本種の名前は、四角形を蚊帳に見立ててのこの蚊帳吊り遊びが由来である。本州、四国、九州に分布し、道端、畑、畦、草地などで見かける。高さは20〜60センチで、夏から秋に茎の先に淡黄色の花穂《かすい》をつける。花穂の形は線香花火が火花を散らしているように見える。

行き暮れて蚊帳釣草にほたるかな　支考
淋しさの蚊帳吊草を割きにけり　富安風生
風知ってうごく蚊帳吊ぐさばかり　大野林火

# 射干

ひおうぎ
（ひあふぎ）

**檜扇《おうぎ》　うばたま　烏扇**
アヤメ科
多年草

8〜9月

❖――「射干」という漢字名は、本種の根茎を乾燥させた生薬の名前で「やかん」と呼ぶ。和名のヒオウギは「檜扇」のことで、剣状の葉が蜜につく様子を檜扇に見立てての名前。関東以西の原野の暖地に自生している。七〜八月ごろに、檜扇を開いた形に似た朱橙色の花を平らに開く。関西では祭りの花とされ、祇園祭にも生けられる。種子は黒く光沢があり、ぬばたまと呼ばれ花材にされる。

ひはふぎの咲くとこゝより山の風　伊藤三十四
射干の花大阪は祭月　後藤夜半
射干に娘浴衣の雫かな　松藤夏山

❖かやつりぐさ／ひおうぎ❖

# 烏瓜の花

からすうりのはな

花見せてゆめのけしきや烏瓜　阿波野青畝

❖──本州、四国、九州、沖縄に分布。人里近くの草藪《くさやぶ》や林縁などに自生している。八〜九月に、葉の付け根部分に白色の五弁花をつける。花は、暗くなりはじめる頃に甘い香りを漂わせながら花を開き、花冠の縁がレース編みのようになって、だんだんと広がっていくので、その美しさには誰もが魅せられる。しかし、夜になってから開花し、夜明けとともにしぼんでしまうので人目につきにくい。里に秋を告げる朱赤色の果実は長さが五〜七センチほどで、霜が降りても枝などに残っている。

ウリ科
蔓性多年草

8〜9月

❖──実の中には20〜30個の種が入っていて、この種の形が変わっている。黒くてツヤがあり、打ち出の小槌によく似ているため、財布に入れておくとお金がたまるといわれている。

母の亡き夜がきて烏瓜の花　大木あまり

烏瓜夜ごとの花に灯をかざし　星野立子

烏瓜日蔭の花を咲かせけり　成瀬櫻桃子

からす瓜咲いてひとりの餉《かれい》にも馴れ　能村登四郎

**ワンポイント**　植物が好きでカメラも好きな方であれば、本種の花の撮影に一度は挑戦したくなるもの。夜咲く花なので、昼間に蕾《つぼみ》を見つけておくことがポイント。

# 鷺草 さぎそう（さぎさう）

ラン科
多年草

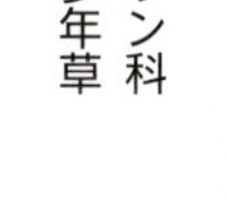


7〜8月

鷺草に水やりすぎし夫婦かな　椹木啓子

❖—姫路城が白鷺《しらさぎ》城と呼ばれたりしていることから、白鷺という鳥が実在していると誤解している人が多いようだが、白鷺という鳥は実在しない。全身がほぼ白くてサギという名前がつく鳥はコサギ、チュウサギ、ダイサギなど。では鷺草の鷺はどの鷺をさしているのか、という話になるが、特定はされておらず、どの種類でも良いのであろう。

❖—秋田以南の本州、九州に分布。野山の日当たりの良い湿地や湿った草原に自生する。高さ20〜40センチ。七〜八月に、茎の先に一〜三個の純白の花を咲かせる。まさに目の前にシラサギが翼を広げて舞い降りようとする姿に見えるので、誰もが心惹かれる草である。

変哲もなし鷺草も咲くまでは　福永鳴風

さぎ草の鷺の嘴《はし》さへきざみ咲く　皆吉爽雨

鷺草にいま会うて来し息づかひ　梶山千鶴子

朝の鐘鷺草雨の九連花　永井東門居

**名前の由来**　花の手前側が見える位置から花を見ると、白いサギが翼を広げて飛んでいるかのように見える。

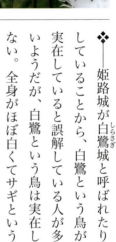

# 萍《うきくさ》

ウキクサ科
一年草

5～8月

❖水草の一種である。田んぼや池、小川の水面にその葉を浮かべるところからこの名前(萍・浮き草)がつけられた。秋には水面から姿を消してしまうことから無者草《なきものぐさ》の別名も。日本各地の水田などに自生する。水田ではイネに悪い影響を与えるとして雑草として処理されることが多い。古い時代の日本には藻を愛でる風流な習いがあったが、本種も夏を運ぶ草として親しまれてきた。

流れ流れて萍花のさかりかな　米山
晩涼に池の萍みな動く　高浜虚子
萍も鳳凰堂も揺れて雨　須原和男
萍や泥にさし置く舟の棹　佐藤紅緑

# 竹煮草《たけにぐさ》

ケシ科
多年草

6～8月

❖花後《かご》の、実がたくさんついた状態になっている本種を遠くから見たら「竹」に似ているのでこの名前に。本州、四国、九州に分布。野山の草《くさ》藪《やぶ》、荒地、土手などに自生する。高さ一～二メートルになり、直立する太い茎は中空。葉は大きなハート形で、キクの葉のような浅い切れ込みがある。六～八月ごろ、茎の先端に小花をつける。秋には、数個の種が入った魚形の果実をぶらさげる。

魚はみな風を好まず竹煮草　飯田龍太
河原火に夕かげのそふ竹煮草　石原舟月
月光を得て山中の竹煮草　多田裕計

# 向日葵

ひまわり
（ひまはり）

キク科
一年草

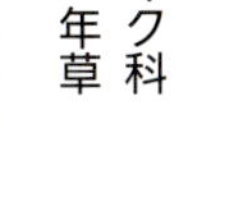


7～9月

落日の大向日葵をかつぎゆく　和地　遊

❖――アメリカ中西部原産。一六世紀の初め、インカ帝国を滅ぼしたスペイン人によってヨーロッパへ持ち帰られた。種子が食用ともなる有用な植物で、ヨーロッパの食料危機を救った。日本には中国経由で一七世紀に渡来したとされる。英名のSunflower（サンフラワー）は「太陽の花」の意。

❖――「向日葵」の「葵」の「くさかんむり」の下にある「癸」は太陽で方位を知るための器具のことを表しており、「太陽の方向に向かって成長する植物」の意を「葵」の文字で表現している。しかし、実際は成長期に太陽に向いて動き、花の時期には動かない。丈夫な植物で、日当たりがよく排水が良好であればどんなところでも育ち、病害虫にも強い。南米ペルーの国花。種子からとる油は良質で製菓用などに用いられる。

向日葵の沖向くままに枯れてをり　吉田松籟

喪の席にゐて向日葵を見てゐたり　保坂敏子

向日葵の群れ立つは乱ある如し　大串　章

向日葵やもの、あはれを寄せつけず　鈴木真砂女

**名前の由来**　太陽を連想させる花の形から、花が太陽に向かって咲き、太陽の動きに従って回る、と信じられたところからの名前。別名は日輪草《にちりんそう》、日車《ひぐるま》。

# 青の果実



## 青柚

柚子の実は梅雨が終わるころに緑の鮮やかさを増しながら大きくなっていくので「青柚《あおゆ》」と称し、香味料とし珍重される。

鉱泉をわかす宿かな柚子青し　野村喜舟

## 青葡萄

初夏のころ、ブドウは淡い緑色の葉を茂らせ青々とした若い房をつける。その姿は若々しい野趣を感じさせるので「青葡萄」と呼ばれ愛されている。

青葡萄つきかげ来れば透きにけり　日野草城

## 青林檎

早生種の林檎を早採りしたものを「青林檎」と云い、「青春」や「新鮮さ」の代名詞とされ、その甘酸っぱさはまさにピッタリ。

みちのくを来てわが傍に青林檎　山口誓子

## 青胡桃

夏のまだ青い胡桃の果実を「青胡桃《あおくるみ》」。葉の付け根に四、五個ずつ固まってついた青い実はいかにも若やいだ雰囲気を感じさせる。

一閃《いっせん》の雷火のなかに青胡桃　阿波野青畝

## 青柿

七月ごろの大きくなった真っ青な柿を「青《あお》柿《がき》」という。はちきれんばかりの若さをみなぎらせて秋に向かって日一日と大きくなっていく。

青柿の花活け水をさし過ぎぬ　山口誓子

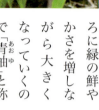

# 秋

立秋から立冬の前日まで
（八月八日頃から十一月七日頃まで）

# 蔦《つた》

蔦紅葉　蔦の色　蔦の葉
蔦かづら
ブドウ科　落葉蔓性木本

6～7月

❖――他の木や石垣などを、(何かを伝えるかのように)這《は》い上っていくという性質から、語源は〝伝う〟〝伝わる〟ではないか、という説が有力。北海道～九州に分布し山野に自生。観賞用として、石垣や建物の外壁などに這わせて栽培される。花期は夏で黄緑色の小さな花を咲かせるが、本種の本領は花ではなく葉で、夏の緑の葉も目を引くが、晩秋の紅葉は「蔦紅葉《つたもみじ》」と呼ばれて人気が高い。

墓所の杉火よりもあかき蔦まとふ　大野林火
落葉松を駆けのぼる火の蔦一縷　福永耕二
教会や蔦紅葉して日曜日　五十嵐播水

# 葉鶏頭《はげいとう》

雁来紅《がんらいこう》　かまつか
もみぢ草
ヒユ科　一年草

夏～秋

❖――ケイトウ(鶏頭)は、花の形を鶏の鶏冠《とさか》にたとえて名づけられたが、本種に鶏冠に似た花がないのに名前に「ケイトウ」がついているのは、葉がケイトウに似ているだけでなく、特に美しいからである。別名を「がんらいこう」というが、これは漢名「雁来紅」の音読み。熱帯アジア原産。八月ごろから葉が紅色、黄色、橙色などに変わり美しい。花はとても小さくて観賞価値はない。

根元まで赤き夕日の葉鶏頭　三橋敏雄
葉鶏頭のいただき踊る驟雨《しゅうう》かな　杉田久女
かくれ住む門に目立つや葉鶏頭　永井荷風

# 芭蕉

ばしょう
（ばせう）

横に破れ縦に破れし芭蕉かな　高浜虚子

❖——テレビなどで「バナナの木」という表現を耳にすることがあるし、写真を見てバナナは木だと思っている人も多いようだが、実はバナナは草で、「ジャパニーズ・バナナ」と呼ばれているバショウと同じバショウ科バショウ属である。バショウは中国産で、古くに日本に渡来し、本州中部から九州に至る西南部の暖地に観賞用として栽培・庭植えされてきた。

❖——高さが五メートルほどになる大形の草で、幹のように見えるのは、葉鞘《ようしょう》が互いにかたく抱き合ったもの（偽茎）。葉は長いものは二メートルにも。夏になると、偽茎から太い花茎を伸ばして、巨大な苞《ほう》（花あるいは花序の付け根に出る葉）を持つ花《か》穂《すい》をつける。花後、まれに、バナナに似た果実をつけ、秋に熟すが、食用には適さない。

バショウ科
多年草

夏〜秋

芭蕉野分して盥《たらひ》に雨を聞く夜かな　芭蕉

舷《ふなばた》のごとくに濡れし芭蕉かな　川端茅舎

たてがみのごとく吹かるる芭蕉かな　下村梅子

芭蕉葉の雨音の又かはりけり　松本たかし

**名前の由来**　シーボルトが basjoo という種小名《しゅしょうめい》（属名のあとにつける名称）をつけたために、英語名はジャパニーズ・バナナ。バショウは漢名「芭蕉」の音読み。

# 鶏頭

けいとう

**鶏頭花　鶏冠**

ヒユ科
多年草

夏〜秋

鶏頭を抜けばくるもの風と雪　大野林火

❖──熱帯アジア、インド原産。古く中国を経て渡来したとされる。漢名は鶏冠花《けいかんか》。『万葉集』で本種は「韓藍《からあい》」の名で詠《うた》われているのだが、この「韓藍」は、摺《す》り染めに用いられたことに由来するケイトウの古名とされる。日本の風土によくなじみ、庭植え、鉢植え、切り花用に栽培されている。

❖──園芸品種がたくさんあるが、大きく次の四グループに分けられる。①トサカケイトウ系（一般的な鶏冠《とさか》状の花穂《かすい》をつける）②クルメケイトウ系（花穂が球状になる）③フサゲイトウ系（花冠が細い羽毛状）④タマゲイトウ系（花穂が太い短円錐《えんすい》状）。近縁のノゲイトウは、京都の桂川流域に野生化している。ケイトウの俳句では、正岡子規の「鶏頭の十四五本もありぬべし」という句をめぐる論争が有名である。

鶏頭の十四五本もありぬべし　正岡子規

山寺の気むづかしげの鶏頭花　遠藤若狭男

鶏頭の影地に倒れ壁に立つ　林徹

活けてみて鶏頭といふ昏《くら》き花　後藤比奈夫

秋風の吹きのこしてや鶏頭花　蕪村

**名前の由来**　**雄鶏の鶏冠を思わせるような花穂をつけるのでこの名前がつけられた。種名の Cristata も、英名の cockscomb も、ともに雄鶏《おんどり》の鶏冠を意味している。**

# 鬼灯
ほおずき（ほほづき）

ナス科
多年草

6～7月

鬼灯か祖母の咽喉《のんど》か鳴りにけり　平井照敏

❖――東アジア原産。古い時代に渡来したと考えられている。古名は「輝血《かがち》」。『古事記』では八岐大蛇《やまたのおろち》の目に例えられている。漢字名「鬼灯」の由来は諸説あるが、あの提灯《ちょうちん》のような実から連想されたとする説が有力。ちなみに、ホオズキの英語名はChinese lantern plant（中国の提灯）。

❖――古くは薬用（咳《せき》止め、冷え性の改善、利尿作用、解熱など）に、現在は観賞用に栽培される。高さは40～80センチ。六～七月に、白い花が下を向いてひっそりと咲く。花後、萼《がく》が袋状になって実を包み徐々に朱紅色に色づいて、葉のわきに垂れ下がる。果実の中身をもみ出して、口に含んで舌と頬の内側で圧して鳴らして遊んだ。東京都台東区の浅草寺では、七月九、一〇日の両日、ほおずき市が立つ。

鬼灯の熟れて袋のなか祭　檜 紀代

少年に鬼灯くるる少女かな　高野素十

鬼灯の祭りの色になつてゐし　後藤比奈夫

鬼灯を地にちかぢかと提げ帰る　山口誓子

**名前の由来**　口の中でキュッ、キュッと鳴らすときに頬を突くから、ホホという名の虫（カメムシの仲間）がつきやすいから、赤い実〝火《ほ》つき〟というから、の三説あり。

# 菊

きく

少女草　翁草　鞠花　白菊　黄菊
紅菊　一重菊　八重菊　大菊　中菊
小菊　蘇我菊

キク科
多年草

10〜11月

菊の香や奈良には古き仏達　芭蕉

❖――一五〇〇年ほど前の中国で、シマカンギクとチョウセンノギクの交配でできた雑種を起源とし、奈良時代に渡来したといわれる。桃山時代から江戸時代にかけて、鉢植え草花として独自の発達をとげた。茎はやや木質化し、高さは一メートルほど。多くの品種があり、四季を通じて花を楽しむことができる。

❖――キクは花期によって、春菊、夏菊、秋菊《あきぎく》、寒菊(冬菊)に分けられるが、代表的なのはやはり秋菊で、その秋菊は大菊、中菊、小菊に分けられる。その大菊には厚物、厚走り、大摑み、管物などの種類があり、中菊には江戸菊、伊勢菊、嵯峨菊などの種類、そして小菊は懸崖作り(盆栽仕立ての一つ)や盆栽とされ文人菊のような丈夫で栽培しやすいものが多い。なおキクの名は総称。

しらぎくの夕影ふくみそめしかな　久保田万太郎

ある程の菊抛《な》げ入れよ棺の中　夏目漱石

菊どきは菊の香ばかり仏の間　角川照子

たましひのしづかにうつる菊見かな　飯田蛇笏

**名前の由来**　菊は漢名で、キクはその音読み。延喜《えんぎ》年間の『本草和名《ほんぞうわみょう》』には加波良《かわら》於波岐《おはぎ》、承平《しょうへい》年間の『和名抄《わみょうしょう》』には加波良《かわら》与毛木《よもぎ》とある。長い名前だったわけだ。

# 稲の花

いねのはな

富草の花
イネ科
一年草

8～9月

❖——熱帯アジア原産。縄文時代の末期に中国から渡来。以来、日本人の主食となり、稲作文化が形成された。八～九月ごろ、剣葉《けんば》が直立すると、しばらくして花穂《かすい》がのぞく。晴天の日の開花は午前中に終わり、一時間ほどの間に受精が行われる。イネの出穂開花は温度と日照時間に大きく左右される。開花期が遅れると冷害による凶作となるので、農家の人々のこの小さな花を見る目は真剣である。

朝の日はいきなり赤し稲の花　山本洋子
未来図は直線多し早稲の花　鍵和田秞子
酒折の宮はかしこや稲の花　高浜虚子

# 唐辛子

とうがらし（たうがらし）

蕃椒《とうがらし》　高麗胡椒
ナス科
一年草

7～8月

❖——熱帯アメリカ原産。コロンブスが新大陸を発見したときに、本種に出あった。日本へは、一五四二年にポルトガル人が最初に伝えた。「唐辛子」の由来は、「唐から伝わった辛子」の意味。しかし、この「唐」は外国という意味で、中国から入ったものではない。白い花の後についた青い実は、秋に赤く色づく。辛味があるので、摘みとって乾燥させて、香辛料とする。「鷹の爪」ほか、多くの品種がある。

干し上げて漆びかりや唐辛子　浅井啼魚
唐辛子青き匂を焼かれけり　徳永夏川女
美しや野分のあとの唐辛子　蕪村

# 芒
すすき

山は暮れて野は黄昏の芒かな　蕪村

**薄　むら薄　糸薄　鷹の羽薄**



❖—秋を告げる草。秋の七草の一つとしても知られる身近な植物である。古くから歌や俳句に詠まれていて、『万葉集』には〝すすき〟の名前で18種、〝おばな〟の名前で18種、〝かや〟の名前で10種登場している。草丈は1.5～2メートル。地下茎を伸ばし大きな株をつくって地をかたく縛り群生する。細長い線形の葉の縁にはかたい鋸歯《きょし》があって不用意に触ると手を切ってしまうので注意する必要がある。

❖—晩夏に、茎の先に大きな花穂《かすい》をつけ、十数本の枝を放射状に出して、隙間なく小穂《しょうすい》をつける。この小穂の先から長い芒《のぎ》が突き出るのが特徴。小穂は白い毛に包まれ、雄しべの葯《やく》は紅紫色。花後は白い毛が伸びて穂全体が白くなり、やがて風に散る。十五夜には、白玉の団子と芒の穂は欠かせない。

イネ科
多年草

8～10月

をりとりてはらりとおもきすすきかな　飯田蛇笏

芒の穂ばかりに夕日のこりけり　久保田万太郎

山越ゆるいつかひとりの芒原　水原秋櫻子

かがやきて芒たちまち風となる　小谷明峰

**名前の由来**　別名の〝尾花《おばな》〟は花穂が馬の穂に似ているから、〝茅《かや》〟（屋根を葺《ふ》く草の総称）は刈って茅葺きにするから、と由来が明解だが、ススキには由来の定説がない。

# 刈萱

かるかや

**篁草《かけいぐさ》　雌《め》がるかや　雄《お》がるかや**

イネ科　多年草

8～11月

❖――屋根を葺くイネ科の大形の草を刈萱《かるかや》といった。屋根を葺く材として刈り取ることに由来しての名前である。本州、四国、九州、沖縄に分布。明るい土手や草むらに生える。刈萱と呼ばれるものにはオガルカヤとメガルカヤの二種がある。オガルカヤは無毛で、花期は八～一一月。葉は細く、白みを帯びる。メガルカヤはやや大形で、花期は九～一〇月で、葉の元には粗い毛がある。

刈萱にいくたびかふれ手折らざる　横山白虹

かるかやの穂にうすうすと遠き雲　石井几輿子

めがるかや目に拾ひつゝ帰りけり　宮地怜子

# 萱

かや

**萱の穂**

イネ科の草本の総称

総称なので
なし

❖――萱（茅とも書く）は、ススキ、チガヤなどの、野生のイネ科の草本の総称で、「カヤ」という植物があるわけではない。名前は、屋根を葺くのに用いたことに由来する「刈屋根《かりやね》」の転訛《てんか》といわれる。茅葺屋根を葺くのに用いるものを萱と呼んでいたところから、特に、村里近くの河原や草原に生えるものをさすのではないかと考えられる。最近は萱といえばススキをさす場合もある。

泥足の四五歩に乾く萱を刈る　三浦青杉子

萱原のしらじら明けて馬の市　長谷川素逝

萱の穂の稚《をさな》き月を眉の上　加藤楸邨

# 葛
くず

真葛　葛かづら　真葛原
葛の葉　葛の葉うら
葛の葉かへす



マメ科
蔓性多年草

7〜9月

嗄れ声の一羽がわたり真葛腹　河合照子

❖――日本各地に分布。道端や草藪《やぶ》などに繁茂している。「葛」の字は『古事記』と『日本書紀』にも登場しているので、日本人との関わりは古い。地下茎に蓄えた養分を使って春に急速に成長し、木をよじ登り、地を這って10メートル以上伸びる。葉裏は白色を帯びて白い毛がある。葉裏が白いので風が吹いて裏返ると印象深くなり、「裏が見える」は「裏見」で〝恨み〟の掛け詞となり、「恨(裏)み葛の葉」などといわれる。

❖――夏から秋にかけて蝶形で赤紫の花を咲かせ、甘い香りを漂わせる。花後に10センチほどの褐色の毛のある莢《さや》を結ぶ。秋の七草の一つ。有用な植物で、地下茎からは葛粉が、茎からは葛布《くずふ》が、そして葉は飼料に使われる。漢方薬の風邪薬の葛根湯《かっこんとう》もよく知られている。

あなたなる夜雨の葛のあなたかな　芝不器男

葛の蔓ひたすら垂れて地を探す　沢木欣一

ひかへ目な色に惹かれて葛の花　稲畑汀子

泳ぎ子のすこし流され葛の花　山本洋子

**名前の由来**　**大和《やまと》国吉野の国栖《くず》では古くから葛を生産していて、葛粉が名産であったことからこの名前になったとされるが、定かではない。別名は真葛《まくず》、葛かずら。**

# 狗尾草

えのころぐさ
（ゑのころぐさ）

**ゑのこ草　犬子草《ゑのこぐさ》**
**ねこじやらし**
イネ科　一年草

8〜10月

❖――日本全国に分布し、道端や空き地など、いたるところで自生している。「エノコ（狗）」は子犬のことで、「ロ」は「尾」のなまったもの。風になびく花穂《かすい》を子犬の尾に見立てて名づけられた。「狗尾草」は漢名。なお、関東地方ではネコジャラシと呼ばれるが、これは花穂でネコをじゃらすから。この〝じゃらし〟は〝戯《ざれる》〟という言葉に由来する。茎は直立し、草丈は30〜60センチほど。

よい秋や犬ころ草もころころと　一茶
猫じやらし触れてけもののごと熱し　中村草田男
ゑのころの川原は風の棲むところ　稲畑汀子

# 藪虱

やぶじらみ

**草じらみ**
セリ科
越年草

6〜7月

❖――熟した実の形がシラミに似ているからということがあるが、それよりも、鉤のある刺が衣服に食い込んで離れにくく、シラミも人に寄生して離れないため、この名がつけられた。なお俳句では草虱《くさじらみ》というほうが多い。日本の各地に分布し、野原に自生している。夏に小さな花を咲かせるが目立たず、秋になってできる実は艶やかで人目をひく。そのせいで俳句では秋の季語にされている。

草虱母とあそびしひと日かな　細川加賀
ふるさとのつきて離れぬ草じらみ　富安風生
けふの日の終わる着物に草虱　山口誓子

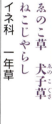

# 牛膝

いのこずち
（ゐのこづち）

ふしだか　こまのひざ



ヒユ科
多年草

8～9月

錦繍の夕日のそとのゐのこづち　百合山羽公

❖——「牛膝」は漢名。イノコズチの茎の節のあたりに虫こぶがよくできるのだが、この節のふくらみを牛の膝に見立てて〝牛膝《ごしつ》〟の名前がある。本州、四国、九州に分布。低山や林縁の日当たりのよい草地や道端に自生している。ミズヒキ、ハナタデとともにスソ群落（林縁と田畑などの開放地の境に見られる多年草の植物群）の代表種である。草丈は40～80センチ。晩夏から秋にかけて、緑の五弁花が穂状に咲く。

❖——花後、小さな楕円状の実を結ぶが、実の外側に紫色の細い萼《がく》のようなものが見える。これを小包葉という。小包葉は三枚あり、そのうちの二枚が長くて刺状で、動物の毛につきやすい。この刺のおかげで種子が運ばれて、繁殖するわけである。根を干した牛膝は漢方薬で、強精、利尿に効く。

庭を来る喪服の裾にゐのこづち　伊藤一竹

男にもつきて砂丘のゐのこづち　星野麦丘人

ゐのこづち一兵われへ声掛けたし　磯貝碧蹄館

拓本をとる袖口のゐのこづち　大隅圭子

**名前の由来**　山地などの草地に生えていて、秋に動物が草地を通過するときに、動物に実をつける。特に猪《いのしし》につくので〝猪《い》に子（実）つき〟といい、やがてこの名に変化した。

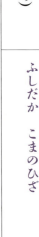

# 木槿

むくげ

きはちす　もくげ　はなむくげ

アオイ科
落葉低木

8～9月

手を懸けて折らで過行く木槿かな　杉風

❖――中国、東南アジア原産。いつごろ日本に渡来したかは不明だが、かなり古くから栽培されていたようで、西日本では野生化している。生け垣、公園樹などとされるほか、生け花にも用いられる。高さは二～三メートル。七～一〇月ごろ、枝先にアオイに似た美しい花をつける。朝開いて夕方にはしぼんでしまう一日花といわれ、そのことを詠んだ歌も多いが、実際には、翌朝また開く。

❖――花色は、よく見られるのは紅紫色、白色、淡紫、淡紅など。花の底に紅をぼかしたものを底紅《そこべに》といい、後藤夜半という俳人が句集のタイトルにしたこともあり、本種が「底紅」の語で俳句に多く詠まれるようになった。また、茶の湯においては、「冬は椿、夏は木槿」という言葉があるように、夏、秋の代表的な茶花である。

白木槿嬰児《えいじ》も空を見ることあり　細見綾子

四五人の賛美歌木槿咲きそめし　藤田湘子

墓地越しに街裏見ゆる花木槿　富田木歩

亡き父の剃刀借りぬ白木槿　福田蓼汀

**名前の由来**　中国名の「木槿」を〝もくきん〟と音読みしていたものが変化したとも、韓国での名前〝無窮花《ムグンファ》〟が変化したともいわれる。

# 芙蓉
ふよう

木芙蓉《ふよう》　白芙蓉　紅芙蓉

アオイ科
落葉低木

8～9月

おもかげのうするる芙蓉ひらきけり　安住 敦

❖中国中部原産とされる。中国地方の暖地、九州、沖縄の沿海地に自生するが、古くから観賞用に栽培され、関東以西では庭木、公園樹としてなじみ深い。高さは二～三メートル。株立ちして上部で枝分かれする。枝や葉裏などには白い毛が密生する。

❖花期は七～一〇月で、淡紅または白色の五弁花を咲かせる。夕方にはしぼむ一日花であるが、たくさんの花が次から次へと咲き継ぐので華やかである。雪舟が描くなど、絵画や詩歌の題材とされることも多く、着物や工芸品にも登場する。酔芙蓉《すいふよう》は、朝の開花時は白色なのだが、夕方には淡紅色となり、花が酔ったように見えるところから名づけられた。京都府宇治市の橋寺（放生院《ほうじょういん》）は、九月中～一〇月上旬に酔芙蓉が美しい花を咲かせることで知られている。

さやに咲く芙蓉の朝はたふとかり　五十崎古郷
ゆめにみし人のおとろへ芙蓉咲く　久保田万太郎
花びらにゆるき力の芙蓉かな　下田実花
祖母恋しうすべに芙蓉咲く朝は　岡田日郎

**名前の由来**　**フヨウの名は、中国語の芙蓉を音読みしたものである。中国語では芙蓉はハスを意味し、木芙蓉は「花がハスに似ている木」、つまり本種を意味している。**

# カンナ

花カンナ

カンナ科
多年草（球根）

6〜11月

江の電にカンナの庭の幾曲がり　井上芙美子

❖――熱帯から亜熱帯地方の原産。カンナは多くの原種があり、それらの交雑、改良によって大輪の花を咲かせるようになり、ハナカンナの名前で呼ばれ、日本には明治期に渡来した。現在、わが国で一般にカンナと呼ばれて観賞されているものの多くはハナカンナである。

❖――高さは一〜二メートル。円柱形の太い茎が直立し、茎の先端に10〜15センチの大形の花を開く。花期は長く、原色の赤や黄色の、遠い異国を感じさせる大柄で派手な花が、盛夏のころから晩秋、初冬まで咲き続けるので、公園や道路沿いに植えられ、広く親しまれている。カンナの原種の一つであり、品種改良のもとになったダンドクは今はあまり観賞の対象にされず、沖縄などに野生化している。

眼帯のうちにて炎《も》ゆるカンナあり　桂信子
峡の町にカンナを見たり旅つづく　川崎展宏
浦々に檀特《だんとく》の花日本海　森　澄雄
かんな一群ここにはじまるのぼり窯《がま》　吉野義子

**名前の由来**　**学名Cannaが和名になった。ケルト語で「杖」を意味する「カナ」が語源。別名はハナカンナ、ダンドク。ダンドクは原種の一つで江戸時代に渡来。**

# 朝顔

あさがお（あさがほ）

**朝顔市**
ヒルガオ科
一年草

7～8月

❖—早朝に花を咲かせ、昼ごろにはしぼむ。朝に顔（＝花）を見せるのでこの名前がつけられた。中国南西部、ヒマラヤ山麓などが原産地。日本へは奈良時代に遣唐使の手を経て薬用として渡来したと伝えられている。江戸時代以降は、観賞用として栽培されるようになり、多くの園芸品種がつくられている。夏の風物詩として広く一般に親しまれているが、俳句では秋の季語になっている。

朝顔の庭より子鯵届けけり　永井東門居
朝顔の紺の彼方の月日かな　石田波郷
朝顔や百たび訪はば母死なむ　永田耕衣

# 鬱金の花

うこんのはな

**きぞめぐさ**
ショウガ科
多年草

晩夏～初秋

❖—熱帯アジア原産。日本には江戸時代に渡来したといわれている。屋久島や沖縄などで栽培されている。葉は大形で、形がバショウに似ていて群生する。草丈は50センチほど。初秋、葉間に立てた花茎に、花のようにみえる緑白色の大きな苞《ほう》に囲まれた黄色い花が咲く。古くから、根茎は黄色の染料として知られていて、鬱金《うこん》粉《こ》と呼ばれ、カレー粉や沢庵《たくあん》漬けの着色などに用いられる。

時雨馳せうこんの花のさかりなる　大野林火
朝露や鬱金畠の秋の風　凡兆
薬園の鬱金の花の夜も匂ふ　寺田木公

# 白粉花

おしろいばな

**白粉草　おしろい**
**おしろいのはな　臙脂花**

オシロイバナ科
多年草、一年草

7～10月

引き抜かれゐて白粉花の咲き続く　菖蒲あや

❖──熱帯アメリカ原産。「新大陸」からヨーロッパに移った植物の一つ。英名がフォア・オクロックなのは、花が午後四時ごろに咲きはじめるため。日本でも夕化粧という別名がある。日本に渡来した時期ははっきりしていないが、江戸時代に刊行された貝原益軒の『花譜』には本種の名が記されている。よく分枝して大きく茂り、暖地では野生化したものも見られる。草丈は60～100センチ。夏から秋にかけて直径三センチほどの香りのよい花を、多数咲かせる。

❖──花色は、赤、黄、白、ピンク、絞りと豊富。丈夫で手がかからないので鉢植えにも向く。なお、本種は易変遺伝子《いへんいでんし》（特殊な塩基配列を持つなどが原因で突然変異を起こしやすい遺伝子）植物として知られ、遺伝学の実験に用いられる。

オシロイバナの種子

おしろいが咲いて子供が育つ露路　菖蒲あや

白粉花妻が好みて子も好む　宮津昭彦

秩父せせらぎ白粉花も夜を経て　森田緑郎

白粉花の白ばかりなる水暗し　遠藤梧逸

**名前の由来**　黒くかたい小豆大の種子を割ると、中には胚乳があり、それをつぶすと白粉状なので、これを白粉に見立てて、この名がつけられた。

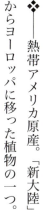

# 鳳仙花

ほうせんか
（ほうせんくわ）

つまくれなゐ　つまべに

ツリフネソウ科
一年草

6～9月

草がくれ種とぶ日なり鳳仙花　水原秋櫻子

左はホウセンカの実

❖――インド、マレー半島、中国南部原産。観賞用として、世界中で栽培されている。夏から秋にかけての花壇の常連である。『枕草子』に本種の名前が登場しているので、平安時代に渡来したらしい。高温多湿な日本の気候に合うので、古くから親しまれている。茎は多肉・多汁で直立、高さは60センチほど。七～九月ごろ、葉の付け根に赤、白、ピンク、絞りなどの花を咲かせる。花は横向きで舟形。左右対称の五弁花で、後ろには下向きに曲がる細長い距《きょ》があり、そこに蜜をためている。

❖――花後、フットボール形の果実が実り、熟した果実に触れると弾けて、種子が四方に飛び散ることでもよく知られている。乾燥させた葉は、煎《せん》じて服用すると風邪に効くといわれている。

仔猫がすでに捨て猫の相鳳仙花　野澤節子

鳳仙花露の香あまく日に濡れぬ　西島麦南

鳳仙花夕日に花の燃え落ちし　鈴木花蓑

落日に蹴あへる鶏や鳳仙花　飯田蛇笏

**名前の由来**　**「鳳仙花」は漢名で、ホウセンカはその音読み。別名は、飛草《とびくさ》、美人草、爪紅《つまべに》（昔、本種の赤い花の汁で爪を染めたことから）、つまくれない。**

# 弁慶草

べんけいそう
（べんけいさう）

**血止草　根無草**
**はちまん草　はまれんげ**
ベンケイソウ科　多年草

7～10月

❖——葉や茎を傷つけても簡単には萎《しお》れず、土に挿せばすぐ根づいて増える。そのような強い性質をもった草であることから、弁慶に例えて名づけられた。中国原産。日本全土の日当たりのよい山地に自生しているが、花が美しいので観賞用にも栽培される。

茎は直立し、高さは30～60センチ。葉は楕円形で多肉質である。七～一〇月ごろ、茎の先に小さな五弁花が集まって咲く。花色は淡紅色。

明方の滝のよき音血止草　飯田龍太
雨つよし弁慶草も土に伏し　杉田久女
こはき葉の弁慶草の色やさし　辻　蒼壺

# 茗荷の花

みょうがのはな
（めうがのはな）

**秋茗荷**
ミョウガ科
多年草

7～9月

❖——中国東南部原産。古名の「めか（めが）」の名前が、平安時代初期の『本草和名《ほんぞうわみょう》』に出ているので、遅くとも奈良時代に中国から日本に渡来したと考えられる。湿地に自生するが、畑で栽培もされる。春先の尖った若芽は「茗荷竹」、夏に土から出てきた花穂《かすい》を「茗荷の子」といって、どちらも独特の香りがあり、食用とする。ミョウガを食べると物忘れをするという俗信が日本各地にある。

つぎつぎと茗荷の花の出て白き　高野素十
人知れぬ花いとなめる茗荷かな　日野草城
爪を切る茗荷の花のしづけさに　中嶋秀子

# 蕎麦の花

そばのはな

**そばむぎの花**
タデ科
一年草

8〜9月

❖──「稜麦《そばむぎ》」が略されてソバとなった。「稜」とは「稜（＝角）」の意で、そばの種子の外殻《がいかく》が三角形で稜《かど》があるためといわれる。また、「ソバ」は、正室に対して側女《そばめ》、ウリに対してソバウリ（＝キュウリ）というように、本物（麦）に対して「第二のもの」をさす呼称とされる。中央アジア原産。古くから日本に渡来して山畑で栽培されている。初秋のころ、白い小花が香りも高く畑一面に咲きそろう。

蕎麦はまだ花でもてなす山路かな　芭蕉
ふるさとは山より暮るる蕎麦の花　日下部宵三
秩父路や天につらなる蕎麦の花　加藤楸邨

# 大豆

だいず（だいづ）

**みそまめ　新大豆**
マメ科
一年生草本

8〜9月

❖──原産地は中国東北部からシベリアという説が有力。日本にも自生するツルマメ（蔓豆）が原種と考えられている。名前は、漢名「大豆」の音読み。古くから利用されてきたが、枝豆として食用に用いられるようになったので一七世紀末以降のことである。草丈は30〜90センチ。茎には茶色の逆毛が密生し、直立して分枝する。八〜九月ごろ、蝶形花を咲かせる。種子は納豆などに加工される。

奥能登や打てばとびちる新大豆　飴山實
大豆干す小波よせて遣唐碑　平井梢
架け大豆乾びあすかの日にほふ　山木杏里

# 刀豆

なたまめ

**鉈豆　たちはき**
マメ科
蔓性一年草

7〜9月

❖――熱帯アジア原産。江戸時代初期に渡来。マメの莢《さや》が中国の青龍刀のような形をしていることからこの名前がつけられた。夏に葉腋《ようえき》から長い花軸が出て、白や淡い紅色の蝶形の花を開く。花は真上を向いて咲く。寒さに弱いので日本では一年草として栽培される。特に、鹿児島では古くから生産され鹿児島県の特産品になっている。若い莢は福神漬けに用いられることで有名。

刀豆やのたりと下る花まじり　太祇
刀豆の鋭きそりに澄む日かな　川端茅舎
刀豆で遊びしころは小さき手　山本素竹

# 小豆

あずき（あづき）

**新小豆**
マメ科
一年草

7〜8月

❖――東アジア原産。日本では古くから親しまれ、縄文遺跡から発掘されていて、『古事記』にも記述がある。名前の由来は諸説あり、『養生訓』で知られる貝原益軒の説は、「ア」は赤、「ツキ、ズキ」は溶けるという意味で、「煮崩れしやすい赤い豆」ということからこの名がついた、という。草丈は30〜60センチ。七〜八月ごろ、黄色い蝶形花を咲かせる。北海道、丹波、備中が三大産地である。

内赤き古椀に盛り新小豆　中村草田男
市振や小豆をたたく荒筵　小枝秀穂女
月山の麓より来し小豆売り　岩月通子

# 萩
はぎ

野萩　真萩　白萩　宮城野萩
初萩　萩むら

マメ科
落葉低木

6～10月

行々《ゆき》て倒れふすとも萩の原　曽良

❖——「藪虱《やぶじらみ》」とか「破れ傘」などといった変な名前の草花があるように、植物には不思議な呼称がたくさんあるが、ハギは木なのに「秋の七草」に選ばれていることもその一つである。ちなみに、秋の七草は、女郎花《おみなえし》、薄《すすき》、桔梗《ききょう》、撫子《なでしこ》、藤袴《ふじばかま》、葛《くず》、萩《はぎ》で、七草の頭文字だけ集めると「お好きな服は？」となり、簡単に覚えられる。

❖——ハギは一般にはハギ属の落葉低木の総称とされるが、ヤマハギの別名でもある。ヤマハギは、本州、四国、九州の山野に自生。高さは約二メートル。七～九月に紅紫色の蝶形花を咲かせる。ヤマハギをはじめ、ハギ類は古くから日本人に愛されてきた。『万葉集』で花を詠んだ歌の中では、ハギがいちばん多いこともそのことを物語っている。

野茨にからまる萩のさかりかな　芥川龍之介

虻が来て萩が静かに賑はひぬ　細見綾子

手に負へぬ萩の乱れとなりしかな　安住　敦

萩散つて地は暮れ急ぐものばかり　岡本眸

**名前の由来**　毎年、根元から新しい芽が出るので〝生《は》え芽《め》〟からという説、箒に用いられたので〝掃《は》き〟からという説、葉が歯の形に似ているので〝歯木《はぎ》〟という説など。

❖はぎ❖

# 撫子

なでしこ

**大和撫子　唐撫子　川原撫子**

ナデシコ科
多年草

7〜10月

酔うて寝むなでしこ咲ける石の上　芭蕉

❖―属名のDianthusは、ギリシャ語で「神の花」の意味。古来から欧州でいかに愛されてきたかがわかる。原産地は日本(フジナデシコ)、中国、朝鮮半島。本州、四国、九州に分布する。山野に自生し、古くから観賞用に栽培されてきた。秋の七草の一つとして親しまれているが、六月ごろから花をつけはじめて九月ごろまで咲き続ける。茎の高さは30センチほど。葉は長細く、節から対生する。淡紅色の五弁花を枝先につける。

❖―花弁の縁が糸状に裂けていて、可憐で美しい。清少納言《せいしょうなごん》は「草の花はなでしこ」とまで言い切っている。平安時代になって、中国から、ナデシコに似た石竹《せきちく》(葉が竹に似ているのでこの名に)が入ってきたので、この〝中国撫子〟に対して〝大和《やまと》撫子《なでしこ》〟と呼ばれるようになった。

大阿蘇の撫子なべて傾ぎ咲く　岡井省二

撫子の咲くにまかせしままの庭　小田ひろ

撫子につながる思ひいつも母　黒川悦子

なでしこや海の夜明けの草の原　河東碧梧桐

**名前の由来** あまりに花が美しく、草姿が可憐なので、見ている者が、小さな子どもの頭を撫でるような、慈しみの心になってしまうのでこの名がつけられた。

# 藤袴

ふじばかま
（ふぢばかま）

蘭草《らんそう》　紫蘭　蘭　らん

キク科
多年草

8〜9月

想ひごとふと声に出づ藤袴　永方裕子

❖——関東以西の本州、四国、九州に分布。人里近くの川岸の土手などに自生する。深山には自生しない。もともとは奈良時代以前に薬草として渡来したようだ。秋の七草の一つとして名前はよく知られているが、さほど多く見られる草ではなく、実物を見たことがない人も多い。

❖——高さは1〜1.5メートル。八〜九月ごろ、茎の先に藤色の小さな花を密に咲かせる。生草のままでは無香であるが、乾燥すると、茎や葉にオルト・クマリン酸が生じるため、桜餅の葉のような芳香を放つ。気品があって美しい花で、古歌に蘭の花として詠まれたのもフジバカマである。同属のヒヨドリバナによく似ているが、ヒヨドリバナが全体に有毛なのに対して、本種はほとんど毛がないので身分けられる。

山姥《やまんば》に紅むらさきの藤袴　文挟夫佐恵

喪の列に入る順ありし藤袴　青木綾子

藤袴吾亦紅など名にめでて　高浜虚子

藤袴何色と言ひ難かりし　粟津松彩子

**名前の由来**　花の中の筒状花を一つ引き抜いて、逆さにして少し離して見ると、藤色の袴から二本足が出ているように見えるので「藤袴」という名前がつけられた。

# 女郎花 おみなえし（をみなへし）

女郎花《じょらうくわ》

をみなめし

オミナエシ科
多年草

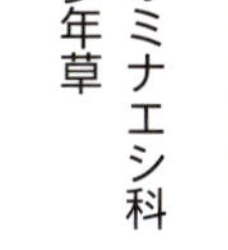


8〜10月

天涯に風吹いてをりをみなへし　有馬朗人

❖——秋の七草の一つで、古くから日本人に愛されてきた。『枕草子』『源氏物語』『紫式部日記』などにも秋草の代表として登場している。日本各地に分布し、山野の草むらや土手などに自生している。高さは一メートルほどで、茎は直立して細い。八〜一〇月、茎の先に淡黄色の多数の小花を傘状につける。草姿は優しい印象だが、全体が丈夫で、茎もかたい。能の「女郎花」は、夫の薄情を恨んで川に身を投じた妻のなきがらを、山城国男山の麓に埋めたところ、その塚から女郎花が生えた、という話が物語化されたものである。

❖——オミナエシ属は世界に一五種あり、日本には、オミナエシ、オトコエシ、オトコオミナエシなど五種が原生する。若苗、若葉、根は和え物にして食される。

日は空を月にゆづりて女郎花　桂　信子

夕冷えの切石に置くおみなへし　日野草城

をみなめし山に日の出る匂ひかな　田口冬生

淡けれど黄は遠くより女郎花　大久保橙青

**名前の由来**　オミナエシの「オミナ」は「女（娘）」の意で、「エシ」は「なるべし」の略されたものといわれる。草姿のしっとりとした優しい感じからつけられた名。

# 桔梗

ききょう（ききやう）

きちかう　一重草　梗草

キキョウ科
多年草

8～9月

紫のふつとふくらむききようかな　正岡子規

❖──吉田兼好は『徒然草《つれづれぐさ》』の中で「秋の草は萩、薄《すすき》、桔梗《きちかう》」と、秋の草の好ましいものとして本種の名前をあげている。また、蕪村は桔梗の花の姿の優しさと、美しい紫色を「修行者の径にめづる桔梗かな」と詠んでいる。秋の七草の一つ。日本全土に分布し、山地や丘陵の草原に自生する。また、古くから観賞用、薬用として栽培されている。高さは60～80センチ。葉には短毛があり、葉や茎を傷つけると、白い汁が出てくる。

❖──花期は八～九月だが、早いものは六月ごろから咲きはじめ、園芸用としては、紫と白の交じり合った、二重咲きのものも見られる。花後、蒴果《さくか》をつけ、熟すと五裂して小さな黒色の種子をたくさん落とす。俳句では本種のことを今でも「きちこう」ということがある。

ふつくりと桔梗のつぼみ角五つ　川崎展宏

桔梗《きちこう》を焚きけぶらしぬ九谷窯　加藤楸邨

空澄みて深まなざしの桔梗咲く　古賀まり子

桔梗や男も汚れてはならず　石田波郷

**名前の由来**　「桔梗」は漢名で、古くはこれを音読みして「きちこう」といった。「きちこう」はやがて「きっきょう」、「ききょう」へと変化していった。

# 男郎花

おとこえし
（をとこへし）

をとこめし
オミナエシ科
多年草

7〜10月

❖——黄花《きばな》の女郎花《おみなえし》によく似ているが、本種は白花《しろばな》で草姿が大きいので「男」をつけて、男郎花という名に。日本全土に分布し、日当たりのよい山野に自生する。特に山の谷間などによく見られる。高さは一メートルほど。葉や茎には毛が多い。七〜一〇月ごろ、枝の先に粟粒状の白い小さな花を傘のような形につける。若葉は爪で取れるかたさのものを摘んで揚げ物、和え物などにする。

暁やしらむといへば男郎花　松根東洋城

山風に匂ひ持たざり男郎花　渡辺桂子

小笹吹く風のほとりや男郎花　北原白秋

# 松虫草

まつむしそう
（まつむしさう）

マツムシソウ科
二年草

8〜10月

❖——マツムシの好みそうな草地に生えるからとか、マツムシが鳴くころに花が咲くからなど、名前の由来は諸説ある。日本全土に分布して、山地や高原の日当たりのよい草地に自生する。日本特産の代表的な秋草で、高原のハイカーに秋の訪れを知らせてくれる。草丈は60〜90センチで分枝する。葉は羽状に分裂、鋸歯《きょし》である。八〜一〇月、多数の小花からなる淡紫色の頭花をつける。

松虫草膝でわけゆく野の起伏　中沢文次郎

紫の泡を野に立て松虫草　長谷川かな女

摘まずおく松虫草は野の花よ　稲畑汀子

# 吾亦紅

われもこう（われもかう）

吾木香《われもこう》　我毛香《われもこう》　玉鼓



バラ科
多年草

8～10月

さびしさにかたちのあらば吾亦紅　遠藤若狭男

❖——暗紅色の実がたくさんなっているように見えるが、実のように見えるのは小さな花が集まった花の穂である。地味な花だが風情があり、名前の面白さもあり、秋の季語でもあるので、数多く俳句に詠まれてきた。

❖——日本全土に分布し、野山の草原に自生している。草丈は70～100センチ。八～一一月にかけて茎の細枝に花穂《かすい》をつける。花穂は短い円筒形で俵の形に似ている。羽状に裂けた葉をもむと、かすかにスイカのような香りがする。寂しげなひっそりとしたたたずまいが好まれる秋の名花で、『源氏物語』や『徒然草』などにも登場している。鉢植えや庭植えにされ、斑入り葉のものは茶花として珍重される。若葉は山菜として食す。根茎は漢方で「地楡《ちゆ》」と呼ばれ、止血薬に。

山の日のしみじみさせば吾亦紅　鷲谷七菜子

遠山の晴間みじかし吾亦紅　上田五千石

晴天へ珠《たま》ささげたる吾亦紅　滝沢伊代治

吾亦紅信濃の夕日透きとほる　藤田湘子

**名前の由来**　本種は特に名前の由来が多説である。その中で代表的なものは、小さいながら紅色の花を咲かせるところから「我も紅《こう》」と主張している、という説。

# 水引の花

みずひきのはな
（みづひきのはな）

**みづひきさう**
**金線草　金糸草**

タデ科
多年草

8～10月

水引草風がむすびてゆきにけり　遠藤正年

❖——日本各地に分布。草藪《くさやぶ》、山地の木陰などに自生、観賞用として庭にも植えられている。茎の高さは30～80センチほどで、赤味を帯びたかたい節がある。八～一〇月ごろに、茎の先から長さ30センチを超える細い花穂《かすい》を伸ばし、二、三ミリぐらいの小粒の赤い花をつける。花びらに見えるものは萼《がく》で、上側の三枚は紅色を帯びるが、下の一枚は白い。そのため、花軸は上から見ると赤く、下から見ると白く見える。祝儀に用いる紅白の水引に似ているところからこの名がつけられた。

❖——白花のものを銀水引、紅白まじりのものを御所水引、黄色のものを金水引という。花後、先が鉤形《かぎがた》に曲がった二本の花柱が残り、その鉤で動物の毛や人の衣服に付着して、種子が広がる。

水引はゆふぐれの花影さへなし　福島小蕾

木もれ日は移りやすけれ水引草　渡辺水巴

水引草目が合ひて猫立停る　石田波郷

水引をしごいて通る野道かな　赤星水竹居

**名前の由来**　**細長い花穂に小さな赤い花が穂状に付く。それを上から見ると赤く見え、下から見ると白く見える。その姿が紅白の水引に似ているのでこの名がある。**

# 露草
つゆくさ

月草　かま草　うつし草　螢草

ツユクサ科
一年草

7〜9月

露草の咲きちりばめし露葎《むぐら》　福田蓼汀

❖―日本全土に分布。道端や草むら、荒地などいたるところに自生している。高さは20〜50センチ。葉は笹形をしている。七〜九月ころに、花序に数個の蕾《つぼみ》がつき、一つずつ順に咲いていく。

❖―本種は、『万葉集』では、〝月草《つきくさ》〟とか〝鴨頭草《つきくさ》〟と表記されている。また、衣類を染めるための花汁を出すのに、臼で花びらを搗《つ》いていたことから〝搗草《つきくさ》〟とも表記されていた。しかし、江戸時代に入って『備荒草木図《びこうそうもくず》』などで名前がツユクサに変わっている。

❖―その理由は、本種で染めると色落ちが早いためにだんだんと染料として使われなくなり、それとともに名前も消えてゆき、朝露に濡れて咲いている姿が美しいことから「露草」という新しい名前で呼ばれるようになったようだ。

ことごとくつゆくさ咲きて狐雨　飯田蛇笏

露草の露むらさきに野の仏　宇治朝子

露草の露千万の瞳かな　富安風生

摘まれても籠に青花震えやまず　大野林火

月草の色見えそめて雨寒し　暁台

**名前の由来**　**奈良・平安時代には、衣類に本種の花の汁をつけて染めたので、「つきくさ」と呼び、のちに「つゆくさ」に変化した。〝着《つ》き草〟。別名は月草《つきくさ》など。**

# 蓼の花

たでのはな

貧しさの果もなかりし蓼の花　加藤楸邨

蓼の穂　穂蓼　蓼紅葉

タデ科
一年草〜多年草

夏〜秋

❖——草丈30センチくらいのイヌタデから、二メートルもあるオオケタデまで、そして、春には野原や土手などでギシギシ、スイバなどが、夏には高原でイブキトラノオが、秋には水辺の湿った場所でミゾソバが……タデ科の草たちは種類が多く、それぞれが適した場所で適した時期に花を咲かせている。ただ、単にタデ（蓼）といえば、通常はホンタデの別名をもつヤナギタデ（葉がヤナギに似ている）をさす。

❖——ヤナギタデは葉が辛いのでお刺身の香辛料として使われてきている。ちなみに、こんなに辛い草なのに、一日中、タデだけを食べる虫がいることから「蓼食う虫も好きずき」という諺《ことわざ》が生まれた。『万葉集』には「蓼」の名が三首に登場しているので、古い時代から知られていたことがうかがえる。

門前に舟繋ぎけり蓼の花　正岡子規

醤油くむ小屋の境や蓼の花　其角

径に添ひ曲がれば曲がる蓼の花　石塚友二

牧羊犬かけ抜けて行く蓼の花　高橋笛美

**名前の由来**　「タデ」は漢名の「蓼」を音読みしたもの。

# 赤のまんま

あかのまんま

**赤のまま　犬蓼**

タデ科
一年草

7〜11月

手にしたる赤のまんまを手向草《たむけぐさ》　富安風生

❖——和名はイヌタデ。ヤナギタデは葉に辛味があるので香辛料に使えるが、本種は葉に辛味もなく、食用にもならず役に立たないので名前の頭に「イヌ」がつけられた。日本の各地に分布。野原、空き地、道端などいたるところに自生する。高さは20〜50センチ。花期は七〜一一月と長いが、九、一〇月ごろに花穂《かすい》の紅紫色が鮮明になるので、やはり秋の花とするのがふさわしい。

❖——文芸評論家の山本健吉によれば、昭和の初めに、ある新聞社が「新しい秋の七草」を文人たちに選定させたときに、高浜虚子が「赤のまんま」を選び、それ以降、現代俳人たちが好んで作句したそうである。やさしい色合いの鄙《ひな》びた印象のするこの花は愛らしく、またいじらしくもあり、どこか郷愁を誘われる。

われ黙り人はなしかく赤のまゝ　星野立子
長雨のふるだけ降るや赤のまゝ　中村汀女
水底を水の翳ゆく桜蓼　根岸善雄
赤のまま天平雲は天のもの　阿波野青畝

**名前の由来**　**花穂についているツブツブの赤い蕾《つぼみ》が赤飯に似ているのでこの名前がついた。小さい女の子たちが、この蕾を赤飯に擬してままごと遊びをした。**

## 溝蕎麦

みぞそば

**牛の額**
タデ科
一年草

8～10月

❖――花や草姿がソバに似ていて、溝の側に生えるのでこの名がつけられた。「牛の額」という別名は、葉の形が牛の顔を正面から見た形に似ているから。日本各地の沢沿いの湿地や沼地の側などに自生。高さは30～80センチ。茎には刺状の毛が密生している。八～一〇月ごろ、茎先に紅を帯びた金平糖のような白い花をたくさんつける。鉢植えや水鉢《みずばち》（水草を植える装飾鉢）などに用いられる。

溝蕎麦や峡の果なる水の音　上村露月
みぞそばのかくす一枚の橋わたる　山口青邨
溝蕎麦に一棹さして渡舟出づ　富永双葉子

## 藪からし

やぶからし

**びんばふかづら**
ブドウ科
多年草

7～8月

❖――日当たりが好きなので、草藪で、ほかの木や草の上で蔓《つる》を伸ばし葉を広げていく。日陰になってしまった植物は弱って枯れていくのでこの名前がつけられた。北海道をのぞく全国のいたるところにはびこる生命力旺盛な蔓草。除草剤でも歯が立たない。七～八月ごろ、淡緑色の花を開くが、花が緑色なので目立たない。

生垣を屋根に上りぬ藪からし　籾山梓月
口舌を使い果たしてやぶからし　寺井谷子
刎ねてゐる新月くらき藪からし　遠藤梧逸

# コスモス

秋桜



キク科
一年草

8～10月

秋桜連峰よべに雪着たり　金尾梅の門

❖──メキシコ原産。ヨーロッパに渡り、マドリッドの植物園でコスモスと名づけられたという。日本へは明治時代に渡来したとされる。日本の風土によくなじみ、花の形が桜に似ているところから「秋桜《あきざくら》」とも呼ばれ、日本の秋の風景をつくる花の一つになっている。各地で花壇、鉢などに植えられ、切り花用としても栽培されている。

❖──草丈は1～1.5メートル。春蒔きすれば初夏に、夏蒔きすれば秋に、つまり播種《はしゅ》後三か月で開花する。最近は、六月から花を咲かせる早咲きの園芸種が主流。強健な花で、一度コスモス畑をつくると、毎年こぼれ種で芽を出し、群生、開花する。花色は、淡紅、濃紅、白など。大輪咲き、早咲き、八重咲きのものがある。

コスモスの影をとどめず風吹けり　石原舟月
コスモスの押しよせてゐる厨口《くりやぐち》　清崎敏郎
汲置の水に青空秋ざくら　佐藤和枝
透きとほる日ざしの中の秋ざくら　木村享史

**名前の由来**　属名のCosmosがそのまま名前になった。Cosmosは、ギリシヤ語で「飾り、美麗、調和、宇宙」などを意味する。この花の美しさにちなむ名前である。

# 秋海棠

しゅうかいどう（しうかいどう）

シュウカイドウ科
多年草

8〜9月

断腸花《たんちょうか》妻の死ははや遠きこと　石原八束

❖原産地は中国。日本へは江戸時代の寛永年間（一六二四〜四四）に渡来した。庭園や花壇に植栽されるが、暖地では日陰の湿地に野生化したものが見られる。茎は節の部分が赤味を帯び、草丈は40〜60センチほどになる。葉は大きくハート形をしていて、縁にぎざぎざの歯がある。

❖花期は八〜一〇月で淡紅色の美しい花を咲かせる。花は春に咲く海棠（バラ科）の花に似ているが、ベゴニアにも似ている（ベゴニアは本種と同じシュウカイドウ属）。地味な花だが、東洋的な趣があるため、多くの文人に好まれ、また、よく日本画にも描かれる。花後、葉腋《ようえき》にムカゴ（肉芽《にくが》）を生じ、地に落下して新しい苗となる。土壌の水分を保持する力に優れているので、表土防湿のために用いられる。

花伏して柄に朝日さす秋海棠　渡辺水巴

臥して見る秋海棠の木末《こずえ》かな　正岡子規

母の忌に帰れず秋海棠を切る　大久保橙青

美しく乏しき暮し秋海棠　富安風生

**名前の由来**　中国名の「秋海棠」を音読みしたもの。春から初夏にかけて淡紅色の美しい花を咲かせるバラ科の花海棠《はなかいどう》に似ていて、秋に花を咲かせるのでこの名に。

❖しゅうかいどう❖

# 紫苑 しおん（しをん）

鬼のしこ草

紫をん咲き静かなる日の過ぎやすし　水原秋櫻子

❖──シベリア原産。平安時代初期の『本草和名《ほんぞうわみょう》』などに名前が登場する。当初は薬用に栽培されていたが、花が美しかったので観賞用に栽培されるようになり、以降、秋を代表する草花の一つとして親しまれてきた。本州西部と九州に野生化している。

❖──大形で、茎の高さは二メートルを超える。葉は大きくて、縁に鋸《きょ》歯《し》がある。九～一〇月ごろ、枝先に多くの小枝を出し、直径三センチほどの淡紫色の花をつける。花びらの紫色と花心の黄色の配色が美しい。台風シーズンに咲く花だが、風雨にも強いので倒れることはほとんどない。本種の根が紫色を帯びていることから〝紫苑〟の名前がつけられた。生薬の〝紫苑〟は鎮咳《ちんがい》と去痰《きょたん》の薬効があり、今日でも生薬として利用されている。

キク科
多年草

9～10月

花鋏高くかざして紫苑切る　椋　砂東

露地の空優しくなりて紫苑咲く　古賀まり子

紫苑にはいつも風あり遠く見て　山口青邨

今日になるまでが楽しき紫苑晴　星野立子

**名前の由来**　古い時代に、中国から薬草として渡来。中国からの生薬名〝紫苑〟の音読みがシオンである。漢名では「青苑」と書く。別名は「鬼の醜草《しこぐさ》」

# 蘭

らん

秋蘭　蘭の香　カトレア
デンドロビューム

ラン科　多年生草本

総称のためナシ

❖――多様なラン科の植物の総称。ランは、野生種だけでも約一～三万種もある。そのためランは原産国によって「東洋ラン」「和ラン」「洋ラン」に大別され、根っこの生え方によって「地生ラン（土に根を下ろす）」と「着生ラン（岩肌に張りつく）」に大別され、さらに園芸用として流通している種類として、「胡蝶蘭」「カトレア」「シンビジウム」など八種類に分類されている。

蘭の香やむかし洋間と呼びし部屋　片山由美子

佳き花をつけて返すや蘭の鉢　片桐美江

紫の淡しと言はず蘭の花　後藤夜半

# 藍の花

あいのはな（あゐのはな）

蓼藍《たであい》の花

タデ科
一年草

9～10月

❖――紀元前より世界各地で青色の染料として利用されていた。東南アジア原産。中国を経て、古くに渡来した。葉から藍染料をつくるために江戸中期頃から徳島県を中心に盛んに栽培された。俳句では、「藍の花」は秋、「藍刈る」は夏、「藍植え」は晩春となるが、最近はその季節感が薄れてきている。草丈は30～80センチ。九～一〇月、タデ科特有の花穂《かすい》を出し、多数の小花をつける。

この村に減りし土蔵や藍の花　谷口秋郷

藍の花栞れば紅の失せにけり　坊城中子

鉢の藍咲けば恋ひけり阿波の旅　塙　告冬

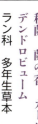

# 真菰の花
まこものはな

イネ科
多年草

8～10月

❖——沼沢《しょうたく》（自然の湖沼は、深さと大きさの差から、湖、沼、沼沢、池などに分けられている）や川べり、池の縁などの湿地帯に群生する。秋になると草丈が二メートルほどになり、茎の先にススキの花に似た花穂《かすい》をつける。イネ科の花は地味で見栄えがしないが、水路を船で通ったときに、真菰の花穂が風に揺られているのを見かけるとなかなかの風情が感じられる。昔は真菰の葉で筵《むしろ》を編んだ。

柳川は水匂ふ町真菰咲く　久木原みよこ
沼舟に真菰の花のこぼれけり　石竹
漕ぎ入れてみれば真菰の花咲ける　森田峠

# 鳥兜
とりかぶと

かぶとばな　かぶとぎく
やまかぶと
キンポウゲ科　一年草

8～10月

❖——花の形が舞楽の伶人《れいじん》（音楽を演奏する人）がつける冠の「鳥兜《とりかぶと》」に似ていることから名づけられた。北半球の温帯に広く分布。わが国では、中部以北に分布し、観賞用、切り花用に栽培されている。草丈は一メートル前後。八～一〇月ごろ、烏帽子状の濃紫色の花が茎の先に集まって咲く。よく知られているように、茎、葉、根とも毒性が強い（根は猛毒）が、根は乾燥して鎮痛剤に用いる。

今生は病む生なりき鳥頭　石田波郷
とりかぶと夜伽の紐の前結び　伊藤通明
鳥かぶと夕日がくらくなりにけり　永作火童

# 野菊
のぎく

紺菊

一輪の野菊のために晴れし空　三村純也

❖——「野菊」というと、一般的には、嫁菜（三八頁）のような、淡い紫色の花の菊がイメージされるようだが、濃い紺色の野紺菊（秋の野菊の代表）、黄色の油菊・栗黄金菊・磯菊、白色の竜脳菊・浜菊小浜菊・野路菊・柚ケ菊など、種類はすこぶる多い。種類のことでいえば、キク科キク属のものばかりでなく、シオン属、ハマベノギク属、ヨメナ属、ミヤマヨメナ属のものまで含めて野菊と称する。

❖——日本には約三五〇種のキク科の植物が自生し、帰化植物も一二〇種を数える。野菊といえば、伊藤左千夫の小説『野菊の墓』が有名だが、左千夫は野菊の風情を「秋草のいづれはあれど露霜に痩せし野菊の花をあはれむ」と短歌にも詠んでいる。野菊の一種の野路菊は、兵庫県の県花である。

曇り来し昆布干場の野菊かな　橋本多佳子

頂上や殊《こと》に野菊の吹かれ居り　原石鼎

行人にかゝはり薄き野菊かな　星野立子

らんぼうに野菊を摘んで未婚なり　秋元不死男

キク科
総称なので分類はナシ

秋

**名前の由来** 秋の野山に咲く野生の菊の総称。「野菊」と名づけられた特定の植物があるわけではない。日本には約三五〇種ものキク科の植物が自生している。

# 曼珠沙華

まんじゅしゃげ
（まんじゆさげ）



彼岸花　死人花《しびと》
天涯花《ばな》　幽霊花
三昧花　捨子花

ヒガンバナ科
多年草

9～10月

西国《さいごく》の畔曼珠沙華曼珠沙華　森　澄雄

左はシロバナマンジュシャゲ

❖——中国から渡来した帰化植物であるといわれている。中国に自生するものは結実するが、日本のものは種ができず地中の球根によって増える。曼珠沙華という名前とは別に「死人花」「幽霊花」とも名づけられたのは、昔の人たちが、本種の花の強烈な色や独特の形にいいしれぬ妖しさを感じたからのようだ。

❖——日本全土に分布していて、人里近くの草藪《くさやぶ》、田の縁、土手、墓地、寺院、神社などに自生し、古くから日本人の暮らしに関わりの深い花であるため、俳句にも数多く詠まれている。九月ごろに、地上には一枚の葉もないのに、唐突に、地下茎から高さ30～60センチの花茎を一本立て、茎の先に朱赤色の花を群がり咲かせる。花後は、葉を多数出して、そのまま年を越し、翌春には枯れる。

つきぬけて天上の紺曼珠沙華　山口誓子

赤も赤悲しみの色曼珠沙華　中村芳子

曼珠沙華抱くほどとれど母恋し　中村汀女

その奥に黒が兆して曼珠沙華　能村研三

**名前の由来**　曼珠沙華は、「法華経《ほけきょう》」「摩訶曼陀羅華《まかまんだらけ》」に出てくる梵語《ぼんご》で、「赤い花」を意味するといわれている。秋の彼岸のころに咲くところから別名は彼岸花《ひがんばな》。

# 竜胆 りんどう（りんだう）

**笹竜胆　思ひ草**

リンドウ科
多年草

8～11月

竜胆を畳に人のごとく置く　長谷川かな女

❖リンドウは世界に約五〇〇種あるといわれ、そのうち、日本には一四種とその変種が自生している。『枕草子』『源氏物語』にも登場する、秋の野山で見かける代表的な草花である。本州、四国、九州の乾いた山地や草地に自生。庭植えや鉢物、切り花用として栽培もされている。

❖草丈は30～60センチ。茎は直立する。八～一一月ごろ、茎先に紫色の筒形の花をつける。花は日の当たるときだけ開き、夜間や雨天、曇天には花を閉じる。花色はふつう美しい青紫色だが、白色のものもある。一般に秋咲きとして知られているが、春や夏に咲く種類もある。根は漢方では「竜胆《りゅうたん》」と呼ばれ健胃剤として用いられる。リンドウは阿蘇の草原に紫色の可憐な花を咲かせることから熊本県の県花になっている。

あざやかに女である日竜胆咲く　椹木啓子

竜胆の花暗きまで濃かりけり　殿村菟絲子

野の色に紫加へ濃りんだう　稲畑汀子

稀《まれ》といふ山日和なり濃竜胆　松本たかし

**名前の由来**　漢名「竜胆」の転訛《てんか》で、漢名は、その根を噛むと胆汁のような苦味があって、まるで竜の胆のようだ、ということに由来。リンドウ類の総称。

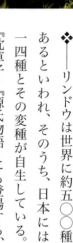

# 杜鵑草

ほととぎす

ほととぎすさう

ユリ科
多年草

8〜10月

紫の斑《ふ》の賑しや杜鵑草　轡田 進

左はホトトギスの新葉

❖――本州、四国、九州に分布。山地や林の中に自生する。庭の下草（樹木を植える際、その樹の根元に、デザイン的なバランスを取るように植える低木やグラウンドカバー、宿根草などの総称）や、鉢植え仕立て（庭植え用ではなく鉢植え用に仕立てる）などとして栽培もされている。なお、庭や花壇で見かけるものはタイワンホトトギスのことが多い。

❖――草丈は30〜80センチ。茎、葉には毛が密生している。八〜一〇月ごろ、茎の先に一〜三個ずつ、ユリに似た小振りな花を咲かせる。花は開いたまま上を向く。新葉の表面に油を垂らしたような模様が入るので〝油点草〟ともいう。歳時記では「杜鵑草」と、「草」をつけて表記しているが、これは鳥の名前と混同しやすいから。

野の庭に山が匂ひ来時鳥草　前田正治

ほととぎす草群り咲ける淋しさよ　荒木法子

杜鵑草活けて落柿舎女住む　岸川素粒子

油点草こまかき蝶のまぎれこみ　五十嵐哲也

**名前の由来**　花びらに斑《ふ》があり、これが野鳥のホトトギスの胸にある斑に似ているのでこの名前がつけられた。類似種の総称にもなっている。

# 南天の実

なんてんのみ

**実南天　白南天**
メギ科
常緑低木

5～6月

❖――ナンテンは古くから庭木としてよく植栽され、江戸時代には多くの品種が作出された。正月の床の間に飾られたり、慶事の赤飯などに葉を添える風習もある。花は梅雨時に咲き、夏の季語。実は球形の液果で、晩秋～冬に赤く熟して冬の庭を華やかに彩る。実や葉などにナンジニンなどを含み、殺菌効果があり咳止めなどの薬用として利用される。実の白い品種のシロミナンテンもある。

億年のなかの今生実南天　森　澄雄
南天の実に惨《さん》たりし日を憶《おも》ふ　沢木欣一
実南天紅葉もして真紅なり　鈴木花蓑

# 櫨紅葉

はぜもみじ（はぜもみぢ）

**櫨《はじ》**
ウルシ科
落葉高木

5～7月

❖――ハゼノキは古くは木蠟（櫨蠟）を採るために栽培されていたもので、「ロウノキ」の名もある。雌雄異株で、五～七月に葉腋《ようえき》から出る円錐花序に黄緑色で小さな五弁花を多数つける。葉は9～15小葉からなる羽状複葉。実は径一センチほどの偏球形の核果で、九～十月に黄白色に熟す。山地に自生するヤマハゼも栽培種のハゼノキも燃えるように赤く紅葉する姿は美しく、秋の山を飾る。

みづうみの国一斉に櫨紅葉　深津健司
櫨紅葉牧のあめ牛みごもれる　内藤吐天
むさしのの櫨の紅葉に袖触れゆく　大野林火

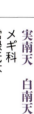

# 銀杏紅葉

いちょう（いてふ）もみじ

イチョウ科
落葉高木

4～5月

❖——イチョウは一億年以上前の化石が発見され、現存するのはその一種。中国原産で、仏教伝来とともに渡来したといわれている。古くから神社仏閣の境内に植えられたり、街路樹や防火樹として植栽されている。高さ30メートルほどになり、雌雄異株で花は四～五月に新葉とともに咲く。葉は、長い柄がある扇形。秋の黄葉の中では最も見事で、落葉すると地面が一面黄金色に染まる。

黄葉して思慮ふかぶかと銀杏の木　鷹羽狩行

とある日の銀杏もみぢの遠眺め　久保田万太郎

大銀杏紅葉一本だけの空　岩垣子鹿

# 新松子

しんちぢり

青松毬《あおまつかさ》
マツ科
常緑高木または低木

4～5月

❖——緑色の松笠（松ぼっくり）が新松子で、「青松笠」ともいう。鱗片《りんぺん》がかたくしまった緑の松笠は青々として、枝には茶色になった古い松笠もついているのでいっそう若々しく見える。マツの仲間は雌雄異花で、晩春から初夏にかけて新梢の先に雌花が一～数個つく。やがて基部に多数ついた雄花から花粉を受けて冬を越し、翌年春になって受精し、青松笠のときを経てその年の秋に成熟する。

新松子父を恋ふ日としたりけり　石田波郷

夜は夜の波のとよもす新松子　三田きえ子

松笠の青さよ蝶の光り去る　北原白秋

# ななかまど

## 七竈

ななかまどの実

バラ科
落葉高木

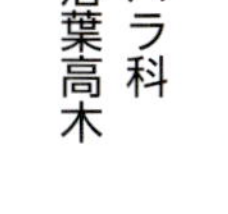

6〜7月

湖蒼くしてななかまど燃ゆるなり　佐川広治

❖樹高7〜10メートルの落葉高木で、北海道〜九州の山地に広く自生する。北国では街路樹や公園樹、庭木として植栽され、旭川市の街路樹は有名である。ナナカマドの仲間はいずれも秋に、赤く熟した果実と燃えるような真紅の紅葉が美しく高山を彩る。樹皮は灰色を帯びた暗褐色でややなめらか。生長すると浅く裂ける。

❖梅雨のころ、枝の先に径6〜10ミリの小さな白色の五弁花が固まって多数咲く。葉は奇数羽状複葉で、先の尖った狭長卵形の小葉が9〜17枚あり長さ三〜八センチ、縁に浅く鋭い鋸歯《きょし》がある。晩秋に紅葉するが、それに先立ってまずは九〜一一月ごろ、径五〜六ミリの光沢ある球形の果実が赤く熟して、下向きに果穂が垂れる。落葉した後もしばらく残って目立つ。

山荘の白壁焦がすななかまど　大平芳江

ななかまど夕日より道走りだす　永田耕一郎

雲海へ紅葉吹き散るなゝかまど　岡田貞峰

ななかまど湖に枝を伸べいろづくも　望月たかし

**名前の由来**　「七回竈《かまど》に入れても燃え残る」ほど材がかたいからといわれているが、七日間炭焼き竃で蒸し焼きにするとよい炭ができるという「七日竃」の説が有力。

❖ななかまど❖

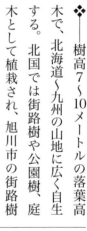

# 団栗

どんぐり

ブナ科
常緑または落葉高木

4～5月

❖――クヌギの実をいうが、一般にはカシ、ナラ、スダジイ、ツブラジイなどの果実の総称。どれもかたい果皮をもつ裂けない堅果《けんか》で、球形や楕円形、卵球形など形はさまざま。下半分は殻斗《かくと》と呼ばれる果実を保護する椀状の総苞《そうほう》に包まれている。はるか古の時代より人間や野生動物の重要な食料となってきた。童謡にも歌われ、日本人にとって最も身近な木の実といえるだろう。

針箱のどんぐり一つ年経ぬる　馬場移公子

どんぐりの坂をまろべる風の中　甲田鐘一路

団栗を踏みつけてゆく反抗期　小国要

# 橘

たちばな

ミカン科
常緑低木

6月

❖――橘は「右近の橘」として知られる柑橘類で、夏の季語「花橘」の実をさす。『万葉集』や『源氏物語』など古典に多く登場し、常緑であることから繁栄の木としても大事にされた。樹高は三～四メートルで、密生する枝に小さな鋭い刺がある。初夏に香り高い花を開く。果実は径2.5～3センチの偏球形で、一一月下旬～一二月に黄色に熟す。果肉は酸味が強いので生食にはできない。

旅たのし葉つき橘籠《こ》にみてり　杉田久女

駿河路を橘の香に吹かれゆく　稲岡達子

青き葉の添ふ橘の実の割かれ　日野草城

# 銀杏《ぎんなん》

**銀杏の実**
イチョウ科
落葉高木

4月

❖——イチョウの実のことで食用にされ美味。ジュラ紀からの生き残りとされ、生きた化石ともいえる植物。日本では室町時代には栽培されていたという。雌雄異株で、雄花の花粉を風が運んで四月ごろに受粉が行われ、十月中～下旬になると径二センチほどの肉質の実が黄褐色に熟して自然に落下する。種子はかたい内種皮に包まれ、そのまわりを悪臭のする外皮種が覆っている。

銀杏を焼きてもてなすまだぬくし　星野立子
銀杏のあるとき水に落つる音　高濱年尾
ぎんなん拾ふ外科医にて今日若き母　加藤楸邨

# 菩提子《ぼだいし》

**菩提の実　菩提樹の実**
アオイ科
落葉高木

6月

❖——ボダイジュの実をさす。ボダイジュは中国原産で、臨済宗を伝えた栄西が持ち帰ったといわれ、その名前から寺院の境内などに植栽される。葉は互生し、三角状広卵形で縁に鋭い鋸歯《きょし》がある。六月ごろ、葉腋《ようえき》からヘラ形の苞《ほう》を出し、苞から長い花柄のついた芳香のある淡黄色の花が房になって垂れ下がる。実は黄褐色の球形で、長さ七～八ミリ。質はかたく数珠をつくるのに用いられる。

菩提子はかなしほとけは美しき　岸風三樓
菩提子を拾ひて帰路を迷ひけり　秋元不死男
菩提子を拾ひ仏心には遠し　後藤比奈夫

# 無患子《むくろじ》

ムクロジ科
落葉高木

6月

❖——ムクロジは本州中部～沖縄の山地に分布し、樹高15～20メートル。葉は四～八対の小葉からなる偶数羽状複葉。雌雄異花で、初夏に淡緑色の小さな五弁花を咲かせる。偏球形の果実は十月ごろに黄褐色に熟す。果皮にサポニンを多く含み、水に溶かすとよく泡立ち汚れを落とすので洗濯や洗髪の際に使われた。また中に黒くてかたい種子があり、正月の羽根つきの玉などに用いる。

無患樹の実も葉も垂れて曇りゐし　北野 登
悼むとは無患子の実を拾ふこと　山本洋子
無患子のしぐれし空にみなぎる実　皆吉爽雨

# 錦木《にしきぎ》

錦木紅葉　錦木の実
ニシキギ科
落葉低木

5～6月

❖——北海道～九州の山地に自生する。樹高は二～三メートルで、庭木や公園樹としても植栽される。枝の節と節の間にあるコルク質の四枚の翼が目立つ。葉は対生し、狭倒卵形で先が尖り、細かい鋸歯《きょし》がある。初夏に淡黄緑色の四弁花が葉腋《ようえき》に数個つくが、色も大きさも目立たない。秋につく暗赤色の果実は蒴果《さくか》で、熟すと二つに裂けて橙赤色の仮種皮に包まれた種子が現れる。

錦木に田上げの鯉の水しぶき　飯田龍太
錦木の闇にまぎれて了《しま》ひたる　倉田紘文
錦木に寄りそひ立てば我ゆかし　高浜虚子

# 梅擬

うめもどき

落霜紅《うめもどき》
モチノキ科
落葉低木

5〜6月

❖──日本の固有種で本州〜九州の山間の湿地に自生し、実つきがよく育てやすいので庭木にもされる。葉は長楕円形で先は尖り、細かい鋸歯がある。雌雄異株で、初夏に雄花、雌花ともに淡紫色の小さい花が葉腋にまとまって咲く。球形の実は晩秋に赤く熟して葉が落ちた後も枝に残り、晩秋、初冬の青空のもとで輝いて見える。小鳥の好物でもある。園芸種に実の白いシロウメモドキもある。

兄のこと話せば泣くや梅嫌《うめもどき》　高浜虚子

酸素足ればわが掌も赤し梅擬　石田波郷

遠まきに鵯《ひよどり》の来てゐるうめもどき　八木荘一

# 皂角子

さいかち

さいかちの実　皂莢《さいかち》
さいかし
マメ科　落葉高木

5〜6月

❖──本州〜九州に自生し樹高は20メートルにもなる。枝にも鋭い刺があるが、幹にも枝が変形した大型の刺が生えることで知られる。初夏穂状に咲く黄緑色の小さな花は夏の季語。花後にできる豆果はねじれて垂れ下がり、秋に暗紫褐色に熟す。長さ20〜30センチもあり、日本のものとしては最大級。莢《さや》はサポニンを含み水につけると泡立ち、かつては煮汁を衣類の洗濯に使われた。

皂角子のあまたの莢の梵字めく　太田　嵯

風立ちて皂角子の莢鳴りいでぬ　鈴木青園

皂角子を拾ふ左千夫の墓ほとり　岩崎健一

# 通草
あけび

山女《やまひめ》　おめかづら　かみかづら

アケビ科
落葉つる性木本



4〜5月



老僧に通草を貰ふ暇乞　正岡子規

左はミツバアケビ

❖——山の木の実の代表。自生のものは本州〜九州の山地に生える。生け垣にもされる。

❖——蔓《つる》が他のものに巻きついて伸び、長さ三〜四メートル。雌雄異花で、四月頃、新葉とともに淡紫色の小さな花がまとまって下向きに咲く。果実は約六センチの大きな長卵形で紫色を帯びる。肉質の皮は厚く、九月ごろに熟すと腹側で縦に裂けて、中から白くやわらかい果肉が現れる。黒い種子が多く含まれる果肉は半透明の白いゼリー状で、甘味が強く食用になる。果実だけではなく、春の若菜も食用になりお浸しやお茶として用いられる。蔓の太い部分を木通《もくつう》と呼び、漢方として利尿剤などに用いられる。また、蔓が強くて丈夫なので、籠などに編んで細工物としても利用される。仲間に小葉が三枚のミツバアケビがある。

通草食む鳥の口の赤さかな　小山白楢

町の子に山の子が取る通草かな　川口利夫

大空にそむきて通草裂け初めぬ　長谷川かな女

山荘に通草成る頃閉ざす頃　星野椿

**名前の由来**　**熟すと開く実の様子から「開け実」が転訛したとも、近縁のムベの実は開かないがアケビは開くので「アケウベ」で、それが短縮された名ともいわれる。**

# 破れ芭蕉 やればしょう（ばせう）

破《やぶ》れ芭蕉
バショウ科
多年生草本

7～9月

❖──破れ芭蕉はバショウのみずみずしい大きな葉が、葉脈に沿って縁のほうから大きく裂けたり破れたりして、さらに秋も深まってもっと傷みが激しくなった状態で、嵐の後などは無残である。俳人の松尾芭蕉は、江戸の深川に庵をかまえ、庭先のバショウが見事に茂って有名になったことから、号を芭蕉としたといわれている。南西諸島で古くから栽培され、採取される繊維で芭蕉布が織られる。

破芭蕉鬼子のごとき実を曝し　尾池葉子

芭蕉の葉傲然として破れけり　和賀世人

破芭蕉大きな影を浴びせけり　宮津昭彦

# 敗荷 やれはす

敗《や》れ蓮《はちす》　敗《やぶ》れ荷《はす》　敗荷《はいか》
ハス科
多年草

7～8月

❖──夏の間旺盛な生育を見せていたハスも秋になり、気温が低くなると葉の瑞々しい緑色が失われ、秋風や雨風に打たれて破れ、みすぼらしい姿になる。ハスは原産地がインドといわれ、古い時代に中国から渡来して、池沼や水田で栽培されてきた。地下茎は節が多く、白色の細長い円柱形で、長く水底の泥の中を這う。秋の終わりごろに先端が著しく肥厚し、蓮根掘りが始まる。

破蓮《やれはちす》の裏も表もなく破れ　遠藤若狭男

破蓮《やれはちす》にぐらりと月の上りけり　鷲谷七菜子

さればこそ賢者は富まず敗荷　蕪村

# 茘枝

れいし

苦瓜　蔓茘枝
ウリ科
一年草

6〜9月

❖──野菜のゴーヤーのこと。東インド原産で、江戸時代初期に観賞用として渡来した。雌雄同株で黄色の雄花と雌花をつける。沖縄の伝統野菜として知られるが、ビタミンCやミネラルの含有量が高く、いまでは健康野菜として全国的に栽培されている。果実の白いものもある。果皮が緑色、白色いずれも熟すと橙色になる。夏の日差しを遮る「緑のカーテン」としても利用される。

いつしかに割けて風生む蔓茘枝　中村奈美子

屋根の上に茘枝爛れて廃家なり　福永耕二

ご赦免の日まで禁酒ぞ茘枝の実　角川源義

# 穭

ひつじ
（ひつぢ）

穭穂《ひつぢほ》　孫いね
イネ科
多年草（日本では一年草）

7〜9月

❖──穭は稲刈りを終わった後、残された株に再び伸びだすイネのことをいう。いわば「ひこばえ」のことで、「二番はえ」とも。一面に穭の生えた刈田を穭田といい、苅田一面が青々と見える。かなり草丈が伸びて小さい穂がつくものもあるが、やがて霜が降りると枯れてゆく。イネは花期によって早稲《わせ》、中稲《なかて》、晩稲《おくて》に分けられ、日本では一年草として栽培されるが多年草である。

らんらんと落日もゆる穭かな　富安風生

沼風や穭は伸びて穂をゆすり　石田波郷

何をあてに山田の穭穂に出づる　一茶

# 蘆の花

あしのはな

葭《よし》の花

イネ科
多年草

8～10月

蘆の花澱める水に日を沈め　橋本鶏二

❖豊蘆原瑞穂国《とよあしはらのみずほのくに》と称されるように、アシはイネとともに日本の象徴とされる。日本全土の水辺や湿地に生育する大形の水生植物で、古典にも早くから登場し、『万葉集』などにも詠まれたきわめて身近な植物である。黄白色の太い地下茎が泥中を長く這って群落を形成するたくましさがあり、円柱のかたい茎は直立して高さ二～三メートルに達し、大きな広線形の葉が二列に互生して青々と茂る。八～一〇月、茎の先に大きな円錐状の花序を出し、多数の小穂をつける。小穂は二～四個の小花からなり、はじめ紫色で後に紫褐色に変わる。寂しさを誘うような風情で川風になびき、秋が深まるころに穂綿が風に乗って飛び、熟した実が飛散する。丈夫で長い茎は葦簀《よしず》や簾《すだれ》の材料に、また屋根を葺《ふ》くのに利用される。

蘆の花舟あやつれば水匂ふ　山口誓子

町なかのまひるさびしや蘆の花　木下夕爾

浦安の子は裸なり蘆の花　高浜虚子

つまづきて泥あたゝかし蘆の花　山田みづえ

**名前の由来**　**蘆は漢名。浅い水辺に生える草の意の「浅《あさ》」から転じたともいう。またアシは「悪し」に通じるのを嫌って、「善し」に言い換えてヨシとも呼ばれる。**

# 郁子《むべ》

うべ　ときはあけび
アケビ科
常緑つる性木本

4～5月

❖――本州の関東地方以西～九州の林縁部に自生する。庭植えにもされ、生け垣にも利用される。葉は掌状の複葉で小葉が五～七枚からなり、若木のときは三枚なことから、七五三で縁起のよい木とされる。雌雄異花。花弁のようにみえるのは六枚の萼片《がくへん》で花弁はない。果実は長さ五～八センチの卵円形。秋に暗紫色に熟すが、アケビのように裂開しない。果肉は甘く生食できる。

無聊《ぶりょう》なり郁子もうつろの口ひらく　水原秋櫻子
約束の郁子提げて夫見舞ふなり　石田あき子
駄馬に会うふことも旧道郁子垂れて　及川貞

# みせばや

たまのを
ベンケイソウ科
耐寒性多年草

10～11月

❖――日本原産の植物で観賞用に古くから栽培されているが、今では香川県の小豆島の山地や谷あいの岩場にわずかに自生が確認されており、絶滅危惧種に分類されている。群がって出る茎は弓なりに垂れ下がり、長さ15～30センチ。倒卵形～扇形で多肉質の葉が三枚ずつ輪生し、晩秋には淡朱紅色に色づく。秋に茎や枝の先に淡紅色の小さな花が多数球状に集まって咲く。

みせばやの咲かざるまゝの別れかな　今井千鶴子
みせばやに凝る千万の霧雫《しづく》　富安風生
みせばやのむらさき深く葉も花も　山口青邨

# 烏瓜

からすうり

王瓜《からすうり》　玉章《たまづき》

ウリ科
つる性多年草

8～9月

蔓切れてはね上がりたる烏瓜　高浜虚子

❖本州～九州にかけての林縁や藪《やぶ》陰《かげ》に自生する。節から出る巻きひげが周囲の植物などに絡まりながら伸びる。ふつう三～五に浅く裂ける卵状心形の葉が互生し、表面は毛が密生してざらつく。甘い芳香を放つ花は白色の五弁花で、日没後に開き、縁はレース状に裂けて夜明け前には閉じる。カラスウリの花は夏の季語。

❖果実は卵形～楕円形で、長さ五～七センチ。未熟果は緑色で淡緑色の縦縞模様があるが、一〇月ごろに朱赤色に熟す。枯れた葉に対比して鮮やかな朱赤色の果実が藪中に釣り下がる様は晩秋の情緒があって一際目立つ。中に黄色の果肉に包まれた長さ約一センチほどの黒褐色の種子が3～10個ある。近縁種に果実が大きく黄色に熟すキカラスウリがある。

カラスウリの幼果

竹藪に人音しけり烏瓜　惟然

烏瓜去年の記憶のまゝ垂れて　神子月女

つる引けば遥かに遠しからす瓜　抱一

烏瓜枯れなんとして朱を深む　松本澄江

**名前の由来**　実は烏も食べないという説や、熟した実の色が唐から伝来した朱墨に由来するとの説がある。独特な種子の形を結び文に見立てて「タマズサ」の名もある。

❖からすうり❖

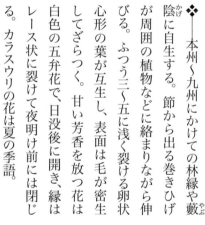

# 木犀
もくせい

金木犀　銀木犀　桂の花

モクセイ科
常緑小高木

10月

おのが香にむせび木犀花こぼす　高崎武義

❖――木犀は「金木犀」、「銀木犀」、「薄黄木犀」の総称。金木犀は基本種の銀木犀の変種とされ、最も多く見かける。樹形はこんもりと整い、三〜六メートルになる。どこからともなく漂う花の香りに秋の深まりを教えられ、特に夜間は近くに木がなくてもそれとわかるほど強く香る。原産地の中国では、その香りは千里先まで届くといわれている。花は鮮やかなオレンジがかった黄色で、深く四裂して開き枝に密生する。花が散って地面が橙色に染まるのも美しい。

❖――雌雄異株で日本には花つきのよい雄株だけが渡来したので結実しないが、香りの薄い淡黄色の花をつける薄黄木犀などは紫黒色の実をつける。中国では「桂」の字を使って金木犀を「丹桂」、銀木犀を「銀桂」、薄黄木犀「桂花」と呼ぶ。

木犀の昼はさめたる香炉かな　嵐雪
木犀の香や純白の犬二匹　高野素十
托鉢や木犀の香のところどころ　中川宗淵
土地人もまよふ袋路金木犀　今村青魚
木犀の香の領域にまた入る　千原草之

**名前の由来**　中国名「木犀」の音読みで、樹皮の模様が動物の犀《さい》の体の表面に似ていることに由来する。花の香りが強く遠くまで届くことから「九里香」とも。

❖もくせい❖

# 冬

立冬から立春の前日まで
（十一月八日頃から二月三日頃まで）

# 侘助

わびすけ

浮雲やわびすけの花咲いてゐし　渡辺水巴

**侘介**

ツバキ科
常緑高木または低木

11〜3月

❖——侘助はツバキの園芸品種群をいう。京都に多く紅色地に白い斑が入る「胡蝶侘助」や、紅花で花径約3センチ、葉が細く小さな「紅侘助」、白花で花径約4センチの「白侘助」、俗に桃色侘助と呼ばれる「数寄屋」、関西では「有楽」と呼ばれる「太郎冠者」など、現在20品種以上が知られている。花弁数四〜五枚の一重の小さな花は、野生のヤブツバキなどとは違って花弁が開かない筒咲きが特徴で、花の少ない冬に咲き、侘びのある花姿から「侘助」の名がある。茶花として古くから使われ、ツバキの中でも特別のものとして扱われている。京都の大徳寺総見院や竜安寺には秀吉ゆかりの「胡蝶侘助」が伝わり、樹齢三〇〇年以上と推定される古木。竜安寺のものは幹回り1.7mあり、日本最大。

侘助のひとつの花の日数かな　阿波野青畝

わびすけやおくりむかへる女客　室生とみ子

侘助として教会の壁に倚る　鈴木六林男

侘助や障子の内の話し声　高浜虚子

**名前の由来**　日本には自生がなく来歴は不詳。朝鮮半島から持ち帰った人物の名、堺の茶人の名、または「侘び、数寄」の茶人が好んだからともいわれ、名の由来は諸説ある。

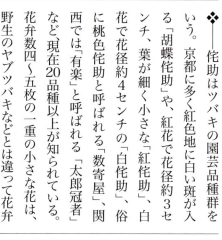

# 寒菊《かんぎく》

冬菊　霜菊　しまかんぎく
はまかんぎく

キク科
多年草

12～1月

❖――シマカンギクは小輪の一重咲き。頭花は花径約2.5センチ。花の周辺の舌状花、中心の頭状花ともに黄色で、筒花が盛り上がる。葉は霜で赤く色づき、寒さに耐え咲き続けるけなげな姿には気高さが感じられる。

寒菊や水屋の水の薄氷　蓼太

花びらを重ねて寒の菊にほふ　飯田龍太

寒菊や母に外出の一と日あり　森　澄雄

冬小菊海照らふ日の海人の家　篠田悌二郎

寒菊や日の照る村の片ほとり　蕪村

❖――栽培菊は開花の時期によって春菊、夏菊、秋菊、寒菊などに分けられ、観賞するのは主に秋菊だが、秋菊が咲き終わる年末になってから咲き、正月の花としても重要な花材になるのが寒菊である。一般的には寒い冬に咲き残るキクのイメージで、ときには雪をかぶった姿を見ることもある。冬に咲く小ギク類をまとめて寒菊、あるいは冬菊と呼ぶが、季語でいう寒菊は、秋咲きの品種とは異なり、近畿地方以西の山地に自生するシマカンギク（アブラギク）から改良された園芸品種をさす。

**名前の由来**　晩秋から冬に咲く品種で、野菊の中のシマカンギクやそれから改良された園芸品種は、ほかのキクの仲間と比べて開花期が遅くなってから咲くから。

# 千両

せんりょう
（せんりやう）

名は千両といふ明るくて寂しくて　有働亨

**草珊瑚　実千両**



センリョウ科
常緑小低木

6〜7月

❖――千両と書くようになったのは江戸時代初期で、それまでは仙蓼だったといわれる。秋から冬にかけて茎の先につぶらな赤い実つけ、緑の葉との対比が美しい。名前の縁起のよさから正月に飾る花材にされる。果実が黄熟する「黄実千両」もある。高さ80センチ前後で、毎年春に新しい茎を出して広がり、関東地方以西では庭植えでも栽培でき、よく実をつける。対生する先が尖った長卵形の葉は、縁に鋭い鋸歯《きょし》がある。六〜七月に枝の先に黄緑色の小さな花が集まってつく。花は花弁も萼《がく》もないシンプルなもので、粒のように見える。冬になるとつややかな赤い実が目立ち、なよなよとしたやさしげな緑色の茎と、赤い実の輝きから草珊瑚の名もある。

キミノセンリョウ

千両や大墨にぎる指の節　長谷川かな女

千両の実をこぼしたる青畳　今井つる女

いくたび病みいくたび癒えき実千両　石田波郷

夜半亭蕪村の墓や草さんご　星野麥丘人

**名前の由来**　百両と呼ばれるサクラソウ科のカラタチバナよりも美しいので「千両の値打ちがある」という例えから。金額の大小は植物体や実の大きさからという。

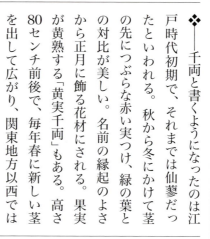

# 万両

まんりょう（まんりやう）

サクラソウ科
常緑小低木

12～1月

枝の先の葉のわきに白い花が、五から一〇個集まってうつむき加減に咲き、筒形の花は深く五裂して花びらが反り返る。丸い実は晩秋に赤く熟し長期間枝に残る。実が黄色のものを黄実万両、白色なら白実万両と呼ぶ。

万両のひそかに赤し大原陵　山口青邨

萬両の実にくれなゐのはいりけり　千葉皓史

百両がほどをこぼして実万両　伊藤トキノ

万両にか丶る落葉の払はる丶　高浜年尾

座について庭の万両憑きにけり　阿波野青畝

❖——関東地方以西の常緑樹林内に生えているほか、朝鮮半島、台湾、中国、マレーシア、インドなどに自生している。千両と並んで縁起のよい名をもつことから、お正月の飾りに欠かせないが、実が葉の下につくので、センリョウのように切り花に使われることはあまりない。主に庭や鉢に植えられる。茎の高さは30～100センチで、直立し、濃緑色の楕円形の葉が互生する。

❖——葉の縁が波状になるのが特徴で、江戸時代にはすでに斑入り葉などの園芸品種がつくられている。小

**名前の由来**　「千両万両」と並び称され、赤い実が美しくセンリョウより優るという意味で「万両」という。「万両」は江戸時代後半から呼ばれるようになったもの。

# 枯菊
かれぎく

菊枯る
キク科
多年草

11～1月

❖——秋を彩った菊も陰暦九月九日の重陽の節句を過ぎれば、残菊、晩菊（いずれも秋の季語）と呼ばれ、やがて霜などにあえば急に枯れてしまう。茎や葉は褐色になって形を失うが、花はわずかに色をとどめて散ることがない。その姿が哀れを誘う。このころになると庭や畑で栽培された菊も根元から刈り取って、焚いて始末する。これが「枯菊焚く」で、この季節に見られる情景でもある。

枯菊を焚きて焔に花の色　深見けん二

夫と見し枯菊を抱きすくめては　長谷川久々子

枯菊と言捨てんには情あり　松本たかし

# 枯芭蕉
かればしょう
（かればせう）

芭蕉枯る
バショウ科
多年草

7～9月

❖——中国南部原産といわれ平安時代に渡来し、『古今和歌集』に初出。最も耐寒性のあるバナナの一種。関東地方以南では冬は地上部が枯れるが、戸外で越冬する。長さ一～二mもある長楕円形の葉は、日本で見られる最も大きな葉。その大きな葉が秋には破れ、冬気温が下がるとともに枯れて垂れ下がり、太い茎にまとわりつく。春を待つこの姿が大きいだけに無残で哀れを覚える。

枯芭蕉風を味方と思ふべし　片山由美子

昔より聖者は痩せて枯芭蕉　鷹羽狩行

枯芭蕉誰にかも似し我も似し　菅 裸馬

# 枯蓮
かれはす

枯はちす　蓮枯る
蓮の骨
ハス科　多年草
7～9月

❖――水の中からぬき出て茎を立て、直径60センチもある葉面を空中に大きく広げた夏のたくましいハスの葉も次第に色あせてくる。晩秋には破れたりして無残な姿の「敗荷」になる。冬になるとあの強靭な葉柄も腐って折れ曲がり、葉は縮んで下を向き、朽ちた葉が水中に没しているのも見る。これが「枯蓮」で、折れた葉柄は水面に突き刺さったようにも見え、荒涼たる光景である。

枯蓮のうごく時きてみなうごく　西東三鬼
魂の抜けし姿に蓮枯るる　今井つる女
枯蓮の銅《あかがね》の如《ごと》立てりけり　高浜虚子

# 葱
ねぎ

葱畑
ヒガンバナ科
多年草
4～5月

❖――中央アジア原産といわれている。紀元前には中国で栽培され、日本へは古い時代に中国から伝わり平安時代には栽培されていたようだ。古名を根を食べる意味の「キ」といい、一字で書かれることから「一文字」の風流な名もある。一年中出回るが、ピークは一〇～一一月。冬の鍋物には欠かせない。白根（葉鞘《ようしょう》）が長い根深ネギと、白根が短く主に緑色の葉身を食べる葉ネギがある。

葱買うて枯木の中を帰りけり　蕪村
ことごとく折れて真昼の葱畑　鷹羽狩行
葱切って溌剌たる香悪の中　加藤楸邨

❖かれはす／ねぎ❖

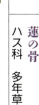

# 白菜

はくさい

アブラナ科
一年草

3～5月

❖——中国でカブとツケナの交雑によって誕生したと推察され、中国で発達した葉菜である。現在ハクサイと呼んでいるのは結球白菜のことで、日本に渡来したのは慶応二年（一八六六年）といわれている。漬物や鍋物に欠かせない野菜だが、日本での歴史は浅く全国的に栽培されるようになったのは昭和になってから。不結球や半結球のタイプもある。花はアブラナ科特有の十字花形で黄色。

洗ひ上げ白菜も妻もかがやけり　能村登四郎
４Bで描く白菜の断面図　浦川聡子
白菜を漬けて曠野に生きんとす　加藤楸邨

# 大根

だいこん

**大根畑**
アブラナ科
一、二年草

4～5月

❖——原産地は不明だが、古代エジプトや古代ギリシャではすでに栽培されていた。日本へは中国を経て渡来し、『日本書紀』（七二〇年）に「於朋泥《おほね》」の名で登場し、『延喜式』（九二七年）には栽培法の記載もある。「大根」の名が用いられたのは室町時代から。現在「青首大根」が市場の大半を占めているが、各地には独特の種類が多数ある。一年中出回るがピークは一二月。冬の食生活に欠かせない。

流れ行く大根の葉の早さかな　高浜虚子
一つ星ゆれさだまりし大根畑　石田勝彦
死にたれば人来て大根煮きはじむ　下村槐太

# 蕪

かぶ

アブラナ科
一・二年草

4〜5月

❖——春の七草の一つ。原産地はアフガニスタンや地中海沿岸地域といわれ、ヨーロッパでは紀元前から栽培されている。日本では『日本書紀』に記載がある古い野菜の一つで、中国から西日本へ渡来したアジア型と、シベリアから東日本へ渡来したヨーロッパ型がある。関ヶ原付近には両系統の境界線があり、東にヨーロッパ型、西にアジア型と分かれ、これをカブラインという。

赤蕪を切なきまでに洗ひをり　友岡子郷

風の日の水さびさびと赤蕪　長谷川久々子

赤蕪の百貫の艶近江より　大石悦子

# 枯薄

かれすすき

イネ科
多年草

8〜10月

❖——日本全土の平地や山地の日当たりのよいところに、大きな株をつくって群生する。秋の七草の一つとして、万葉のころから親しまれ、秋の十五夜のお月見にも欠かせない。木枯らしが吹くころになると、黄褐色や紫褐色の花穂《かすい》がほおけて銀白色になり、枯薄になる。「枯尾花」でも詠まれ、立ち枯れた株が寒風にさらされる姿はいかにも侘しげだが、冬の光に当たって美しい表情も見せる。

美しく芒の枯るる仔細かな　富安風生

枯尾花夕日とらへて華やげる　稲畑汀子

川幅を追ひつめてゆく枯芒　鷲谷七菜子

❖かぶ／かれすすき❖

# 枯萩
かれはぎ

萩枯る
マメ科
落葉低木

7～9月

❖――萩は日本の秋を代表する植物の一つ。黄色に美しく色づいた葉も木枯らしが吹くころには枯れた葉が風に舞って散る。冬、庭の萩も山野に自生している萩も、葉を落ち尽くした「枯萩」となる。葉を落とした細い枝は絡み合い、ところどころに豆果の殻が残り、木全体が枯れているように見える。しかし、よく見ると株元の枝の腋には小さな冬芽がついて、これが春に再び芽吹く。

枯萩を刈らむとしつゝ経し日かな　安住　敦

枯萩は伐りて音なし君いかに　加藤楸邨

枯萩の白き骨もて火を創る　中村苑子

# 枯蘆
かれあし

蘆枯る
イネ科
多年草

8～10月

❖――北海道から九州の沼や川岸などの水湿地に生育し、大きな群落をつくるたくましい植物である。豊蘆原瑞穂国《とよあしはらのみずほのくに》と称されるように、蘆は稲とともに日本の象徴とされる。春「蘆の角」で始まった蘆の四季も、葉も穂も枯れた冬の「枯蘆」で終わる。穂絮《ほわた》が舞い飛び、枯れた葉は下のほうから落ち、穂のぬけがらをつけた枯れた茎だけが水面に映り、寒々とした冬らしい光景になる。

枯蘆に透き徹る髄ありにけり　長谷川　櫂

遠く吹く風にもそよぎ蘆枯るる　塚原麦生

蘆枯れて水流は真中急ぎをり　森　澄雄

❖かれはぎ／かれあし❖

# 藪柑子

やぶこうじ（やぶかうじ）

紫金牛《やぶこうじ》　やまたちばな　藪たちばな

サクラソウ科
低木

7～8月

樹のうろの藪柑子にも実の一つ　飯田蛇笏

❖北海道（奥利尻島）から九州の山地の雑木林やスギ林などに生えているほか、日陰や寒さにも強いので庭木の下などに植えられる。『万葉集』には山橘《やまたちばな》の名で詠まれ、古くから日本人に愛されてきた植物。長い地下茎を伸ばし、茎は直立して高さ10～30センチになる。

❖小形で草のように見えるが常緑の低木で、寒い冬でも緑の葉と真っ赤な実が落ちずに残るところから、縁起物とされ、万両や千両に対して「十両」と呼ばれている。斑入り葉などの園芸品種もあり、江戸時代から栽培され、品種は二〇〇を超えるといわれている。夏、数枚の葉が輪生する茎の先に白い花が二～五個、葉に隠れるようにして下向きに咲く。花は直径五～八ミリで先端が五裂して開く。葉は鋸歯《きょし》のある長楕円形で、光沢がある。

寸前を夕影走る藪柑子　菅裸馬

ありさうなところにいつも藪柑子　古舘曹人

てのひらに厚き湯香や藪柑子　小倉浩幸

八十の母の笑ひや藪柑子　山田みづえ

**名前の由来**　「藪柑子」は、藪の中にある柑子という意味。柑子は古くから栽培されていたコウジミカンのことで、生育場所と果実の形から名づけられたもの。

# 竜の玉

りゅうのたま
（りゅうのたま）

龍の玉うしろに夕日まばたきて　岸田稚魚

**蛇の髯《ひげ》の実　竜の髯の実**



キジカクシ科
多年草

7～8月

❖――日本、朝鮮半島、中国に分布し、山野の林の中でみられるほか、長いランナーを出して茂り、細長い葉が地面を這うように広がるので、グラウンドカバープランツとして、家庭や公園などで利用されている。また、紡錘形にふくらんだ根の一部分を採集して日に干し、乾燥させた「麦門冬《ばくもんどう》」を薬用に使う。

❖――冬に鮮やかなコバルトブルーに染まった実をつける。青い皮をむいて、中の白い種子をピンポン玉のように弾ませて子どもが遊ぶので、はずみ玉の名もある。夏に、葉の間から葉より短い花茎を出し、その先に白色、または淡紫色の花を数個下向きに咲かせる。花被片六枚は同じ形で長さ約四ミリ。「蛇の髯の花」は夏の季語で、花が終わると緑の玉が現れ、冬にコバルトブルーに変わり、冬中美しい。

老の手をのべて探りて龍の玉　富安風生

日を知らず実のりて碧し龍の玉　高橋淡路女

この中の誰雨をんな龍の玉　宇佐美魚目

龍の玉深く蔵すといふことを　高浜虚子

**名前の由来**　ジャノヒゲ（別名リュウノヒゲ）の実をさす。ジャノヒゲ（リュウノヒゲ）は、細長い葉を大蛇や竜の髯に見立てたといわれているが、蛇には髯がない。

# 山茶花

さざんか

ひめつばき

ツバキ科
常緑中高木

10〜12月

山茶花や落花かゝりて花盛り　鈴木花蓑

❖――本州（山口県）、四国、九州、沖縄に分布し、山地の林内や林縁に生える日本特産の花木で、佐賀県の千石山には天然記念物の純林がある。冬の訪れを予感させるころ、ちらほらとほころびはじめ、冬枯れの景色を明るく彩る。ツバキと良く似ているが、ツバキよりやや寒さに弱く、枝が細く葉も小さい。花は平らに開き、雄しべが筒状に合着しないので、花弁が一枚ずつばらばらになって散るのが特徴で、花が丸ごと落ちるツバキとは趣が異なる。一重の白い花をつける野生種をもとに、江戸時代初期から多数の園芸品種がつくられ、一八六九年には欧米にも渡っている。野生のものは白い五弁花だが、園芸品種は三〇〇以上といわれ、紅色や桃色、八重咲きなど多種多様で、庭木や生け垣、盆栽などにされる。

山茶花や雀顔出す花の中　青蘿

花まれに白山茶花の月夜かな　原石鼎

山茶花の長き盛りのはじまりぬ　富安風生

山茶花やいまの日暮の旅に似て　藤田湘子

**名前の由来**　中国でツバキをさす「山茶《さんさ》花《か》」が転化して「茶三花」になり、サザンカの名になったといわれている。

# 八手の花

やつでのはな

花八手
天狗の羽団扇

ウコギ科
常緑低木

11～12月

八ツ手咲け若き妻ある愉しさに　中村草田男

❖――本州（茨城県以南の太平洋側）から沖縄の海岸、丘陵の林内に自生するほか、午前中二時間程度しか日が当たらない日陰でも生育するので、庭の木蔭や北側の植え込みに植栽される。長い葉柄をもち、手のひら状に分かれた大きな葉をつけるので「天狗《てんぐ》の羽団扇《はうちわ》」とも呼ばれる。

❖――若木では一般的に裂片が少なく、成長につれて多くなるが奇数に切れ込む。木枯らしの吹きはじめる季節に、乳白色の小さな五弁花が球状に集まって咲き、花の少ない庭でひときわ目立つ。花には香りがあり冬でも小さな虫が集まり、受粉の役目を果たす。花が終わると丸い実をつけ、翌年の春から初夏に黒く熟す。日本原産で、一九世紀半ばにシーボルトによってヨーロッパに渡り、欧米では観葉植物として人気がある。

どの路地のどこ曲つても花八ッ手　菖蒲あや

花八ツ手仕舞屋町に残りけり　永井東門居

淡々と日暮れが来たり花八つ手　草間時彦

用事とは日暮に多し花八ツ手　手塚美佐

**名前の由来**　枝先に集まってつく葉は七から九片に分かれるので、末広がりで縁起のいい八をとって八手の名が生まれたというが、実際に八裂するものは少ない。

# 茶の花

ちゃのはな

茶の花やあかりがつけば日のしまひ　上田五千石

❖—中国西南部、ベトナムからインド周辺の原産。緑茶用の葉が小さい低木性のシネンシスと、紅茶用の葉が大形で高木性のアッサムという二つの系統がある。中国では五世紀ごろよりお茶を飲む習慣があり、それが世界へ伝わった。日本へは奈良時代に伝えられ、その後、臨済宗の栄西が茶の製法とともに各地に広め、特有の茶の文化が生まれた。

❖—夏の風物詩八十八夜の茶摘みの風景はよく知られているが、花の知名度は低い。濃緑色の葉陰に一～三個咲くので目立たないが、白い五枚の花弁が多数の雄しべを包むように下向きにふっくらと開く。初冬の穏やかな日を浴びて黄金色の雄しべが輝き、小さいながら美しい花である。観賞用に淡紅色の花をつけるベニバナチャがある。

ツバキ科
常緑低木

10～11月

茶の花に人里ちかき山路かな　芭蕉
茶の花や須磨の上野は松ばかり　素堂
茶の花や働くこゑのちらばりて　大野林火
茶の花や畚《もつこ》の乳子に月あかり　芝不器男

**名前の由来**　漢名の「茶」を音読みしたもので、「目覚草《めざましぐさ》」の別名もある。なお、日本で最も多い栽培品種は「やぶきた」で、葉質がよく玉露や上質茶にもされる。

# 柊の花

ひいらぎのはな
（ひひらぎのはな）



花柊

モクセイ科
常緑小高木

11～12月

父とありし日の短かさよ花柊　野澤節子

❖―関東地方以西の本州から沖縄、台湾に分布し、山地に自生するほか、庭園や生け垣に植栽される。老木になると葉の縁は滑らかになるが、若木のうちは、対生するかたい葉の縁が刺のように尖っているのが特徴。かつては葉の刺が邪鬼を追い払うと信じられ、節分の日にイワシの頭を枝に刺して、魔除けにする風習は今でも日本の各地にある。

❖―秋も終わりを迎えるころに、枝先の葉の間に白い小さな花が束になって固まって咲く。刺々した葉の印象とは異なる優しい花で、上品な甘い香りに思わず足を止めることもある。それもそのはずキンモクセイの仲間なのである。雌雄異株で、雌木は翌年の六～七月に紫黒色に熟す果実をつける。ちなみに一一月ごろ、赤い実をつけるセイヨウヒイラギは別な植物。

柊咲くあとはこぼるるより他なく　加倉井秋を

花柊朝に残れる雨少し　松崎鉄之介

柊の花のともしき深みどり　松本たかし

柊の花の匂ひを月日過ぐ　野澤節子

柊の香や糸口をさがす間も　津田石南

**名前の由来**　葉の縁が刺のように鋭く尖って、触れるとヒリヒリと痛み疼《ひいら》ぐことから、疼木《ひいらぎ》。それが省略されて「柊」という。老木になると葉の縁が滑らかになる。

# 石蕗の花

つわのはな（つはのはな）

石蕗《つわぶき》　いしぶき

キク科
多年草

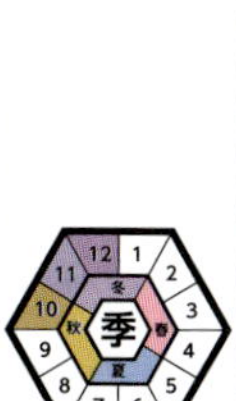


10〜12月

蝶の黄を淡しと思ふ石蕗の花　五十嵐播水

❖―太平洋側では福島県以西、日本海側では石川県以西の本州から沖縄の海岸の岩地や崖などに生えているほか、台湾、朝鮮半島、中国にも分布する。日なたでも日陰でもよく育ち、常緑の葉が美しく、花の少ない時期に咲くので古くから観賞用に庭植えにして栽培もされ、多くの園芸品種がある。

❖―形態はフキに似ているが、海浜植物の例にもれず葉は厚く、光沢があり、長い葉柄にはフキのような穴がない。葉が開く前の産毛に包まれた葉柄は、フキのように下処理をして、キャラブキなどにして食べる。晩

秋から冬にかけて、葉よりも高く50〜60センチに伸びた花茎の先に小ギクのような鮮黄色の花を開く。単にツワとも呼び、森鷗外の故郷島根県の津和野は、たくさん自生していたことから名づけられた地名。

石蕗咲いていよいよ海の紺たしか　鈴木真砂女

淋しさの眼の行く方やつはの花　蓼太

石蕗咲くや僧侶の妻も手内職　瀧春一

つはのはなつまらなさうなうすきいろ　上川井梨葉

**名前の由来**　フキに似た光沢のある葉をつけるので、艶蕗《つやぶき》がなまったもの、または葉につやのあるフキの意味「艶葉蕗」が転じてツワブキになったといわれている。

# 枇杷の花

びわのはな
（びはのはな）

花枇杷

バラ科
常緑高木

11〜1月

夕べまだ海に色あり枇杷の花　村田脩

❖──中国では最も古くから栽培された果樹の一つで、日本へは中国から渡来したといわれているが、大分県本匠村、福井県大飯町などの各地で野生種が確認されている。また、奈良時代にビワの記述もあり、古くから日本にあったことは間違いないが、本格的に栽培されるようになったのは一九世紀中ごろからである。寒さが訪れるころ、淡褐色の微毛に覆われたつぼみが割れて、黄色味を帯びた白い花を開く。花は五弁花で直径一センチ前後、盛りを過ぎると黄色くなる。枝の先に円錐状に

一〇〇個前後の花がついて、甘い芳香を放ちながら次々咲き、翌年初夏にオレンジがかった黄色い果実が実り、生食される。果実の「枇杷」は夏の季語。花が寒さに弱いので、生産地は暖地に限られている。

枇杷の花咲くや揚屋《あげや》の蔵の前　太祇

故郷に墓のみ待てり枇杷の花　福田蓼汀

花枇杷に色勝つ鳥の遊びけり　前田普羅

蜂のみの知る香放てり枇杷の花　右城暮石

**名前の由来**　中国名の枇杷を音読みしたもの。葉や実の形が楽器の琵琶《びわ》に似ていることに由来するという説も。古くは現在のものより実が小さく、「比波《ひは》」と呼ばれた。

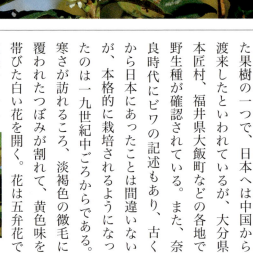

# ポインセチア

猩々木《しゃうじゃうぼく》

トウダイグサ科
低木

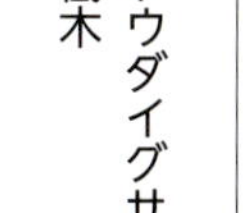


12～2月

小書窠《しょうしょか》もポインセチアを得て聖夜　富安風生

❖――メキシコ原産。原産地ではアステカ文明の時代から、赤い苞葉《ほうよう》から染料をとるなど利用されていたそうだ。日本には明治中期に渡来し、クリスマスシーズンになると鉢物や切り花として出回る。ポインセチアの赤く色づく部分は花ではなく苞葉。本当の花は茎の先の黄色い小さな粒々で目立たない。ひと昔前は赤一色だったが品種改良が進み、苞が八重になるもの、ピンクやクリーム色のマーブル模様になるもの、覆輪などもある。

❖――ポインセチアは昼間の長さが短くなると花芽ができる短日植物なので、日に当てる時間を短くしてクリスマスの時期に発色するようにつくられている。寒さに弱いので最低温度10℃以上で管理するが、沖縄などでは庭に植えられ、数メートルにも育っているものもある。

ポインセチア病窓といふ額縁に　清水衣子

時計鳴り猩々木の緋が静か　阿部筲人

猩々木咲かす仏具の堆錦師《ついきんし》　小熊一人

ポインセチア第九合唱高まれり　清水凡亭

**名前の由来**　名はアメリカへ導入した初代駐メキシコ大使のJ・ポインセットに由来したもの。現在はユーフォルビア属だが、古い属名のポインセチアの名で呼ばれている。

# 寒梅
かんばい

冬の梅　寒紅梅　冬至梅



寒梅の白さは叱咤飛ぶごとし　朝倉和江

❖——ウメの園芸品種は野梅系、紅梅系、豊後系、杏子系に分けられ、それぞれの品種に早咲き、遅咲き、花色、花形の違い、枝の断面の色など、さまざまな特徴がある。「梅」は春の季語だが、冬の間、太陽のやわらかな光を浴びてほころびはじめた蕾《つぼみ》がやがて咲きだす。冬のうちから咲くものが寒梅。寒の入りは一月五日ごろ。それから立春までを「寒」というが、そのころに艶やかさや温かさが感じられる紅色の「寒紅梅」を多く見かける。

❖——貝原益軒《かいばらえきけん》の『大和本草』（一七〇八年）に「蠟月（陰暦一二月の異称）二開クヲ正時トス。故、寒紅梅ト名付ク」とある。寒紅梅には「一重寒紅」と「八重寒紅」があり、どちらも一二～一月に開花する。また白梅の「満月」や「玉牡丹」も寒中から咲く。

バラ科
落葉小高木～高木

12～1月

人肌の日差とおもひ寒の梅　山上樹実雄

寒紅梅にごりて息の出でくるも　野澤節子

寒梅の固き蕾の賑しき　高浜年尾

寒梅やつぼみふれあふ仄明り　石橋秀野

**名前の由来**　寒中に咲くウメで、早咲き種のウメを総称して「寒梅」という。ウメは「梅」の呉音「メイ」→「ムメ」、「ンメ」→「ウメ」になったと考えられている。

# 蠟梅 ろうばい（らふばい）

唐梅《からうめ》　南京梅　臘梅《ろうばい》

ロウバイ科
落葉低木

12月中旬～2月

臘梅や枝まばらなる時雨ぞら　芥川龍之介

左はソシンロウバイ

❖——中国中部原産。中国ではウメ、スイセン、ツバキとともに「雪中の四花」として尊ばれている。日本へは江戸時代の初めに朝鮮半島を経て渡来したとされ、当時は唐梅《からうめ》と呼ばれていた。梅の字が当てられているが、ウメの種類ではない。多くの枝を出してよく茂り、春もまだ遠い冬のさなか、枯れたような小枝いっぱいに黄色い花を咲かせ、清々しい香りをあたり一面に漂わせる。

❖——花は直径約二センチで、やや下向きに咲く。ロウバイの花は中心部が紫褐色だが、一般に庭などに植栽されるのはすべての花弁が黄色の素心《そしん》ロウバイやその園芸品種。ロウバイより香りが強く大きな花を咲かせる。花が終わると長卵形の実をつける。実は葉が落ちた後も枝に残ってぶら下がっている。

臘梅やいつか色ます昼の月　有馬朗人

臘梅を無口の花と想ひけり　山田みづえ

臘梅に日の美しき初箒　遠藤梧逸

臘梅のかをりやひとの家につかれ　橋本多佳子

**名前の由来**　蠟月（陰暦一二月の異称）にウメに似た花を咲かせるから、あるいは花弁が蜜蠟のような色と質感があるためという二つの説がある。中国名は「蠟梅」。

# 寒木瓜
かんぼけ

バラ科
落葉低木

11～3月

寒木瓜の咲きつぐ花もなかりけり　安住 敦

❖——ボケは通常三～四月に花が咲き、「木瓜の花」は春の季語だが、寒の最中に咲く品種がある。冬の寒さにもめげず、まだ芽を吹く前の枯れ枝いっぱいに鮮やかな花を咲かせる可憐な姿に、春を待つ心を重ねて観賞する。江戸時代に真冬に咲く「寒木瓜」や、開花期が晩秋から翌年の春に及ぶ「淀木瓜《よどぼけ》」などがつくられ、今日に伝わっている。

❖——『大和本草』（一七〇八年）に「寒木瓜、花小にして紅なり」とあるが、大輪の一重や大輪八重咲き、白花などもある。また、盆栽の世界では花が緋色の「緋木瓜《ひぼけ》」の系統を寒木瓜と呼ぶ。鉢に植えて少し暖かい場所に置くと一～二月に花が咲くことから、早咲きや四季咲きの品種に緋木瓜を加え、これらを総称して寒木瓜と呼ぶ。

寒木瓜や先きの蕾に花移る　及川 貞
寒木瓜や外は月夜ときくばかり　増田龍雨
寒木瓜のほとりにつもる月日かな　加藤楸邨
寒木瓜の火いろ嬰児の声となる　田中鬼骨

**名前の由来**　**寒中に咲くボケのことで、一一月から開花するのでこの名がある。ボケは果実を瓜《うり》に見立てた中国名の「木瓜《もっか》」の音が変化したものといわれている。**

# 水仙

すいせん

ヒガンバナ科
多年草

11～4月

水仙の葉先までわが意志通す　朝倉和江

❖――原産地はヨーロッパ、地中海沿岸地域など。古い時代にシルクロードを経て中国に入り、中国から日本に渡来したと考えられているが、静岡県の爪木崎や淡路島の灘海岸など、関東地方以西の暖地の海岸に野生化していることから、海流に乗って中国から漂着したとの説もある。日本に野生化したものを「日本水仙」と呼ぶ。「水仙」という言葉はもともと日本水仙をさしたものだが、今日ではスイセン属の総称になっている。寒中に咲く日本水仙は清らかで気品があり、昔から正月用の切り花に欠かせない。帯状の葉の中から40センチほど花茎を伸ばし、香りのよい数個の花が横向きに開く。花びらはクリーム色を帯びた白で、花の中心にある副花冠は黄色のカップ形。「雪中花」ともいう。

水仙や古鏡の如く花をかゝぐ　松本たかし

水仙や来る日来る日も海荒れて　鈴木真砂女

越前の水仙を剪る鎌の音　中丸義一

水仙や寒き都のこゝかしこ　蕪村

水仙を霙《みぞれ》のひまに切りにけり　高浜虚子

**名前の由来**　**漢名「水仙」の音読み。室町時代の漢和辞典『下学集《かがくしゅう》』（一四四四年）にはじめて「水仙」の文字が見られ、また足利将軍に献上された記録も残っているという。**

# 葉牡丹

はぼたん

葉牡丹にたしかなる日の歩みあり　国本いさを

アブラナ科
二年草、多年草

4月

❖――キャベツの仲間で、ヨーロッパ原産。正月飾りや冬の花壇に欠かせない植物で、寒くなるとともに色づく葉を冬から春に観賞する。ルーツはヨーロッパで野菜として食べられていた結球しないケール。ケールは江戸時代にオランダからもたらされ、オランダ菜と呼ばれ、日本では食用よりも観賞用に改良されてさまざまな品種が誕生したが、野菜が観賞植物になるのは世界でも珍しいという。

❖――葉が丸い系統の東京丸葉と大阪丸葉、丸い葉がパセリのようになる縮緬系、葉に深い切れ込みのある切れ葉系の四系統のほか、最近はメキャベツと交配した系統や葉に光沢のあるものなども出回り、小さく育てられた小型のものが人気。春になると中心がもりあがり、サクラが咲くころには黄色い十字花を開く。

葉牡丹の渦きつちりと核家族　木内怜子

葉牡丹にうすき日さして来ては消え　久保田万太郎

葉牡丹やわが想ふ顔みな笑まふ　石田波郷

葉牡丹の渦一鉢にあふれたる　西島麦南

**名前の由来**　名は、色づいた葉の重なりが牡丹の花のようだという意味。別名は牡丹菜。名の初出は山岡恭安《やまおかきょうあん》の『本草正正譌《ほんぞうせいせいか》』(一七一八年)で「ボタンナー名ハボタン」と出る。

# 新年

正月

# 楪

ゆずりは（ゆづりは）

楪のほこりもとめぬ青さかな　藤田旭山

**譲り葉　弓弦葉《ゆずるは》　親子草　こがね草**

ユズリハ科
常緑高木

❖本州（東北地方南部以南）～沖縄の山地に自生する。公園樹や庭木としても植えられる。斑入りの品種もある。樹高は4～20メートル。葉は枝の先に輪生状に集まって互生する。長さ15～20センチの大型の葉は、狭長楕円形で厚く革質。表面は濃緑色で光沢があり、裏側は白っぽい緑色。鋸歯《きょし》はなくなめらか。紅色を帯びる長い柄はよく目立って冬に映える。開花と同時に新葉が出るが、初夏から秋にかけて、その葉が成長するとやがて古い葉が落葉する。その様子を、首尾よく子に代を譲り、

一家繁栄することにかけて古くから縁起のよい木とされてきた。雌雄異株で、初夏に葉腋《ようえき》から出る総状花序に多数の小花が集まって咲く。花には花被はない。花後につく果実は長球形の核果で、黒紫色に熟す。

5～6月

楪に日和の山を重ねけり　大峯あきら

楪やひそかに継ぎし詩の系譜　能村登四郎

楪の何に別るる月日かな　山田みづえ

ゆづり葉や口に含みて筆始　其角

**名前の由来**　若葉が伸びて成長すると、古い葉が代を譲るようにはらはらと散る姿からついた。めでたい木として、古くから葉を鏡餅やしめ縄などの正月飾りに用いる。

# 橙《だいだい》

代々

ミカン科
常緑小高木

季 5～6月

橙や火入れを待てる窯の前　水原秋櫻子

❖——インドのヒマラヤ地方原産で、日本には古い時代に中国から渡来した。ヨーロッパではサワーオレンジという。耐寒性があり暖地で栽培される。樹高三メートル。枝葉は密に茂り、枝には棘がある。葉は厚く互生し、卵状長楕円形。

❖——初夏に葉腋に白色の香りのある五弁花をつける。果実はほぼ球形で約二〇〇グラム。果皮に特有な芳香がある。果肉は多汁だが酸味が強く、生食には向かない。果汁はポン酢に、果皮はマーマレードの原料に用いられる。晩生で初冬に橙色に色づくが、成熟しても落果しにくく、収穫せずにそのままにしておくと翌年の春に再び青に戻る性質があり、冬にまた橙色に色づく。栽培品種に「回青橙《かいせいとう》」があり、約一五〇グラムとより小型なので正月飾りに珍重される。

橙や訪ひたる家に浪の音　大串章

橙は実を垂れ時計カチカチと　中村草田男

葉籠りに橙垂れて夥《おびただ》し　篠原温亭

橙をうけとめてをる虚空かな　上野泰

橙やうすれうすれし隼人の血　福永耕二

**名前の由来**　一つの樹に新旧の実がなることに由来して「代々」とされる。子孫繁栄に通ずることから縁起がよい木とされ、正月の鏡餅やしめ縄の飾り物にされる。

# 歯朶 しだ

裏白《うらじろ》　鳳尾草《ほうびさう》　穂長《ほなが》

シダ植物門
多年性草

歯朶の上に置けば傾《かし》ぐよ小盃　高田蝶衣

❖──古くは「歯朶」といえばウラジロをさし、ウラジロの葉が長く伸びて先端が垂れる様子から、枝垂れるという意味のシダの名がついたという。俳句に読まれる際、単に「歯朶」「羊歯」という場合はウラジロをさす。ウラジロは日本では新潟県、福島県以西のやや乾いた林中や日当たりのよい斜面などに生え、太い地下茎が長く這って群落を形成する。

❖──シダの中では珍しく葉の裏が白いので「裏白《うらじろ》」という。枯れたように見える部分から新しい芽が出て、前年の古い葉の上にまで葉柄を伸ばし、初夏に新しい葉を開く。葉が二枚対になってY字形に開く。葉を一対ずつ切り取り、白い裏側を見せて正月の飾りに使われる。暖地では大きくなると五〜六対もの複葉が並んで、長さ二〜三メートルになる。

6〜7月

裏白や天竜の瀬は風の底　木村蕪城
裏白に突風の吹くあしたかな　中原道夫
裏白に映えて神世の灯かな　野村泊月
裏白に夕日しばらくありにけり　草間時彦
裏白を剪り山中に音を足す　飴山實

**名前の由来**　歯朶の歯は「齢《よわい》」、朶は「枝」の意で、年齢が枝のように長く伸びると解され、また葉裏の白いのを夫婦とも白髪の長寿に例え、めでたいものとした。

❖しだ❖

# 福寿草

ふくじゅそう（ふくじゅさう）

元日草

キンポウゲ科
多年草

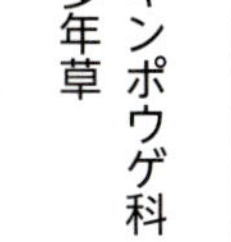


2〜4月

福寿草家族のごとくかたまれり　福田蓼汀

❖—北海道では平地に、本州以西では山地に自生する。野生では雑木林の樹下などに、雪を割って新春を待ちわびていたようにふくよかな花を開く。花は径三〜四センチ。椀状に湾曲する花弁は太陽光を受けやすく、日が当たっているときだけ上を向いて力強く開き、夜間や曇りの日には閉じている。葉は三回羽状複葉で細かく切れ込む。花色は光沢がある黄色が一般的だが、江戸時代初期から珍重されて数多くの品種が作出された。紅色や白色、また八重咲きの三段咲きなどの品種もある。

❖—現在でも正月を飾るめでたい花として寄せ植えや鉢物にされて観賞されるが、これは秋に掘り上げて促成栽培したもの。花が終わると葉が茂って草丈30センチほどに成長し、初夏に実を結ぶと地上部は枯れて秋まで休眠する。

福寿草平均寿命延びにけり　日野草城

日のあたる窓の障子や福寿草　永井荷風

針山も日にふくらみて福寿草　八染藍子

福寿草小昼の雨にあてにけり　大場白水郎

**名前の由来**　旧暦の正月ごろ、新年を祝うように春一番に咲くめでたい花であることから。「福寿」は幸福と長寿を意味し、おめでたい草花として正月の床飾りに。

# 根白草

ねじろぐさ

芹

セリ科
多年草

7〜8月

根白草摘み来し妻の手が匂ふ　安住 敦

❖――春の七草のセリをさす。水田や田の畦《あぜ》、水路などの湿地に生える。『日本書紀』に記述があり『万葉集』にも詠まれている。独特の香りと爽やかな歯ごたえが好まれて、野菜としての栽培の歴史は千年以上にもなり、江戸時代のころに食された七草粥のセリは栽培のものであったという。

❖――白くて太い地下茎が地中に四方に伸びて、節から根を出し、茎は地面を這ってよく分枝する。全草に毛はなく緑色だが、寒いころは紫色を帯びる。茎が伸びはじめたころはやわらかくて香りもよく、摘み草の材料にされるが「芹」や「芹摘み」は春の季語。夏、花が咲くころにはやわらかな茎が立ち上がって、草丈は20〜80センチになり、枝の先に白色の小さな五弁花を固まってつける。「芹の花」は夏の季語。

根白草けさ晴れわたる水の上　児玉輝代

母いつも夕景のなか根白草　岡本眸

根白草雉子酒の微醺残りけり　山県瓜青

水よりも風の冷たし根白草　角納金城

**名前の由来**　根白草はセリの別名。若菜に数えられることから新年の季題にも入る。セリの名は新苗が「競り合って」出ることから。数少ない日本原産の野菜でもある。

# 薺 なずな（なづな）

アブラナ科
一年草

3～6月

ひとり摘む薺の土のやはらかに　中村汀女

❖──春の七草の代表種として古来よりなじみの深い野草。草丈10～50センチ。田畑や水田、道端などいたるところで見かける。奈良時代以前から食用にされたと考えられているが、文献には特に記述がなく、重要な食料ではなかったと思われる。南北朝時代になり七草としてあげられたが、その後も必ずしも定まってはいなかったようで、ナズナ一種のみやナズナとセリで二種だった場合もあるようだ。食用になるのは春に花茎が少し伸びるころまで。晩春から初夏に茎が立ち上がって、白色で小さな四弁の十字花を多数つける。「薺の花」は春の季語。羽状に深く裂ける根生葉は地面に張りついてロゼットを形成して越冬する。花後、特徴のある倒三角形で、先端がへこんだ平たい果実を結ぶ。

妻ときて九谷窯辺の薺つむ　新田祐久

俎《まないた》に薺のあとの匂ひかな　内藤鳴雪

薺摘む安曇平《あづみだひら》の日溜まりに　石昌子

その年のその日のいろの薺粥　飯田龍太

**名前の由来**　ロゼットで冬を過ごす姿が愛らしく「撫菜《なでな》」からなど諸説さまざま。花後の実が三味線のばちに似て「ペンペン草」や「三味線草」の名も。

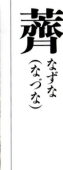

# 御行 おぎょう（おぎやう）

御形《ごぎやう》



キク科
一年草

4〜6月

せりなづな御形といひて声の止む　川崎展宏

❖——春の七草の「母子草」の古名。小さな黄色い花をつけたおなじみの母子草は春の季語だが、古い呼び方で七草に数えられているので新年の景物とされる。道端や畑、家のまわりなどでふつうに見られる。縄文時代に朝鮮半島を経て渡来した史前帰化植物と考えられている。摘み草にされるのは冬〜早春の若芽の時期で、七草粥に入れるほか、ヨモギが使われる以前はこの若葉をつきこんで草餅をつくった。

❖——ロゼット状で冬を越し、花が咲くころには根生葉は枯れている。茎や柄のないヘラ形の葉の両面も白くやわらかい綿毛に密に覆われているのが特徴で、全体に白っぽく見える。春から初夏にかけて、根元から分かれて立ち上がる花茎の先端に小さな黄色い花が固まってつき、ときには秋まで咲き続ける。

高麗の里御行の畦に風移る　広瀬一郎

一籠の薺にまじる御形かな　吉田冬葉

ふみ外す畦なつかしき御行かな　勝又一透

草の戸や門辺に御形薺など　高橋淡路女

**名前の由来**　**御形は「人形」のこと。『大言海』に母子の人形《ひとがた》に由来とある。ハハコグサは冠毛が蓬《ほう》け立つホウコグサ→ハハコグサと転じたとされるが真偽は不明。**

# 仏の座

ほとけのざ

たびらこ

キク科
一年草

3～5月

打ち晴れて富士孤高なる仏の座　勝又一透

❖──春の七草の一つ「田平子（小鬼田平子）」をさす。草丈約10センチ。本州～九州の田起こし前の水田、河川敷、道端などに多く見られる。秋に芽を出して、冬の間は羽状に深く裂けた根生葉を地面に張りつくように広げている。まだ寒い早春のころには紫がかっている。この葉を摘みとって七草粥や和え物、汁の実にする。春になると、葉の間からやわらかい花茎を数本斜めに伸ばして、先端に黄色の小さな花を開く。

❖──花は舌状花が6～10枚あり、花径1.2～1.5センチ。日が当たると開き、夕方や曇りの日には閉じる。現在、一般にホトケノザと呼ばれているのは「三階草《さんがいぐさ》」の名もあるシソ科の別種で、春の季語。紫紅色の唇形花をつける。これは有毒ではないがまずくて食用にはならない。

七草や何をちなみに仏の座　路通

たびらこや洗ひあげおく雪の上　吉田冬葉

田平子《たびらこ》や午後より川に人の出て　岡井省二

夜は海が近づくといふ仏の座　中尾寿美子

**名前の由来**　ロゼット状の若苗を仏像の円座に見立てた名。田んぼに葉を張りつけて生育する様子から田平子の名もあり、鬼田平子に比べて小型なので小鬼田平子とも。

❖ほとけのざ❖

やまならし（やまならし）49
山根草（やまねぐさ）35
山女（やまひめ）234
山蒜（やまびる）36
**山吹（やまぶき）51**
山藤（やまふじ・やまふぢ）50
山木蘭（やまもくれん）25
**楊梅（やまもも）130**
山桃（やまもも）130
楊桃船（やまももぶね）130
山百合（やまゆり）167
**破れ芭蕉（やればしょう・やればせう）235**
**敗荷（やれはす）235**
敗れ蓮（やれはちす）235
**夕顔（ゆうがお・ゆふがほ）174**
夕顔棚（ゆうがおだな・ゆふがほだな）174
夕顔の花（ゆうがおのはな・ゆふがほのはな）174
夕桜（ゆうざくら・ゆふざくら）41
幽霊花（ゆうれいばな・いうれいばな）224
虎耳草（ゆきのした）153
雪の下（ゆきのした）153
鴨足草（ゆきのした）153
雪見草（ゆきみぐさ）91
**雪柳（ゆきやなぎ）29**
**雪割草（ゆきわりそう・ゆきわりさう）19**
柚子の花（ゆずのはな）125
ゆすら（ゆすら）44・131
莫桃（ゆすら）44
英桃（ゆすら）44
**山桜桃（ゆすら）131**
**山桜桃の花（ゆすらのはな）44**
山桜桃の実（ゆすらのみ）131
**楪（ゆずりは・ゆづりは）266**
譲り葉（ゆずりは・ゆづりは）266
弓弦葉（ゆずるは・ゆづるは）266
柚の花（ゆのはな）125
夢見草（ゆめみぐさ）41
**百合の花（ゆりのはな）167**
楊梅（ようばい・やうばい）130
夜桜（よざくら）41
吉野静（よしのしずか・よしのしづか）37
葭の花（よしのはな）237
四葩（よひら）121
よめがはぎ（よめがはぎ）38
**嫁菜（よめな）38**
嫁菜飯（よめなめし）38
**蓬（よもぎ）13・77**
蓬生（よもぎう）13
蓬萌ゆ（よもぎもゆ）13

## 【ら】

**ライラック（らいらっく）44**
**蘭（らん）221**
らん（らん）208
蘭（らん）208
蘭草（らんそう・らんさう）208
蘭の香（らんのか）221
李花（りか）53
琉球むくげ（りゅうきゅうむくげ・りうきうむくげ）157
**柳絮（りゅうじょ・りうじよ）58**
柳絮飛ぶ（りゅうじょとぶ・りうじよとぶ）58
**竜の玉（りゅうのたま・りゆうのたま）252**
竜の髯の実（りゅうのひげのみ・りゆうのひげのみ）252
リラの花（りらのはな）44
リリー（りりー）112
**林檎の花（りんごのはな）55**
**竜胆（りんどう・りんだう）225**
**茘枝（れいし）236**
麗春花（れいしゅんか・れいしゆんくわ）100
**連翹（れんぎょう・れんぎやう）26**
蓮華（れんげ）175
蓮華草（れんげそう・れんげさう）73
蓮華躑躅（れんげつつじ）48
臘梅（ろうばい・らふばい）261
**蠟梅（ろうばい・らふばい）261**

## 【わ】

若桜（わかざくら）41
**山葵（わさび）72**
山葵沢（わさびざわ）72
山葵田（わさびだ）72
**山葵の花（わさびのはな）106**
わするな草（わするなぐさ）64
忘草（わすれぐさ）178
忘憂草（わすれぐさ）178
**勿忘草（わすれなぐさ）64**
**侘助（わびすけ）242**
侘介（わびすけ）242
**蕨（わらび）35**
蕨手（わらびて）35
**吾亦紅（われもこう・われもかう）212**
吾木香（われもこう・われもかう）212
我毛香（われもこう・われもかう）212

う）113
みずひきさう（みずひきそう・みづひきさう）213
**水引の花（みずひきのはな・みづひきのはな）213**
**みせばや（みせばや）238**
実千両（みせんりょう・みせんりやう）244
**溝蕎麦（みぞそば）217**
みそまめ（みそまめ）204
三千世草（みちよぐさ）55
みづき（みづき）28
**三椏の花（みつまたのはな）24**
実南天（みなんてん）227
嶺桜（みねざくら）41
ミモザ（みもざ）102
宮城野萩（みやぎのはぎ）206
**都草（みやこぐさ）117**
**都忘れ（みやこわすれ）67**
深山いたどり（みやまいたどり）32
深山蓮花（みやまれんげ）96
**茗荷の花（みょうがのはな・めうがのはな）203**
**麦（むぎ）110**
麦生（むぎう）110
麦の波（むぎのなみ）110
麦の穂（むぎのほ）110
麦畑（むぎばたけ）110
**木槿（むくげ）197**
**葎（むぐら）82**
葎草（むぐらぐさ）82
**無患子（むくろじ）232**
むこぎ（むこぎ）31
**郁子（むべ）238**
野木瓜（むべ）61
**郁子の花（むべのはな）61**
紫丁香花（むらさきはしどい）44
紫蕨（むらさきわらび）36
むら薄（むらすすき）192
雌がるかや（めがるかや）193
孟宗竹子（もうそうちくのこ・まうそうちくのこ）108
もくげ（もくげ）197
もぐさ（もぐさ）13
苜蓿（もくしゅく・もくしゆく）74
**木犀（もくせい）240**
**木蓮（もくれん）30**
木蘭（もくれん）30
もくれんげ（もくれんげ）30
文字摺草（もじずりそう・もぢずりさう）118
餅草（もちぐさ）13
もぢずり（もじずり・もぢずり）118
羊躑躅（もちつつじ）48
もぢばな（もぢばな）118
**木斛の花（もっこくのはな・もくこくのはな）134**
もみじあふひ（もみじあおい・もみじあふひ）163
もみぢ草（もみじぐさ・もみぢぐさ）186
桃色たんぽぽ（ももいろたんぽぽ）11
ももかは（ももかわ・ももかは）130
桃の花（もものはな）55

## 【や】

**灸花（やいとばな）178**
八重うつぎ（やえうつぎ・やへうつぎ）91
八重菊（やえぎく・やへぎく）190
八重桜（やえざくら・やへざくら）42
八重椿（やえつばき・やへつばき）8
八重葎（やえむぐら・やへむぐら）82
八重山吹（やえやまぶき・やへやまぶき）51
矢車菊（やぐるまぎく）142
**矢車草（やぐるまそう・やぐるまさう）142**
夜香蘭（やこうらん・やかうらん）68
**八手の花（やつでのはな）254**
**柳（やなぎ）49**
柳の花（やなぎのはな）58
柳の絮（やなぎのわた）58
野梅（やばい）14
**藪からし（やぶからし）217**
**藪柑子（やぶこうじ・やぶかうじ）251**
紫金牛（やぶこうじ・やぶかうじ）251
**藪虱（やぶじらみ）195**
藪たちばな（やぶたちばな）251
藪椿（やぶつばき）8
**破れ傘（やぶれがさ）144**
兎児傘（やぶれがさ）144
やぶれすげがさ（やぶれすげがさ）144
破れ芭蕉（やぶればしょう・やぶればせう）235
敗れ荷（やぶれはす）235
山薊（やまあざみ）78
やまうめ（やまうめ）130
やまかぶと（やまかぶと）223
**山桜（やまざくら）42**
やまたちばな（やまたちばな）251
山躑躅（やまつつじ）48・123
山椿（やまつばき）8
大和撫子（やまとなでしこ）207

**フリージア（ふりーじあ）65**
プリムラ（ぷりむら）75
フロックス（ふろっくす）168
文旦の花（ぶんたんのはな）127
屁糞葛（へくそかずら・へくそかづら）178
**糸瓜の花（へちまのはな）171**
紅菊（べにぎく）190
紅枝垂（べにしだれ）23
紅椿（べにつばき）8
紅どうだん（べにどうだん）47
**紅の花（べにのはな）146**
紅蓮（べにはす）175
紅畑（べにばたけ）146
紅藍花（べにばな）146
紅粉花（べにばな）146
臙脂花（べにばな）201
紅花翁草（べにばなおきなぐさ）66
紅芙蓉（べにふよう）198
紅牡丹（べにぼたん）87
**蛇苺（へびいちご）119**
**弁慶草（べんけいそう・べんけいさう）203**
ぺんぺん草（ぺんぺんぐさ）33
**ポインセチア（ぽいんせちあ）259**
鼠麹草（ほうこぐさ・はうこぐさ）77
**鳳仙花（ほうせんか・ほうせんくわ）202**
ぼうたん（ぼうたん）87
鳳尾草（ほうびそう・ほうびさう）268
朴（ほお・ほほ）95
朴散華（ほおさんげ・ほほさんげ）95
**鬼灯（ほおずき・ほほづき）189**
ほほのき（ほおのき・ほほのき）95
**朴の花（ほおのはな・ほほのはな）95**
厚朴の花（ほおのはな・ほほのはな）95
ほくり（ほくり）37
ほくろ（ほくろ）37
**木瓜の花（ぼけのはな）54**
ぼさつばな（ぼさつばな）157
干蕨（ほしわらび）36
ほそばきりんさう（ほそばきりんそう・ほそばきりんさう）153
**菩提子（ぼだいし）231**
菩提樹の実（ぼだいじゅのみ）231
菩提の実（ぼだいのみ）231
穂蓼（ほたで）215
蛍草（ほたるぐさ）214
**蛍袋（ほたるぶくろ）152**
**牡丹（ぼたん）87**
ぼたんいちげ（ぼたんいちげ）66
牡丹園（ぼたんえん・ぼたんゑん）87
牡丹桜（ぼたんざくら）42
**布袋葵（ほていあおい・ほていあふひ）164**
布袋草（ほていそう・ほていさう）164
**仏の座（ほとけのざ）273**
**杜鵑草（ほととぎす）226**
ほととぎすさう（ほととぎすそう・ほととぎすさう）226
穂長（ほなが）268
ポピー（ぽぴー）98
ほほがしはのき（ほおがしわのき・ほほがしはのき）95

**【ま】**

真榊（まさかき）134
真葛（まくず）194
真葛原（まくずはら）194
孫いね（まごいね）236
**真菰（まこも）83**
**真菰の花（まこものはな）222**
松の花粉（まつのかふん）56
**松の花（まつのはな）56**
**松葉牡丹（まつばぼたん）169**
**松虫草（まつむしそう・まつむしさう）211**
待宵草（まつよいぐさ・まつよひぐさ）176
**茉莉花（まつりか・まつりくわ）158**
真萩（まはぎ）206
豆の花（まめのはな）70
眉つくり（まゆつくり）78
眉はき（まゆはき）78
眉掃草（まゆはきそう・まゆはきさう）37
鞠花（まりばな）190
丸茄子（まるなす）173
丸葉うつぎ（まるばうつぎ）91
**まんさく（まんさく）17**
金縷梅（まんさく）17
**曼珠沙華（まんじゅしゃげ・まんじゆしやげ）224**
**万両（まんりょう・まんりやう）245**
実梅（みうめ）130
未開紅（みかいこう）22
**蜜柑の花（みかんのはな）126**
実桜（みざくら）120
実石榴（みざくろ）128
水菖蒲（みずしょうぶ・みづしやうぶ）139
水芹（みずぜり・みづぜり）12
**水芭蕉（みずばしょう・みづばせ**

❖は〜ま行❖

帚草（ははぐさ）175
ははこ（ははこ）77
**母子草（ははこぐさ）77**
**葉牡丹（はぼたん）264**
はまかんぎく（はまかんぎく）243
浜牛蒡（はまごぼう）78
**玫瑰（はまなす）161**
**浜昼顔（はまひるがお・はまひるがほ）149**
**浜木綿（はまゆう・はまゆふ）177**
はまれんげ（はまれんげ）203
葉山吹（はやまぶき）51
ばら（ばら）88
**薔薇（ばら）88**
針槐(はりえんじゅ・はりゑんじゆ) 97
春告草（はるつげぐさ）14
**馬鈴薯の花（ばれいしょのはな）147**
葉山葵（はわさび）72
**柊の花（ひいらぎのはな・ひひらぎのはな）256**
**射干（ひおうぎ・ひあふぎ）179**
桧扇（ひおうぎ・ひあふぎ）179
**彼岸桜（ひがんざくら）23**
彼岸花（ひがんばな）224
**瓢の花（ひさごのはな）172**
美人草（びじんそう・びじんさう）100
**穭（ひつじ・ひつぢ）236**
未草（ひつじぐさ）166
穭穂（ひつじほ・ひつぢほ）236
日照草（ひでりそう・ひでりさう）169
一重菊（ひとえぎく・ひとへぎく）190
一重草（ひとえぐさ・ひとへぐさ）210
一重椿（ひとえつばき・ひとへつばき）8
**一人静（ひとりしずか・ひとりしづか）37**
**雛菊（ひなぎく）9**
雛罌粟（ひなげし）100
雛桜（ひなざくら）75
緋木瓜（ひぼけ）54
**向日葵（ひまわり・ひまはり）183**
姫しやが（ひめしゃが・ひめしやが）115
姫黄楊（ひめつげ）58
ひめつばき（ひめつばき）253
姫百合（ひめゆり）167
緋桃（ひもも）55
百日紅（ひゃくじつこう・ひやくじつこう）154
**百日草（ひゃくにちそう・ひやくにちさう）170**
白蓮（びゃくれん・びやくれん）175
**ヒヤシンス（ひやしんす）68**
日向水木（ひゅうがみずき・ひうがみづき）28
瓢箪の花（ひょうたんのはな・へうたんのはな）172
**昼顔（ひるがお・ひるがほ）149**
ひるな（ひるな）178
**枇杷（びわ・びは）132**
**枇杷の花（びわのはな・びはのはな）258**
枇杷の実（びわのみ・びはのみ）132
びんぼふかづら（びんぼうかずら・びんぼふかづら）217
富貴菊（ふうきぎく）65
富貴草（ふうきぐさ）87
風信子（ふうしんし）68
**風知草（ふうちそう・ふうちさう）85**
風鈴草（ふうりんそう・ふうりんさう）152
**蕗（ふき）108**
蕗菊（ふきぎく）65
蕗のしうとめ（ふきのしゅうとめ・ふきのしうとめ）20
**蕗の薹（ふきのとう・ふきのたう）20**
蕗の花（ふきのはな）20
蕗の芽（ふきのめ）20
蕗味噌（ふきみそ）20
**福寿草（ふくじゅそう・ふくじゆさう）269**
ふくべの花（ふくべのはな）172
**藤（ふじ・ふぢ）50**
ふしだか（ふしだか）196
藤棚（ふじだな・ふぢだな）50
藤浪（ふじなみ・ふぢなみ）50
**藤袴（ふじばかま・ふぢばかま）208**
藤房（ふじふさ・ふぢふさ）50
扶桑（ふそう・ふさう）157
扶桑花（ふそうか・ふさうくわ）157
**二人静（ふたりしずか・ふたりしづか）77**
**仏桑花（ぶっそうげ・ぶつさうげ）157**
筆の花（ふでのはな）34
**太藺（ふとい・ふとゐ）81**
冬菊（ふゆぎく）243
冬の梅（ふゆのうめ）260
**芙蓉（ふよう）198**
木芙蓉（ふよう）198
プラタナスの花（ぷらたなすのはな）60

眠草（ねむりぐさ）102
睡花（ねむりばな）43
**野茨（のいばら）92**
凌霄（のうぜん）156
のうぜんかつら（のうぜんかつら）156
**凌霄の花（のうぜんのはな）156**
**野菊（のぎく）223**
野萩（のはぎ）206
野薔薇（のばら）92
**野蒜（のびる）36**
野蒜摘む（のびるつむ）36
野藤（のふじ・のふぢ）50

## 【は】

ハイビスカス（はいびすかす）157
はうこ（ほうこ・はうこ）77
**萩（はぎ）206**
萩枯る（はぎかる）250
萩菜（はぎな）38
萩むら（はぎむら）206
**白菜（はくさい）248**
白梅（はくばい）14
白牡丹（はくぼたん）87
白木蓮（はくもくれん）30
はくり（はくり）37
はくれん（はくれん）30
**葉鶏頭（はげいとう）186**
**蘩蔞（はこべ）12**
はこべら（はこべら）12
箱楊（はこやなぎ）49
葉桜（はざくら）86
櫨（はじ）227
はじき豆（はじきまめ）107
**芭蕉（ばしょう・ばせう）187**
芭蕉枯る（ばしょうかる・ばせうかる）246
**芭蕉の花（ばしょうのはな・ばせうのはな）171**
芭蕉の巻葉（ばしょうのまきは・ばせうのまきは）104
芭蕉葉の玉（ばしょうはのたま・ばせうはのたま）104
**蓮（はす）175**
蓮青菜（はすあおな）109
蓮枯る（はすかる）247
**蓮の葉（はすのは）109**
蓮の花（はすのはな）175
蓮の骨（はすのほね）247
蓮の巻葉（はすのまきは）109
**櫨紅葉（はぜもみじ・はぜもみぢ）227**
畑芹（はたぜり）12
畑山葵（はたわさび）72
はちす（はちす）175
はちまん草（はちまんそう・はちまんさう）203
初萩（はつはぎ）206
花葵（はなあおい・はなあふひ）140
花薊（はなあざみ）78
花馬酔木（はなあしび）45
はなあやめ（はなあやめ）137
花杏（はなあんず）54
はないちげ（はないちげ）66
花茨（はないばら）92
花卯木（はなうつぎ）91
花楓（はなかえで・はなかへで）57
花カンナ（はなかんな）199
花擬宝珠（はなぎぼうし・はなぎばうし）114
花桐（はなぎり）93
花栗（はなぐり）128
花慈姑（はなくわい・はなくわゐ）150
花罌粟（はなげし）98
花榊（はなさかき）134
花石榴（はなざくろ）128
花サフラン（はなさふらん）19
花朱欒（はなざぼん）127
花しきみ（はなしきみ）61
花棕櫚（はなしゅろ）95
**花菖蒲（はなしょうぶ・はなしやうぶ）138**
**紫荊（はなずおう・はなずはう）43**
花蘇枋（はなずおう・はなずはう）43
**花橘（はなたちばな）125**
花菜（はなな）71
花菜雨（はななあめ）71
花菜風（はななかぜ）71
花薺（はななずな・はななづな）33
花南天（はななんてん）124
花合歓（はなねむ）159
花の宰相（はなのさいしょう・はなのさいしやう）99
花芭蕉（はなばしょう・はなばせう）171
花柊（はなひいらぎ・はなひひらぎ）256
花瓢（はなひさご）172
花枇杷（はなびわ・はなびは）258
花豆（はなまめ）70
花蜜柑（はなみかん）126
はなむくげ（はなむくげ）197
花八手（はなやつで）254
花柚（はなゆ）125
花柚子（はなゆず）125
花林檎（はなりんご）55
**帚木（ははきぎ）175**
地膚木（ははきぎ）175

**鉄線花（てっせんか・てつせんくわ）103**
てつせんかづら（てっせんかずら・てつせんかづら）103
鉄砲百合（てっぽうゆり・てつぽうゆり）167
手鞠の花（てまりのはな）86
てまりばな（てまりばな）121
**繡毬花（てまりばな）86・121**
粉団花（てまりばな）86
天涯花（てんがいばな）224
天狗の羽団扇（てんぐのはうちわ・てんぐのはうちは）254
天竺牡丹（てんじくぼたん）162
デンドロビューム（でんどろびゅーむ）221
唐蘭（とうい・たうゐ）81・83
蕃椒（とうがらし・たうがらし）191
**唐辛子（とうがらし・たうがらし）191**
冬至梅（とうじばい）260
唐菖蒲（とうしょうぶ・たうしやうぶ）139
満天星躑躅（どうだんつつじ）47
**満天星の花（どうだんのはな）47**
ときしらず（ときしらず）63
ときはあけび（ときわあけび・ときはあけび）238
常盤通草（ときわあけび）61
常盤桜（ときわざくら）75
蕺菜（どくだみ）151
蕺菜の花（どくだみのはな）151
**土佐水木（とさみずき・とさみづき）28**
蠟弁花（とさみづき）28
とちの木の花（とちのきのはな）94
**栃の花（とちのはな）94**
橡の花（とちのはな）94
富草の花（とみくさのはな）191
虎の耳（とらのみみ）153
**鳥兜（とりかぶと）222**
とろろあふひ（とろろあおい・とろろあふひ）164
**団栗（どんぐり）230**

## 【な】

長茄子（ながなす）173
梨咲く（なしさく）53
**梨の花（なしのはな）53**
梨花（なしばな）53
**茄子（なす）173**
**薺（なずな・なづな）271**
薺の花（なずなのはな・なづなのはな）33
**茄子の花（なすのはな・なすびのはな）106**
なすび（なすび）173
菜種菜（なたねな）71
菜種の花（なたねのはな）71
**刀豆（なたまめ）205**
鉈豆（なたまめ）205
**夏薊（なつあざみ）85**
**夏菊（なつぎく）165**
夏椿（なつつばき）160
夏椿の花（なつつばきのはな）160
**撫子（なでしこ）207**
**ななかまど（ななかまど）229**
七竈（ななかまど）229
ななかまどの実（ななかまどのみ）229
七変化（ななへんげ）121
**菜の花（なのはな）71**
南京梅（なんきんうめ）261
**南天の花（なんてんのはな）124**
**南天の実（なんてんのみ）227**
匂草（においぐさ・にほひぐさ）14
苦瓜（にがうり）236
**錦木（にしきぎ）232**
錦木の実（にしきぎのみ）232
錦木紅葉（にしきぎもみじ・にしきぎもみぢ）232
錦百合（にしきゆり）68
にせあかしや（にせあかしや）97
日日花（にちにちか）170
**日日草（にちにちそう・にちにちさう）170**
二輪草（にりんそう・にりんさう）75
庭草（にわくさ・にはくさ）175
庭桜（にわざくら）41
庭薺（にわなずな・にはなづな）33
忍冬（にんどう）96
沼芹（ぬまぜり）12
**葱（ねぎ）247**
葱畑（ねぎばたけ）247
ねこあしぐさ（ねこあしぐさ）116
ねこじゃらし（ねこじゃらし・ねこじやらし）195
**猫柳（ねこやなぎ）18**
捩花（ねじばな・ねぢばな）118
**根白草（ねじろぐさ）**12**・270**
根芹（ねぜり）12
ねぢればな（ねぢればな）118
根無草（ねなしぐさ）203
根蒜（ねびる）36
沢蒜（ねびる）36
ねぶたの木（ねぶたのき）159
ねむのき（ねむのき）159
**合歓の花（ねむのはな）159**
ねむりぎ（ねむりぎ）159

ぜんまい蕨（ぜんまいわらび）36
**千両（せんりょう・せんりやう）244**
蘇我菊（そがぎく）190
**蕎麦の花（そばのはな）204**
そばむぎの花（そばむぎのはな）204
**蚕豆（そらまめ）107**

## 【た】

ダーリヤ（だーりや）162
たいこのぶち（たいこのぶち）150
**大根（だいこん）248**
大根畑（だいこんばたけ）248
大山木（たいさんぼく）90
**泰山木の花（たいさんぼくのはな）90**
泰山木蓮（たいさんもくれん）90
**大豆（だいず・だいづ）204**
**橙（だいだい）267**
代々（だいだい）267
**橙の花（だいだいのはな）127**
鷹の羽薄（たかのはすすき）192
たかんな（たかんな）108
**竹煮草（たけにぐさ）182**
**筍（たけのこ）108**
笋（たけのこ）108
竹の子（たけのこ）108
たかうな（たこうな・たかうな）108
田桜（たざくら）41
田芹（たぜり）12
立葵（たちあおい・たちあふひ）140
たちはき（たちはき）205
**橘（たちばな）230**
蓼藍の花（たであいのはな）221
**蓼の花（たでのはな）215**
蓼の穂（たでのほ）215
蓼紅葉（たでもみじ・たでもみぢ）215
たびらこ（たびらこ）273
玉章（たまずき・たまづき）239
玉解く芭蕉（たまとくばしょう・たまとくばせう）104
玉菜（たまな）109
たまのを（たまのお・たまのを）238
**玉巻く芭蕉（たままくばしょう・たままくばせう）104**
**ダリア（だりあ）162**
俵麦（たわらむぎ・たはらむぎ）146
団子花（だんごばな）49
たんぽ（たんぽ）11
**蒲公英（たんぽぽ）11**
蒲公英の絮（たんぽぽのわた）11
チェリー（ちぇりー）46
白茅の花（ちがやのはな）39
血止草（ちどめそう・ちどめさう）203
ちばな（ちばな）39
**茶の花（ちゃのはな）255**
中菊（ちゅうぎく・ちゆうぎく）190
**チューリップ（ちゅーりっぷ）67**
ちやうじぐさ（ちょうじぐさ・ちやうじぐさ）27
長春花（ちょうしゅんか・ちやうしゆんくわ）63
提灯花（ちょうちんばな・ちやうちんばな）152
長命菊（ちょうめいぎく・ちやうめいぎく）9
散蓮華（ちりれんげ）175
月草（つきくさ）214
月見草（つきみぐさ）176
**月見草（つきみそう・つきみさう）176**
**土筆（つくし）34**
土筆和（つくしあえ・つくしあへ）34
土筆摘む（つくしつむ）34
土筆飯（つくしめし）34
つくしんぼ（つくしんぼ）34
つくづくし（つくづくし）34
**黄楊の花（つげのはな）58**
**蔦（つた）186**
蔦かづら（つたかずら・つたかづら）186
蔦茂る（つたしげる）82
蔦の色（つたのいろ）186
蔦の葉（つたのは）186
蔦紅葉（つたもみじ・つたもみぢ）186
土山葵（つちわさび）72
**躑躅（つつじ）48**
鼓草（つつみぐさ）11
角組む蘆（つのくむあし）40
**椿（つばき）8**
**茅花（つばな）39**
茅花野（つばなの）39
つまくれなゐ（つまくれない・つまくれなゐ）202
つまべに（つまべに）202
爪切草（つめきりそう・つめきりさう）169
**露草（つゆくさ）214**
釣鐘草（つりがねそう・つりがねさう）152
蔓茘枝（つるれいし）236
**石蕗の花（つわのはな・つはのはな）257**
石蕗（つわぶき）257
デージー（でーじー）9

**著莪の花（しゃがのはな・しやがのはな）115**
**石楠花（しゃくなげ）52**
石南花（しゃくなげ）52
**芍薬（しゃくやく・しやくやく）99**
ジャスミン（じゃすみん）158
蛇の髯の実（じゃのひげのみ・じやのひげのみ）252
三味線草（しゃみせんぐさ・しやみせんぐさ）33
**沙羅の花（しゃらのはな・しやらのはな）160**
**秋海棠（しゅうかいどう・しうかいだう）219**
**十薬（じゅうやく・じふやく）151**
秋蘭（しゅうらん・しうらん）221
綬草（じゅそう・じゆさう）118
**棕櫚の花（しゅろのはな）95**
**春蘭（しゅんらん・しゆんらん）37**
常春花（じょうしゅんか・じやうしゆんくわ）63
猩々木（しょうじょうぼく・しやうじやうぼく）259
少女草（しょうじょ・しやうぢよ）190
**菖蒲（しょうぶ・しやうぶ）139**
菖蒲池（しょうぶいけ・しやうぶいけ）138
菖蒲園（しょうぶえん・しやうぶゑん）138
**除虫菊（じょちゅうぎく・ぢよちゆうぎく）141**
女郎花（じょろうか・ぢよらうくわ）209
白菊（しらぎく）190
白萩（しらはぎ）206
**紫蘭（しらん）111**・208
白罌（しろげし）98
白椿（しろつばき）8
白茄子（しろなす）173
白南天（しろなんてん）227
しろばなさるすべり（しろばなさるすべり）154
白藤（しろふじ・しろふぢ）50
白芙蓉（しろふよう）198
白木瓜（しろぼけ）54
白桃（しろもも）55
白楊（しろやなぎ）49
白山吹（しろやまぶき）51
白山葵（しろわさび）72
新小豆（しんあずき・しんあづき）205
新大豆（しんだいず・しんだいづ）204
**新松子（しんちぢり）228**
**沈丁花（じんちょうげ・ぢんちやうげ）27**
スヰート・チェリー（すいーとちぇりー）46
吸葛（すいかずら・すひかづら）96
**忍冬の花（すいかずらのはな・すひかづらのはな）96**
瑞香（ずいこう・ずいかう）27
水晶花（すいしょうか・すいしやうくわ）91
**水仙（すいせん）263**
**酸葉（すいば）35**
酸模（すいば）35
水楊（すいよう・すいやう）000
水蘭（すいらん）98
**睡蓮（すいれん）166**
末摘花（すえつむはな・すゑつむはな）146
蘇枋の花（すおうのはな・すはうのはな）43
すかんぽ（すかんぽ）35
**杉菜（すぎな）74**
**杉の花（すぎのはな）31**
**篠懸の花（すずかけのはな）60**
鈴懸の花（すずかけのはな）60
**芒（すすき）192**
薄（すすき）192
**鈴蘭（すずらん）112**
捨子花（すてごばな）224
洲浜草（すはまそう・すはまさう）19
**菫（すみれ）10**
菫草（すみれぐさ）10
相撲花（すもうばな・すまふばな）10
**李（すもも）123**
李散る（すもももちる）53
**李の花（すもものはな）53**
すろ（すろ）95
西洋薔薇（せいようばら・せいやうばら）88
西洋実桜（せいようみざくら）46
青竜梅（せいりゅうばい・せいりゆうばい）14
**石菖（せきしょう・せきしやう）110**
**石竹（せきちく）143**
銭葵（ぜにあおい・ぜにあふひ）140
**芹（せり）12**・270
宣男草（せんだんそう・せんだんさう）178
梅檀の花（せんだんのはな）133
千成茄子（せんなりなす）173
千本桜（せんぼんざくら）41
**薇（ぜんまい）36**
狗背（ぜんまい）36

香蒲（こうほ）84
**河骨（こうほね・かうほね）150**
高麗胡椒（こうらいこしょう）191
紅藍（こうらん）146
こがね草（こがねぐさ）114・266
黄金花（こがねばな）117
小菊（こぎく）190
御形（ごぎょう・ごぎやう）77・272
小米桜（こごめざくら）29
小米花（こごめばな）29
**コスモス（こすもす）218**
**小手鞠（こでまり）49**
梧桐（ごとう）80
**小判草（こばんそう・こばんさう）146**
小蒜（こびる）36
**辛夷（こぶし）25**
木筆（こぶし）25
こまのひざ（こまのひざ）196
**胡麻の花（ごまのはな）172**
小麦（こむぎ）110
米躑躅（こめつつじ）48
こめやなぎ（こめやなぎ）29
こやすぐさ（こやすぐさ）98
濃山吹（こやまぶき）51
紺菊（こんぎく）223

## 【さ】

さいかし（さいかし）233
**皀角子（さいかち）233**
皀莢（さいかち）233
さいかちの実（さいかちのみ）233
さいたづま（さいたづま）32
サイネリア（さいねりあ）65
さうび（そうび・さうび）88
五月女葛（さおとめばな・さをとめばな）178
榊（さかき）134
**榊の花（さかきのはな）134**
**鷺草（さぎそう・さぎさう）181**
**桜（さくら）41**
桜陰（さくらかげ）41
**桜草（さくらそう・さくらさう）75**
桜の浪（さくらのなみ）41
**桜の実（さくらのみ）120**
桜花（さくらばな）41
**さくらんぼ（さくらんぼ）131**
**石榴の花（ざくろのはな）128**
笹竜胆（ささりんどう・ささりんだう）225
**山茶花（さざんか・さざんくわ）253**
さしも草（さしもぐさ）13
**杜鵑花（さつき）123**
五月躑躅（さつきつつじ）123
さつまぎく（さつまぎく）165
里桜（さとざくら）42
ざぼんの花（ざぼんのはな）127
**朱欒の花（ざぼんのはな）127**
莢豌豆（さやえんどう・さやゑんどう）107
更紗（さらさ）91
更紗どうだん（さらさどうだん）47
更紗木瓜（さらさぼけ）54
更沙木蓮（さらさもくれん）30
**百日紅（さるすべり）154**
**サルビア（さるびあ）145**
沢紫陽花（さわあじさい・さわあぢさゐ）121
沢芹（さわぜり）12
**山帰来の花（さんきらいのはな）62**
**山楂子の花（さんざしのはな）46**
**山茱萸の花（さんしゅゆのはな・さんしゆゆのはな）16**
残雪梅（ざんせつばい）14
三昧花（さんまいばな）224
**椎の花（しいのはな・しひのはな）132**
**紫苑（しおん・しをん）220**
莽草の花（しきそうのはな・しきさうのはな）61
**ジギタリス（じぎたりす）145**
**樒の花（しきみのはな）61**
**シクラメン（しくらめん）69**
巵子（しし）122
刺繍花（ししゅうばな・ししうばな）121
**歯朶（しだ）268**
しだり桜（しだりざくら）23
**枝垂桜（しだれざくら）23**
枝垂彼岸（しだれひがん）23
枝垂桃（しだれもも）55
枝垂柳（しだれやなぎ）49
しちへんぐさ（しちへんぐさ）121
幣辛夷（しでこぶし）25
支那実桜（しなみざくら）46
**シネラリア（しねらりあ）65**
死人花（しびとばな）224
しまかんぎく（しまかんぎく）243
霜菊（しもぎく）243
紫木蓮（しもくれん）30
繍線菊（しもつけ）120
**繍線菊の花（しもつけのはな）120**
しやうび（しょうび・しやうび）88
胡蝶花（しゃが・しやが）115
じやがたらの花（じゃがたらのはな・じやがたらのはな）147

**甘藍（かんらん）109**
黄菊（きぎく）190
**桔梗（ききょう・ききやう）210**
**菊（きく）190**
菊枯る（きくかる）246
菊諸（きくふき）65
**黄水仙（きずいせん）32**
きぞめぐさ（きぞめぐさ）200
きちかう（きちこう・きちかう）210
きつねの忍んどう（きつねのえんどう・きつねの忍んどう）117
きつねのかさ（きつねのかさ）144
きつねのてぶくろ（きつねのてぶくろ）145
きはちす（きはちす）197
**擬宝珠の花（ぎぼうしのはな・ぎばうしのはな）114**
ぎぼし（ぎぼし）114
君影草（きみかげそう・きみかげさう）112
キャベツ（きゃべつ）109
**胡瓜の花（きゅうりのはな・きうりのはな）105**
杏花村（きょうかそん・きやうくわそん）54
**夾竹桃（きょうちくとう・けふちくたう）155**
玉皷（ぎょくこ・ぎよくこ）212
霧島（きりしま）48
**桐の花（きりのはな）93**
**麒麟草（きりんそう・きりんさう）153**
黄蓮華（きれんげ）117
**金魚草（きんぎょそう・きんぎよさう）143**
金銀花（きんぎんか・きんぎんくわ）96
金糸草（きんしそう・きんしさう）213
**金盞花（きんせんか・きんせんくわ）63**
金盞草（きんせんそう・きんせんさう）63
金線草（きんせんそう・きんせんさう）213
巾着茄子（きんちゃくなす・きんちやくなす）173
**銀杏（ぎんなん）231**
金鳳花（きんぽうげ）76
毛茛（きんぽうげ）76
金木犀（きんもくせい）240
銀木犀（ぎんもくせい）240
銀縷梅（ぎんろばい）17
**枸杞（くこ）29**
枸杞茶（くこちゃ）29
枸杞摘む（くこつむ）29
枸杞の芽（くこのめ）29
**草夾竹桃（くさきょうちくとう・くさけふちくたう）168**
草珊瑚（くささんご）244
草じらみ（くさじらみ）195
草藤（くさふじ・くさふぢ）50
**葛（くず）194**
葛かづら（くずかずら・くずかづら）194
葛の葉（くずのは）194
葛の葉かへす（くずのはかえす・くずのはかへす）194
葛の葉うら（くずのはうら）194
くぜまめ（くぜまめ）94・108
**梔子の花（くちなしのはな）122**
くちなはいちご（くちなはいちご）119
口紅うつぎ（くちべにうつぎ）91
虞美人草（ぐびじんそう・ぐびじんさう）100
雲見草（くもみぐさ）133
**グラジオラス（ぐらじおらす）139**
栗咲く（くりさく）128
**栗の花（くりのはな）128**
車百合（くるまゆり）167
**胡桃の花（くるみのはな）89**
クローバー（くろーばー）74
**クロッカス（くろっかす）19**
黒牡丹（くろぼたん）87
黒麦（くろむぎ）110
黒百合（くろゆり）167
鶏冠（けいかん）188
迎春花（げいしゅんか・げいしゆんくわ）15
**鶏頭（けいとう）188**
鶏頭花（けいとうか・けいとうくわ）188
五形花（げげばな）73
**罌粟の花（けしのはな）98**
芥子の花（けしのはな）98
罌粟の実（けしのみ）141
**罌粟坊主（けしぼうず・けしばうず）141**
化粧桜（けしょうざくら・けしやうざくら）75
**紫雲英（げんげ）73**
げんげ田（げんげだ）73
げんげ摘む（げんげつむ）73
げんげん（げんげん）73
**現の証拠（げんのしょうこ・げんのしやうこ）116**
源平桃（げんぺいもも）55
**紅蜀葵（こうしょっき・こうしよくき）163**
香雪蘭（こうせつらん）65
梗草（こうそう・かうさう）210
**紅梅（こうばい）22**

おに蕨（おにわらび）36
薺蒿（おはぎ）38
**女郎花（おみなえし・をみなへし）209**
をみなめし（おみなめし・をみなめし）209
おめかづら（おめかずら・おめかづら）234
思ひ草（おもいぐさ・おもひぐさ）225
面影草（おもかげぐさ）51
**沢瀉（おもだか）150**
親子草（おやこぐさ）266
和蘭菖蒲（おらんだしょうぶ・おらんだしやうぶ）139
和蘭石竹（おらんだせきちく）101
和蘭撫子（おらんだなでしこ）101
おんばこ（おんばこ）116

## 【か】

**カーネーション（かーねーしょん）101**
海紅（かいこう）43
かいつばた（かいつばた）136
**海棠（かいどう・かいだう）43**
かうしばの花（こうしばのはな・かうしばのはな）61
**楓の花（かえでのはな・かへでのはな）57**
かがみ草（かがみぐさ）51
篝火草（かがりびそう・かがりびさう）69
**燕子花（かきつばた）136**
杜若（かきつばた）136
柿の薹（かきのとう）129
**柿の花（かきのはな）129**
額紫陽花（がくあじさい・がくあぢさい）124
額草（がくそう・がくさふ）124
**額の花（がくのはな）124**
額花（がくばな）121
筧草（かけいぐさ）193
風見草（かざみぐさ）49
風待草（かぜまちぐさ）14
かたかごの花（かたかごのはな）21
**片栗の花（かたくりのはな）21**
かたしろぐさ（かたしろぐさ）121
**酢漿草の花（かたばみのはな）114**
桂の花（かつらのはな）240
カトレア（かとれあ）221
金葎（かなむぐら）82
**蕪（かぶ）249**
かぶとぎく（かぶとぎく）222
かぶとばな（かぶとばな）222
**南瓜の花（かぼちゃのはな・かぼちやのはな）148**
**蒲（がま）84**
かま草（かまくさ）214
かまつか（かまつか）186
蒲の葉（がまのは）84
かみかづら（かみかずら・かみかづら）234
**萱（かや）193**
萱茂る（かやしげる）81･83
かやつり（かやつり）179
**蚊帳吊草（かやつりぐさ）179**
莎草（かやつりぐさ）179
萱の穂（かやのほ）193
蜀葵（からあおい・からあふひ）140
唐梅（からうめ）261
**烏瓜（からすうり）239**
王瓜（からすうり）239
**烏瓜の花（からすうりのはな）180**
烏扇（からすおうぎ・からすあふぎ）179
枳殻の花（からたちのはな）59
**枸橘の花（からたちのはな）59**
唐撫子（からなでしこ）207
からももの花（からもものはな）54
臥竜梅（がりゅうばい・ぐわりゅうばい）14
花梨（かりん）53
**刈萱（かるかや）193**
**枯蘆（かれあし）250**
**枯菊（かれぎく）246**
**枯薄（かれすすき）249**
**枯萩（かれはぎ）250**
**枯芭蕉（かればしょう・かればせう）249**
**枯蓮（かれはす）247**
枯はちす（かれはちす）247
カレンジュラ（かれんじゅら）63
かはほね（かわほね・かはほね）150
川原撫子（かわらなでしこ・かはらなでしこ）207
**寒菊（かんぎく）243**
寒紅梅（かんこうばい）260
元日草（がんじつそう・ぐわんじつさう）269
諼草（かんぞう・くわんぞう）178
**萱草の花（かんぞうのはな・くわんぞうのはな）178**
**カンナ（かんな）199**
**寒梅（かんばい）260**
**岩菲（がんぴ）104**
雁緋（がんぴ）104
**寒木瓜（かんぼけ）262**
雁来紅（がんらいこう）186

**萍（うきくさ）182**
五加（うこぎ）31
**五加木（うこぎ）31**
五加垣（うこぎがき）31
五加摘む（うこぎつむ）31
**鬱金の花（うこんのはな）200**
牛の額（うしのひたい）217
薄紅梅（うすこうばい）22
うつぎ（うつぎ）91
空木の花（うつぎのはな）91
うつし草（うつしぐさ）214
**独活の花（うどのはな）173**
**卯の花（うのはな）91**
菟芽木（うはぎ）38
うばたま（うばたま）179
うばゆり（うばゆり）21
うばら（うばら）92
うべ（うべ）238
うべの花（うべのはな）61
うまごやし（うまごやし）74
**苜蓿（うまごやし）74**
うまのあしがた（うまのあしがた）76
**梅（うめ）14**
梅売（うめうり）130
梅の実（うめのみ）130
**梅擬（うめもどき）233**
落霜紅（うめもどき）233
**浦島草（うらしまそう・うらしまさう）119**
裏白（うらじろ）268
うらはぐさ（うらはぐさ）85·89
裏紅一花（うらべにいちげ）75
**瓜の花（うりのはな）105**
雲仙躑躅（うんぜんつつじ）48
えくり（えくり）37
**えごの花（えごのはな）135**
**蝦夷菊（えぞぎく）165**
翠菊（えぞぎく）165
**金雀枝（えにしだ）89**
ゑにす（えにす・ゑにす）94·108
ゑのこ草（えのこぐさ·ゑのこぐさ）195
犬子草（えのこぐさ・ゑのこぐさ）195
**狗尾草（えのころぐさ・ゑのころぐさ）195**
夷草（えびすぐさ）99
烏帽子花（えぼしばな）117
槐の花（えんじゅのはな・ゑんじゅのはな）94
**豌豆（えんどう・ゑんどう）107**
延命菊（えんめいぎく）9
老桜（おいざくら）41
**花魁草（おいらんそう・おいらんさう）168**
桜花（おうか・あうくわ）41
黄蜀葵（おうしょっき・わうしよくき）164
花樗（おうち・あふち）133
**楝の花（おうちのはな・あふちのはな）133**
樗の花（おうちのはな・あふちのはな）133
桜桃（おうとう・あうたう）131
**桜桃の花（おうとうのはな・あうたうのはな）46**
桜桃の実（おうとうのみ・あうたうのみ）131
**黄梅（おうばい・わうばい）15**
大藺（おおい・おほゐ）81·83
大菊（おおぎく・おほぎく）190
おほでまり（おおでまり・おほでまり）86
大車前（おおばこ・おほばこ）116
大葉子（おおばこ・おほばこ）116
**車前草の花（おおばこのはな・おほばこのはな）116**
大待宵草（おおまつよいぐさ・おほまつよひぐさ）176
大麦（おおむぎ・おほむぎ）110
**大山蓮華（おおやまれんげ・おほやまれんげ）96**
雄がるかや（おがるかや）193
翁草（おきなぐさ）190
**御行（おぎょう・おぎやう）272**
**含羞草（おじぎそう・おじぎさう）102**
知羞草（おじぎそう・おじぎさう）102
おしろい（おしろい）201
白粉草（おしろいぐさ）201
おしろいのはな（おしろいのはな）201
**白粉花（おしろいばな）201**
苧環（おだまき）70
**苧環の花（おだまきのはな）70**
**男郎花（おとこえし・をとこへし）211**
をとこめし（おとこめし・をとこめし）211
乙女桜（おとめざくら・をとめざくら）75
乙女椿（おとめつばき・をとめつばき）8
**踊子草（おどりこそう・をどりこさう）117**
踊草（おどりそう・をどりさう）117
鬼薊（おにあざみ）78
鬼のしこ草（おにのしこぐさ）220
鬼百合（おにゆり）167

# さくいん

すべての見出し季語と傍題（関連季語）を50音順に並べています。太字になっているものが見出し季語です。

読みが現代仮名遣いと歴史的仮名遣い両方ある場合は、（ ）内に併記しています。

## 【あ】

**藍の花**（あいのはな・あゐのはな） 221
**青蘆**（あおあし・あをあし） 81
**葵**（あおい・あふひ） 140
青藺（あおい・あをゐ） 81・83
葵の花（あおいのはな・あふひのはな） 140
青梅（あおうめ・をうめ） 130
青萱（あおがや・あをがや） 81・83
梧（あおぎり） 80
青桐（あおぎり・あをぎり） 80
**梧桐**（あおぎり・あをぎり） 80
青蔦（あおつた・あをつた） 82
あをによろり（あおにょろり・あをによろり） 80
**青松毬**（あおまつかさ） 228
あかぎしぎし（あかぎしぎし） 35
**藜**（あかざ） 84
藜の杖（あかざのつえ） 84
**アカシアの花**（あかしあのはな） 97
赤のまま（あかのまま） 216
**赤のまんま**（あかのまんま） 216
秋桜（あきざくら） 218
秋珊瑚（あきさんご） 16
秋茗荷（あきみょうが・あきめうが） 203
**通草**（あけび） 234
**通草の花**（あけびのはな） 57
木通の花（あけびのはな） 57
山女の花（あけびのはな） 57
丁翁の花（あけびのはな） 57
**朝顔**（あさがお・あさがほ） 200

朝顔市（あさがおいち・あさがほいち） 200
浅黄水仙（あさぎずいせん） 65
朝桜（あさざくら） 41
**薊**（あざみ） 78
薊の花（あざみのはな） 78
あさしらげ（あさしらげ） 12
蘆枯る（あしかる） 250
**紫陽花**（あじさい・あぢさゐ） 121
蘆茂る（あししげる） 81・83
**蘆の錐**（あしのきり） 40
**蘆の角**（あしのつの） 40
**蘆の花**（あしのはな） 237
蘆の芽（あしのめ） 40
あしび（あしび） 45
**馬酔木の花**（あしびのはな） 45
あしぶ（あしぶ） 45
**小豆**（あずき・あづき） 205
アスター（あすたー） 165
あせび（あせび） 45
あせぼ（あせぼ） 45
あせみ（あせみ） 45
**アネモネ**（あねもね） 66
油菜（あぶらな） 71
アマリリス（あまりりす） 144
**あやめ**（あやめ） 137
渓蓀（あやめ） 137
あやめぐさ（あやめぐさ） 139
杏散る（あんずちる） 54
杏の花（あんずのはな） 54
**藺**（い・ゐ） 83
石菖蒲（いしあやめ） 110
石の竹（いしのたけ） 143
いしぶき（いしぶき） 257

いしやいらず（いしゃいらず・いしやいらず） 116
磯桜（いそざくら） 41
**虎杖**（いたどり） 32
いちげそう（いちげそう・いちげさう） 75
**鳶尾草**（いちはつ） 98
一八（いちはつ） 98
紫羅傘（いちはつ） 98
銀杏の実（いちょうのみ・いてふのみ） 231
**銀杏紅葉**（いちょうもみじ・いてふもみぢ） 228
**一輪草**（いちりんそう・いちりんさう） 75
いつさき（いつさき） 80
いとくり（いとくり） 70
糸繰草（いとくりそう・いとくりさう） 70
糸桜（いとざくら） 23
糸薄（いとすすき） 192
糸柳（いとやなぎ） 49
犬蓼（いぬたで） 216
**いぬふぐり**（いぬのふぐり） 20
いぬ薔薇（いぬわらび） 36
**稲の花**（いねのはな） 191
**牛膝**（いのこずち・ゐのこづち） 196
茨（いばら） 92
岩根草（いわがねそう・いはがねさう） 35
**茴香子**（ういきょう・うゐきやう） 147

**[監修者略歴]**

## 遠藤若狭男（えんどう・わかさお）

本名・遠藤喬。昭和22年、福井県生まれ。昭和46年早稲田大学卒業。昭和51年第1小説集『檻の子供』、昭和61年第1句集『神話』、平成3年第2句集『青年』、平成12年第3句集『船長』、長編評論『鷹羽狩行研究』、平成22年第4句集『去来』、平成25年第5句集『旅鞄』、平成28年『人生百景─松山足羽の世界』『現代俳句文庫　遠藤若狭男句集』上梓。生前「若狭」主宰。俳人協会幹事。日本文藝家協会会員。代表句「金閣にほろびのひかり苔の花」。本書の監修に尽力後、刊行前の平成30年12月に永眠。


企画編集：蔭山敬吾（グレイスランド）
執　　筆：『俳句でつかう季語の植物図鑑』編集委員会
執筆協力：金田初代（アルスフォト企画）、金田一（アルスフォト企画）
写真提供：アルスフォト企画
装丁・本文デザイン：下川雅敏（クリエイティブハウス・トマト）
編集協力：冨山恭子

俳句《はいく》でつかう季語《きご》の植物図鑑《しょくぶつずかん》

2019年1月30日　第1版第1刷発行　2021年11月25日　第1版第3刷発行

編　　者　『俳句でつかう季語の植物図鑑』編集委員会
発 行 者　野澤武史
発 行 所　株式会社山川出版社
〒101-0047　東京都千代田区内神田1-13-13
電話　03（3293）8131（営業）　03（3293）1802
https://www.yamakawa.co.jp/
振替　00120-9-43993
企画・編集　山川図書出版株式会社
印 刷 所　半七写真印刷工業株式会社
製 本 所　株式会社ブロケード

ISBN978-4-634-15144-4 C2092